JN230522

A ROBOT IN THE SCHOOL
by Deborah Install

ロボ・ド・イン・ザ・スクール

一　名前つけ

僕の家庭はその構成を見れば半分しか人間はいないけれど、よその家庭とそう大きくは違わない。さまざまな経験を経てそう思う。むろん、同じ家族はひとつとしてないし、中にはだいぶ特殊な家族もあるだろうが、本質的には皆同じだ。誰もが喧嘩をする。泣く。笑う。

家族と暮らしていると、運がよければ、ありとあらゆる人間の感情を覚え、また接する。そう、人間の感情。その点については僕の家庭は少しばかり特殊だ。向き合うものは人間の感情ばかりではない。何しろ人間らしさという曖昧な目標に向かって生きる二体のロボット、タングとジャスミンを相手にしているのだ。ふたりがより人間らしく成長するように教育しているのかというと、それはタングたちにも僕やエイミーにもよくわからないし、そもそもそんな教育をすべきなのかもわからない。人間の模倣こそ人工知能(AI)にとっての極みだと決めつけて、果たして本当によいのだろうか。

父はよく〝毎日が勉強だ〟と言っていたが、〝子どもの頃の僕は何て嫌なことを言うんだと思っていた。僕はけっこう真面目な少年だったが、それでも週末も長期休暇も毎日勉強しなくてはならないという考えは心躍るものではなかった。でも、大人になった今なら父の言わんとしていたことも理解できる。

これまでのところ、僕とエイミーはロボットたちを自分たちの手で、型にはめず、どちらかと言うと自由放任主義的なやり方で教育しようとしてきた。別の方法もあるかもしれないとは考えもしなかった。そんな状況が一変したのは、ある九月の夕方だった。授業を終えた娘のボニーを連れて帰宅したら、ロボットのタングが玄関から続く廊下に立って僕たちを待ち構えていた。

「何で僕には学校がないの？」玄関のドアが閉まるや否や、タングが尋ねてきた。

いずれそう言い出す気はしていた。

寸胴（ずんどう）体型の娘のボニーが僕を見上げた。くるくるとしたくせ毛の金髪も肘（ひじ）も膝（ひざ）も汚れている。僕も娘を見下ろしたが、そちらの方角からの助けは期待できなかった。

タングにせよ、彼とは釣り合わない（だが、ロボット同士という意味ではぴったりの）ガールフレンドのジャスミンにせよ、〝人間じゃないからだよ〟という答えでは納得しないことは家族全員がすでに学んでいる。それでもそれ以外に説明のしようがないこともある。今回の場合もそうで、タングもそれは承知のうえで、不意打ちで僕を答えざるを得ない状況に追い込んだ。確信犯だ。

僕はコートをフックにかけ、靴を脱ぎながら理由を考えるふりをしたが、よい答えなど持ち合わせているはずもなく、その場を取り繕っているだけだった。しばらくして、僕はため息をついた。

「学校は人間の子どもしか教えないからだよ」そう答え、補足した。「学校側が真剣に検討するほど、学校に行きたがるロボットは多くないんだ」

「でも僕は行きたい。ジャスミンは行きたくないって言ってたけど、僕は行きたい」

ボニーが黒いエナメル革の靴をドアマットの上に脱ぎ捨て、タタタッと居間へ駆けていった。脱ぎっぱなしの靴と、左の靴のつま先の端から端までくっきりと走るこすり傷に、僕はげんなりして目をぐるりとさせた。

「ボニー、戻ってきて靴を片づけなさい」

「パパがやっておいてくださーい」ボニーが姿を見せないまま、とっておきのかわいらしい声で返事をした。戻ってくる気はさらさらない。

ボニーが言いつけに従うまで毅然とした態度を貫くべきか、それともボニーに言われたとおりにするか。僕は頑固な子どもふたりを天秤にかけ、妻のエイミーが帰宅するまでに夕食の支度をすませておく近道は、タングと向き合うことだと判断した。娘のこうと決めたら絶対に引かない性格の基礎に、またしてもバケツ一杯分のコンクリートを流し込んで固めてしまった気がしなくもないが、人の親になって四年、そしてロボットの親になって五年、僕は向き合う問題を選ぶことを学習していた。

タングが学校に行きたいと言い出すに至った経緯を説明するには、時間を少し巻き戻す必要がある。きっかけは一年と少し前、ボニーがプレスクールに通い始めたことだ。タングは毎日のように、今日は何をしたのかとボニーを質問攻めにし、彼女が持ち帰る絵の一枚一枚に見入り、友達の名前を知りたがった。

「イアン」ボニーはそう答えていた。「お友達はイアン」

タングも僕たち夫婦も他には何という名前の友達がいるのかと尋ねたが、出てくる名前はイアンだけだった。僕たちは、娘は他の子どもたちの話をほとんどしないだけで、皆と普通に遊んでいるのだと思っていた。きっと娘は浅く広くつき合うタイプなのだ。ひとつのグループに留まってじっくりつき合うわけではないから、知り合いはたくさんいても友達と呼ぶほどの子はいないのだろう。

「ボニーはいわゆる〝打ち解けるのに時間のかかる〟お子さんなのだと思います」

はじめ、プレスクールのスタッフはそう言っていた。「心配することはないでしょう。そういうお子さんもいます。学校に上がればきっと変わりますよ」

その後、プレスクールでの一年の途中でイアンが転入してくると、彼の名前が話題にのぼるようになった。娘によると、イアンもボニーと同じく恐竜が好きらしい。好きな色は緑で、ティムという名の兄がおり、ティムは犬をとても飼いたがっているのだが、イアンにアレルギーがあるために親に許してもらえないのだそうだ。

イアンの家族はスコットランドから引っ越してきた。両親のアンディことアンドリューとマンディはオーダーメイドの旅専門の旅行代理店をふたりで経営しており、顧客の大半がロンドンにいるため、ロンドンに通いやすい場所に越してきたのだ。ボニーは、他の子どもたちはイアンの発音はおかしくて何を話しているかわからないと言うけれど、自分にはわかるし、イアンの話し方はすてきだと、僕たちに言った。そのうちにボニーの言葉にもスコットランドの心地よいアクセントが混ざり始め、それがタングにも移った。ちなみに、ボニーはもともとエイミーの北アイルランド訛りの影響も受けていたが、そちらについてはタングにはいっさい移らなかった。

エイミー自身は、僕が彼女と出会った頃から訛りは極力出さないようにしていた。彼女がそのように努めていたのにはいろいろと理由があるが、弁護士としては標準的な発音で議論を展開できた方が成功しやすいことも大きく影響していた。

「おかしな話よ」と、当時エイミーは言っていたし、僕も同感だった。「でも、それが現実なの。誰も認めないだろうけどね」

それでも強いストレスにさらされた時などは、故郷の北アイルランド訛りが出ることもある。これまでは滅多にないことだったが、ボニーがプレスクールに通い出してからはちょくちょく耳にするようになった。エイミーは自分の生い立ちに関する記憶は、今の暮らしから切り離すように鍵をかけてしまい込んでいるが、ボニーにこの先どのような子ども時代が待ち受けているのだろうと考えると不安になるようで、それがふとした拍子に北アイルランド訛りという形で顔を出すのだった。

話を戻そう。タングは夢のプレスクールについてボニーから詳しく聞き出そうとした。ちなみにタングは〝ピー（おしっこ）スクール〟と呼び、正しく言えるようになるまでに十回は直さなければならなかった。ボニーはと言うと、タングに尋ねられるたびにイアンとしたことについてはことこまかに話したが、他の友達の名前が出てくることは一度もなかった。

やがてボニーとイアンは同じ小学校に上がり、同じクラスになった。子どもたちが喜んだのは言うまでもないが、親である僕たちもほっとした。

ボニーが小学校の就学準備クラス（レセプション）（訳注：九月の時点で四歳になっている子どもが対象）に入学する前夜、エイミーはそわそわと落ち着かず、すっかりナーバスになっていた。児童の持ち物にはすべて名前を書くようにと学校から指示されていたので、エイミーはアイロンで貼る名前シールを山のように買ってきて、それを夫婦で楽しみにしているテレビ番組を見る合間にボニーの持ち物につけ始めた。アイロンでひとつ貼るたびに、瞬きで涙を押し戻している。見かねた僕は番組を一時停止した。

「それはやらなくてもいいよ」ボニーの制服のみならず、僕の仕事用のシャツのしわまで伸ばそうとしているエイミーに声をかけた。「僕のは置いといてくれたら……」

「言ったでしょ、やりたいの」エイミーが尖った口調で返してきた。

「だったらいいんだけど」僕の真意は〝しわのなかったところにまでしわを作ってるから、もうやめてくれる？〟ということだったが、今それを言うのはまずい気がした。

エイミーはボニーの制服に名前シールをつけるのは自分の役目で、ある種の通過儀礼として捉えているようだったが、そのうちにその週にボニーが着るベストや靴下や下着にもアイロンをかけ始め、気づけば僕の服の山まで片づけようとしていた。おかげで僕のシャツも何枚か、襟にボニー・チェンバーズと書かれた恐竜のイラスト入りの名前シールがついていた。ここで口を挟むのは賢明ではない。だが、エイミーが僕のズボンの折り目をアイロンで消していく様子を眺めること一時間、ついに我慢できなくなり、僕はアイロンがけを替わろうかと申し出た。ぎろりと睨まれて終わった。

「せめてもう少しアイロンの温度を下げたら……」と続けた僕に、エイミーはアイロンを振りかざした。

「偉そうにアイロンの使い方を教えてくれなくてもいいから、黙っててくれる？」

僕は諦めて言われたとおりにした。

二　自由人

　ボニーの小学校の初日は家族揃って歩いて登校した。頼りなくも先導を務めるのはボニーの体操着袋を抱えたタングだ。ボニーは僕とエイミーの間をそれぞれと手をつなぎながら歩き、学校までの道中、「一、二のさーん」で僕たちに腕を引き上げさせてジャンプする遊びを延々と繰り返した。僕もエイミーも時間に余裕を持って家を出たつもりだったが、大人にとっては十分な時間でも子連れには不十分で、ましてやそこにひとりのロボットまでいてはまったく足りなかった。下手をすればロボットふたりを連れていたかもしれないと思えば、まだましだったが。ジャスミンは本人の希望で留守番をしていた。

　そんなわけで、学校が見えてきた頃には僕たちは汗だくになっておおいに焦りながら、ボニーの体を半ば持ち上げ、半ば引きずるようにして小走りで通りを進んでいた。娘が初っぱなから遅刻と記録されないよう、門が閉まる前にどうにか校内に滑り込みたい。初日は学校で過ごすのは半日のみで、ボニーは午前中のグループだったが、同じグループの子どもを無事に送り届けて学校から出てきた親たちをぶつからないようにかわしつつ、流れに逆らって歩道を進むのもまた至難の業だった。親たちは一様にほっとした嬉しそうな顔をしていた。それもそうだろう。登校途中で子どもが車にはねられることもなければ、無駄な動きばかりでちっとも言うことをきかない四歳児の行動に頭にきてうっかり首を絞めそうになることもなく、かわいい我が子を無事に幼児クラスの先生方に預けて、できる親だと証明できたのだから。

言うことをきかないと言えば、靴を履くという行為はなぜああもややこしいのか。なぜ子どもは靴を履くように言われても、一度ですんなり履いてくれないのか。バックルを外すにしろマジックテープをはがすにしろ、靴の留め具ひとつ外すのもひと苦労で、やっと足を靴に入れさせたと思ったら、今度は「靴がきつい」と言って怒り出す。勘弁してほしい。

それはともかく、反対方向に歩いていく親たちとすれ違ううちに、僕は彼らの共通点に気づいた。キックボードだ。僕も子どもの頃は持っていた。小さな赤いキックボードで、よくそれで敷石が敷かれた庭のテラスを勢いよく走り回ったり、家の前の通りに飛び出したりしたものだ。見かねた隣人のミスター・パークスが、いつかバスにはねられそうで心配だと僕の両親に注意したため、禁止されてしまった。ミスター・パークスはあの頃から今と同じくらいおじいさんだった。あれから三十年、ちっとも歳を取っていないし、この先も変わらない気がする。そうしていつの日か『スター・ウォーズ』のヨーダみたいに姿を消し、自宅の前庭の芝生には、ダイヤ柄にキルティングされた緑色のベストと、その上に置かれたハンチング帽だけが残るのだ。

「どうしてみんなキックボードを持っているんだろう?」

僕はエイミーを見やったが、彼女は肩をすくめるばかりで、やはり怪訝な顔をしていた。

謎が解けたのはボニーを迎えにいった時だった。疲れて抱っこをせがむ重たい子どもを連れての、自宅までの徒歩十五分の距離ほどうんざりするものはない。車輪つきの乗り物があれば少しは楽になるというものだ。

話が何度も横道にそれてしまうのは、入学の日に無事時間内にボニーを学校へ送り届けるまでの苦労は思い出すだけでもストレスで、忘れてしまいたい自分がいるからだ。〝娘を学校まで送っていった〟のひと言ですますこともできるが、それでは嘘になる。実際には何の試練かと思うほど大変だった。着替えひとつ取ってもそうだ。大人なら単純に着替えをして出かける。朝目覚めたら服を着て、靴を履き、家を出る。だが、子どもはそうはしない。ボニーの小学校二日目の朝はこんな具合だった。

「パパ!」少しの間があき、ボニーがもう一度、階段の上から僕を呼んだ。さらにもう一度。

「何だ？　パパも出かける支度をしてるんだ」

「フタバサウルスがない」

「あとで一緒に探そう」僕は二階に向かって声を張り上げた。「今は学校に行く準備をしないと」

階段を上ったら、娘がベストと下着のパンツ姿で立っていた。「ボニー、あと二分で家を出ないといけないのに、何でまだ着替えてないんだ？」

ボニーはいら立ちもあらわに両手を振り上げた。

「着替えられないよ。フタバサウルスがないんだもん」

「学校に行くのにフタバサウルスはいらないだろう。いいから服を着ておいで！」

ボニーは僕をきっと睨むと、床を踏み鳴らしながら部屋に戻っていった。キッチンにいたエイミーがトーストをくわえながらやって来て、ボニーが探している恐竜を僕に差し出した。

「どこで見つけたの？」

エイミーはくわえていたトーストを手に持ち、階段の親柱にかけてあったコートを取ると言った。

「食洗機の中」

僕は子どもには聞かせられない言葉をつぶやいた。エイミーはそんな僕の頬にキスをして、「じゃあね、ボニー。あんまりパパを困らせちゃだめよ」と言い残すと、裁判所へと出かけていった。

ドシンという音に続いてドアの開く音がして、ボニーが「何?」と叫び返した。エイミーが出かけ、玄関のドアが閉まったのと同時だった。

「ボニーのことが大好きだよ、学校を楽しんできてねってさ。着替え終わったか?」

二階に向かって声をかけた。

「ふーん。だいたい終わった」

僕はかすかな期待を胸にもう一度階段を上り、落胆した。ボニーは靴下を片方だけはいた以外、下着姿のままだった。

「ボニー! 着替えなさい!」

そう怒鳴ったら、ボニーは体をこわばらせ、表情を曇らせて動かなくなった。僕はがっくりと肩を落としつつ、娘のそばに行くと子ども部屋へ戻らせた。そして、怒鳴りつけてしまったことを後悔し、「ほら、ママが見つけてくれたよ」と恐竜を差し出した。ボニーはおもちゃを受け取りはしたが、ちっとも喜ばなかった。

「もうこれはいらない。耳が取れてる白い猫はどこ?」

学校から帰宅した我が子には多くを期待しない方がいいと、事前に聞かされていた。

九月の小学校入学に先立ち、夏の夜に開かれた保護者向けの説明会で、子どもたちの学校での一日の流れや担任教師の紹介等を受けた際に、「今日は学校で何をしたの？」と尋ねても、子どもからは十中八九、「何も」という答えしか返ってこないと言われた。むろん、本当に何もしていないわけではなく、子どもたちはおおいに学び、楽しんでいるのでご心配なくというのが学校側の説明だった。エイミーは挙手をし、おおいに学ぶ合間には休憩する時間もあるのでしょうかと質問した。ボニーのクラスを受け持つミセス・フィンチが怪訝な顔をして答えた。

「ご安心ください、一日に二回、休み時間が設けてあり、その間子どもたちは外に出て思いきり駆け回れますから」

「そういう意味じゃなかったんだけどな」

僕に向かってそうつぶやいたエイミーの手を、僕は握った。

「わかってる。ボニーが学校から帰ったあとに疲れているようだったら、テレビの前ででもぼーっとさせてやろう」

ミセス・フィンチがこちらを睨む。僕たちは校長室へ行かされる前に私語をやめた。

それはさておき、小学校の初日にボニーを迎えにいくと、説明会での話どおりの展開が待っていた。学校は楽しかったかという問いにうなずきはしたものの、ボニーはそれ以上何も語らなかった。シリアルバーを食べたがったので、渡してやった。

「学校では何をしたの？」エイミーが尋ねた。

「何も」という返事を予想していたし、実際「何も」しか返ってこなかったが、僕もエイミーもいら立ったりはしなかった。それはこの日以降、まったく同じ会話が続いても同じだった。ボニーが話を聞かせてくれるのは、学校から帰っておやつを食べたあと、しばらくして炭水化物がエネルギーに変わり、元気が出てからだった。ただし、その時でさえボニーはタングにしか話したがらなかった。それもいいと、僕たちは思った。ボニーとタングはとても仲がよかったし、タングは学校の様子に興味津々だった。一日の終わりにはボニーも機嫌よくしており、親としては娘が幸せならそれでよかった。

「ボニー、今日のお昼は何を食べたの？」ボニーが小学校に通い始めて一週間、僕は下校後にボニーに尋ねた。

「チーズのサンドイッチ」と答えると、ボニーは米パフを固めたミニサイズのライスケーキを一度に二枚ずつ口に放り込んだ。

「昨日も同じものを食べてなかったか？」

ボニーはうなずきつつも、かなり警戒気味に僕を見た。次に何を言われるかを察し、それなら嘘をついておけばよかったと、今になって気がついたような顔だ。実際、次に僕たちが発しようとしていたのは娘の予想どおりの言葉だった。

「その前の日もチーズのサンドイッチだったわね」居間にやって来たエイミーがそう言いながら、腕いっぱいに抱えた恐竜のおもちゃを、フランス窓のそばのおもちゃ箱にぽいと入れた。

「ボニー、今日は水曜日だよ」と、僕は言った。「ということは、今週は今日までずっとお昼にチーズのサンドイッチを選んでたのか？」

ボニーは僕を見て、エイミーを見て、また僕を見ると、一瞬瞳をきらめかせた。この状況への対処の仕方を決めた顔だ。ボニーは時に母親そっくりの一面をのぞかせる。物事への対応はその時々で違うが、対立を恐れない。

「先週もだよ」

ボニーはライスケーキのかけらを灰色のジャンパースカートにぽろぽろとこぼしながら答えた。今日のボニーは〝だから何？〟という態度を決め込んでいる。娘が八日連続で給食のメニューからチーズサンドイッチを選んだところで、親の僕たちにはどうしようもないことを本人もよくわかっているのだ。きっと飽きるまでチーズサンドイッチを食べ続け、他のものには見向きもしないだろう。ボニーとしては、メニューの中から馴染みのあるものを選んでいるだけなのかもしれない。あるいは集団心理が働いたり、同級生に食べようと言われて断れなかったりして、皆でチーズサンドイッチを食べている可能性もないわけではない。だが、ボニーはそういう子どもではない。むしろ、サンドイッチをはやらせているとしたら、それはボニーだろう。そして、それを真似する子がいても、気に留めるどころか気づいてもいないはずだ。

「ボニー、明日はサンドイッチ以外のものを食べてくれな。何か温かいものがいい。そうじゃないと、腹ぺこで学校から帰ってきたボニーに何を食べさせればいいのか、パパたちも困っちゃうからさ」

ボニーはわかりきったことじゃないのとばかりに、ライスケーキの袋に目をやった。

「今日はもうライスケーキはおしまいだ」と、僕は言った。「これはおやつで、おやつはちゃんとした食事のかわりにはならないんだから」

父そっくりの口ぶりだと、ふと思った。ボニーは肩をすくめながらも「わかった」と返事をし、ライスケーキを一枚、猫のポムポムにやった。我が家に二匹いるうちの若い方の猫で、どうにかして分け前をもらおうと、さっきからずっと喉を鳴らしていたのだ。

三　掟破り

学校の行き帰りには地元の公園を通る。小さな緑地で、それなりにちゃんとした遊具広場が設けられている。これまでも何度か遊びにいったことはあったが、我が家にとっては普段から積極的に出かける場所ではなかった。自宅にはタングが愛してやまない広い裏庭があったし、ボニーはもともと外遊びをするより家にいる方が好きだ。それでもボニーが小学校に上がると、公園で過ごす時間は否応なしに増えていった。このままいくと、雪が降り積もった真冬の午後四時半の公園で、滑り台を舐めたらどうなるかを試した娘の舌を、凍った滑り台からはがすはめになるかもしれない。だが、それはいらぬ心配だったようだ。十月の最終日曜日を過ぎて冬時間になり、下校後は外があっという間に暗くなるようになると、公園遊びは人気がなくなり、秋学期の中間休み（訳注：学期の中頃に設けられた一週間ほどの休み）が明ける十一月のはじめ頃には誰も公園に行かなくなっていた。

話がそれてしまった。ボニーが学校に通い始めて数週間は、公園の遊具広場に立ち寄るという、親にとっては面倒極まりないひと時を過ごさなければならなかった。もっとも、子どもが大勢集まる広場では遊具で遊ぶにもいちいち並ばなければならず、ボニーは公園での時間の大半を待つことに費やすうちに、ブランコや回転式遊具への興味をなくしていった。しかし、タングは違った。僕かエイミーがボニーを学校に迎えにいこうとするとタングも必ず同行し、帰りに公園に寄っては、キーキーときしむ公園の門を真っ先に抜けた。そうやって一番乗りできたのは、タングがさも親切そうに、「ボニーのかわりに僕が新しいキックボードに乗って帰ってあげる」と申し出ていたからだ。ボニーがそれを許すと、タングはひとりさっさと公園に向かい、いくら待てと叫んでも知らんぷりをしてどんどん先に進んだ。おかげで僕はボニーを引きずるようにして追いかけるはめになったが、それでもタングの姿はすぐに見えなくなった。

ところで、遊具広場にある金属製のベンチはそれほど座り心地はよくないのだが、そんなベンチでも座れた方がましという場合もある。大きな滑り台を逆から登ろうとする子どもに、やめなさいと声を張り上げて延々と注意し続けていると、いい加減にキレそうになる。立ちっぱなしの状況ではなおさらいら立ちが募るのも早い。膝の関節がこわばるのと痔(じ)になるのと、どちらか一方を選べと言われたら、誰だって痔を選ぶだろう。

いや、それは僕だけかもしれない。女性はまた考えが違うかもしれない。それはそうと、いったい何のためなのか、遊具広場にはテリトリーを巡る消耗戦のような勢力争いが間違いなく存在する。子ども同士ではなく親同士の争いだ。地元の遊具広場にはベンチが二台あるのだが、広場のふたつの隅に一台ずつ置かれたそのベンチが陣地となる。親たちはキックボードや子どもの小さなコートや明るい色の鞄などで陣を張る。

ベンチに座るにも序列がある。最も優先されるのはグループのボス的存在だ。その次が妊婦。妊婦がふたり以上いることも少なくないが、その場合はやむを得ないのでよりお腹の大きい妊婦が座るという暗黙の了解がある。第三位にいるのはグループのボス的な親の取り巻きたちだが、そのうち座れるのはだいたいひとりだ。ベンチは三人から四人がけだが、遊具広場の掟によると、座った人同士の間には英国人らしい適度な距離が保たれなければならないらしい。

遊具広場には時折父親の姿も見受けられるが、父親は座ることを許されない。僕みたいにある時たまたま遊具広場に一番乗りして、背もたれつきの一等席が空いているのを見つけて座ろうものなら、掟を破ってしまったことをすぐさま思い知らされる。

弁明させてもらうなら、僕は掟を知らなかった。あとで聞いてみたら、エイミーも知らなかった。君が知らないとはちょっと皮肉だなと、僕は言った。

それはともかく、その午後、僕は空いているベンチを見つけて座った。何かに違反しているとは考えもしなかった。しかし、それは誤りだとすぐに痛感することになった。

遊具広場の掟によって座ることを認められた人々が、ベンチを取り囲むように集まってきて、周囲の地面に輪を描くように持ち物を置き始めた。置いたものをどかすことは許されない空気だった。僕からしたらベンチにはまだ座る場所があったから、ごみ箱にもたれている妊婦が僕に何かを求めているとは思いもしなかった。しかし、子どもの学校の持ち物で作られた輪が狭まり、迫ってくるにつれ、僕は圧力を感じ始めた。

居心地が悪くなっていく。それでも妊婦は座ろうとしない。しばらくして、僕はボスの指定席に座っていることに気がついた。

ここは圧力に屈することなく立ち向かう——いや、ベンチに座り続ける——べきか否か。最終的にそれを決めたのは僕ではなかった。ちょうどその時、雲梯(うんてい)にぶら下がっていたタングが動けなくなってパニックを起こしたのだ。ボニーはボニーで、丸一分も順番を待ってようやく滑り下りた滑り台の端からドスンと尻餅をついて落ちた。

その日、仕事から帰ったエイミーは不機嫌で、家族にも当たり気味だった。猫のネコまでもがとばっちりを受け、調理台に飛び乗ってまな板の上のさいころ状の豚肉を失敬しようとしたばかりに、半ば放り捨てられるように床に降ろされた。エイミーもそこまで乱暴にするつもりはなかっただろう。

「おい！　いくらなんでもやり過ぎだろう」

僕はそう注意するとネコを抱き上げ、大丈夫かと慰めつつ、骨折していないかさりげなく確かめたが、本気で骨折を心配していたわけではない。猫の脚はばねそのものだ。跳躍時に痛みが出始めるのは、歳を取って身体機能が衰えてからだ。

「ごめん」エイミーはぼそっとつぶやいたが、本気で悪いと思っているかは怪しかった。正直なところ、尻尾に包丁を突き立てられなかっただけネコも運がよかったと思うほど、エイミーの機嫌は悪かった。それは黙っておいたが。

「どうした？　何かあったんだろう？」

僕がそう尋ねるのはさっきエイミーが帰宅してから二度目だ。一度目の時には彼女はひと言も答えず、ただかぶりを振って玄関から続く廊下の隅に靴を脱ぎ捨てるとキッチンに行ってしまった。今夜は豚肉の炒め物らしい。

僕は不安になった。今夜のエイミーは五年前の、タングが我が家にやって来る前のエイミーみたいだ。僕がどうしようもないダメ男で、生き方を見失って無気力に日々を過ごし、周りが見えていなかった頃のエイミーだ。僕は何か忘れていることはないかと、頭の中のエイミー・ファイルを慌てて調べた。誕生日か？　違う。記念日？　それも違う。ごみ出しを忘れた？　いや、それは絶対にない。今朝、動物病院に出勤する前にちゃんと出した。

「最近、ご両親から連絡は？」

普段ならこれは危うい質問だ。エイミーは実家の家族の話はしたがらないし、彼らとも話したがらない。だが、何がエイミーを悩ませているにせよ、それは僕がボニーの本用のブックバッグを学校に持っていき忘れた（忘れたか？　いや、ちゃんと持っていった）というようなことよりもっと深刻な内容に思えたので、残された選択肢はある程度絞られた。エイミーが包丁を使う手を止めて僕を見た。

「何でそんなことを訊くの？」

原因は実家のことでもないらしい。

僕は肩をすくめ、何でもないと言うようにかぶりを振った。

「仕事はどんな調子？」もはや仕事くらいしか、エイミーをこうもいら立たせる原因は思いつかなかった。

「順調よ」

その答えとは裏腹に、エイミーは最後の豚肉を半分にぶった切った。その様子に、やはり仕事だと確信した。エイミーは包丁を空中に掲げ、僕に向かってというわけではないが、刃先を振り回した。

「でも、ひたすら同じことの繰り返しなのよ。みんな同じ」

僕はキッチンカウンターのスツールから立ち上がり、カトラリー用の引き出しを開けてワインオープナーを探したが、見当たらなかった。今は悠長に探している場合ではない。僕は冷蔵庫からすでに栓の開いている白ワインのボトルを出してきて、ふたつのグラスに注ぐと、スツールに座り直した。

「人脈ができて——ワイン、ありがとう——法曹界の仕組みもわかってくる。そこに関わる人たちの動きも見えてくる」

エイミーはいったん言葉を切り、ワインを口に含んだ。いや、あおったに近い。僕は彼女のグラスにワインを注ぎ足した。

「それなのにある日突然、自分は何もわかっていない気分になるのか？　僕なんか動物病院でしょっちゅうそんな気分になるよ。普通のことだ」

エイミーが寄越した視線に、僕は口をつぐんだ。

「そうじゃないの。仕事のことはちゃんとわかってる。日々、どういう人と会うかもわかっているし、担当する案件で法廷に出てくる相手が誰かも予測がつくし、どんな案件であれ弁論の仕方も心得ている。依頼人や案件が変わっても、関わるのはいつも同じような人たちなのよ」

「でも、それって企業内弁護士として勤めていても同じだろう？　解雇されていなかったなら、前の会社で、やはりかわり映えのしない人たちを相手に働いていたかもしれない。普通の人が仕事で接するより、君の方がよほど多様な人と接しているんじゃないかな」

「まあ、そうなんだけどね。問題はそこじゃないの。わかるでしょう？」

僕は何も言わなかった。

「問題なのは、誰に対しても何をどう論ずればいいかわかっているということ。裁判官ごとに、どう弁論すれば狙いどおりに裁判が進むのかも把握している。つねに思いどおりにことが運ぶわけではないけど、たいていうまくいく。すべて、ちゃんとわかってやってるの」エイミーは再度ワインをあおると、包丁を洗い、ねぎを刻み始めた。

僕は眉をひそめた。エイミーはわかるでしょうと言ったが、僕からしたら何が問題なのかさっぱり見えない。

「でも……それっていいことじゃないのか？　効果的な仕事の運び方がわかってるのはさ」

「そうだけど、それと正義とが一致するわけではない」

エイミーの言葉に、ようやく僕も彼女の言わんとしていることが腑に落ちた。僕はうなずき、エイミーは先を続けた。

「依頼人のために勝つことが私の仕事で、それはできる。関係者への働きかけ方を知っているから。依頼人が正しいか否かにかかわらずね」

「刑事専門の弁護士じゃなくてよかったな」僕は真面目にそう言った。

「本当よ」

エイミーは結婚祝いにもらったものの、大きすぎてどの棚にも入らず、普段は冷蔵庫の上に放置されている中華鍋に油を入れて熱した。そこへ豚肉とねぎ、さらにはカット野菜をひと袋分、まとめて放り込む。いっぺんに入れるのはまずいだろうが、今のエイミーに指摘するほど僕も愚かではない。

「で、君はどうしたいの？」と、僕は尋ねた。「今の仕事は続けたくないってことか？」

「続けたいに決まってるじゃない」ぴしゃりと返された。「ただ……やり方を変えたいんだと思う。あなたはもっと仕事を充実させたいとは思わない？」

「そりゃ思うよ。地域の動物関連の施設、たとえばノースウッド厩舎なんかのかかりつけ獣医になりたい。往診もしたいし、専門医を目指したい気もするし、総合的に動物を診られる一般医になりたい気もする。自分の動物病院も開きたい。でも、今はまだそんな機会はもらえないよ。もっと経験を積まないと」

「経験なら積んできたじゃない」

エイミーは中華鍋から離れて廊下に出ると、あと五分で夕食よと、最初の声かけをした。それは食卓の準備をするようにという僕への合図でもある。使うのはキッチンのテーブルだ。ダイニングテーブルではない。学校のある平日の夜はエイミーも簡単な料理ですますから、わざわざダイニングルームで食べようとは考えていないはずだ。

「まだ足りないよ」僕は廊下から戻ったエイミーにそう言った。

「あなたはもっと自信を持った方がいい」

僕は肩をすくめた。そうなのかもしれない。

「僕のことより君の話だよ。どうするつもりなの?」

「わからない」エイミーはため息をついた。「正しいと思う案件だけを受けることは可能だし、実際そうしてる。正義のために法廷に立ち、相手方が正しいと判明したなら弁護を降りるという選択肢もあるけど、それだといい弁護士にはなれない。今のままでは、何をしてもこの行き詰まった状態から抜けられない気がしてしようがないの。まあ、ちょっともやもやしているだけだと思うけど」

もやもやしている。いい言葉ではない。だが、少なくともそのもやもやは仕事から来るものであって僕にまつわるものではない。そう信じたい。

四　読む力

　エイミーは仕事に対する意欲の低下を穴埋めするかのように、ボニーの学校の父母と教師の会（PTA）の役員に立候補した。本人曰く、ちょうど新規役員を募っていたからちょうど新規役員を募っていたからで、それは事実だ。週に一回発行される学校通信に書かれていたのを僕も読んだ。私も〝何かに貢献したい〟とも言っていたが、仕事以外のことを考えて気を紛らわしたいというのが本音だろう。あとはミセス・フィンチの様子に目を光らせておきたい気持ちもあるのではないか。エイミーは夏の保護者向け説明会ではミセス・フィンチによい印象を持たなかったし、自分自身は何もせずに娘を学校に任せきりにできるような性分（しょうぶん）でもない。

　ＰＴＡの役員になると、エイミーはイベントの企画や会議のために、時折夜間に出かけるようになったが、僕はさほど気にしなかった。動物病院での仕事はそこそこ落ち着いていた。院長のクライド先生からは、君もいつまでも若手の研修獣医師というわけにはいかないし、うちで働いてもらうのは一人前の上級獣医師として働く場所が決まるまでだと言われている。いずれ自分の動物病院を開業することを考えてはどうかというクライド先生の言葉は、僕の獣医師としての技量を認めてくれているということに他ならず、最大の賛辞だったが、僕は寂しさも覚えた。今の動物病院で働くことが好きだし、離れたいわけでもない。

それでも他の勤め先を調べ始める時期に来ているのかもしれないと覚悟を決め、エイミーがボニーの学校関連の用事で留守にしている間に獣医師業界の最新動向を調べ、履歴書に書く内容を見直し、無謀な背伸びにならない範囲で今よりも一段高い知識や技量が求められる求人に応募してみた。

秋学期も半ばに差しかかる頃、ボニーが本やプリント類を入れるブックバッグを学校から持ち帰るようになった。ボニーが初めてそれを持ち帰った時、エイミーは感極まって泣いた。その様子に僕は少し面食らったが、学校は児童が本を読める段階に達したと判断するまではブックバッグを持ち帰らせないのだとエイミーから説明され、合点がいった。ボニーがブックバッグを持って帰ってきたことは大きな成長の証(あかし)なのだ。

ボニーが初めて持ち帰ったのは犬の本で、その本にボニーもタングも夢中になった。自分の本を読むボニーは誇らしげで、タングにも嬉しそうに読み聞かせてやっていた。

ソファにふたり並んで腰かけながら、タングも熱心に耳を傾けていたが、そのうちにボニーから本を取り上げ、たいそう大事そうにページを繰り始めた。

「僕も読みたい！」タングが言い出した。「ベン、読み方を覚えて、お願い！」

「それを言うなら教えてだよ。読み方を教えて」

「そう。それ。読み方を覚えてを教えて」

「僕は先生ではないから、どうやって教えたらいいのかわからないよ、タング」

「じゃあ、エイミー」タングは諦めない。

「エイミーも先生ではないからなぁ」そう言ってから、ふとひらめいた。「ジャスミンはどうだ？　ジャスミンはすばらしい読書家だよ」

「ジャスミンも先生じゃないよ」ボニーが口を挟み、タングもうなずいた。

「それはわかってるよ。僕が言いたいのは、本を読んでほしいならジャスミンに読んでもらってはどうかってことだ。それか耳で楽しむオーディオブックを買ってあげようか」

「耳の本なんてやだ、僕は自分で読みたいの」

「そうだよな」僕はつぶやいた。「わかった、何か方法を考えるよ。それまでの間はボニーが読むのを聴きながら、文字や言葉を覚えられるかやってみて」

それではタングが納得するはずはなかったが、他に答えようがなかった。今でさえ学校の話題が出るたびに、僕は軽やかなステップを踏むようにして、タングが学校に通えない理由を再び説明する事態を避けているのだ。このうえ読み方を覚えたいと言い出されては、タングが自分の思いどおりにするか、はたまた教えてと頼むのを諦める頃には、僕はダンスの名手だったフレッド・アステアになってしまいそうだ。

本の内容を誰かと分かち合うことは我が家の一大ブームとなった。タングは学校から帰宅したボニーとの読書の時間を毎日楽しみにしていたが、ジャスミンもまた自分の世界を広げていた。

「読書会に参加することにしました」ある朝、朝食の席でジャスミンがそう打ち明けた。

「面白そうじゃない」とエイミーは返したが、彼女自身はおそらく読書会にはまったく興味がない。「どこでやっているの？」

「オンラインのグループですが、近々ロンドンで集まりがあるみたいです」

あとから思えば、グループの参加者はジャスミンがロボットだと知っているのかと、その場で確かめるべきだったが、エイミーも僕もこの時点ではそこまで考えが至らなかった。

「オンライングループ？　どんな仕組みになってるんだ？」僕は尋ねた。

「週に一度、オンライン・フォーラムで読書会を開いています。今夜、初めて参加するので、その前にひと言お伝えしておこうと思って。私が一、二時間、静かにしていても、そういう事情なので気にしないでくださいね」

他の家族と比べるとジャスミンはつねに静かだが、それは言わないでおいた。

「そういうことなら絶対に邪魔しないように気をつけないとな」

僕がそう言ったら、ジャスミンの赤い光がしょんぼりと下を向いた。僕はジャスミンを応援したかっただけなのだが、本人はからかわれているように感じたらしい。かわいそうなことをした。ジャスミンは、人間とはいかなるものでどんな言動をするのかを高速で学習していたが、人間を理解するには、時に僕たち人間の言葉に含まれる微妙なニュアンスを立ち所に読み解かなければならない。立ち所ではないか……浮き所にか。僕は身を乗り出してジャスミンを肘で優しく突いた。彼女に対する愛情をさりげなく表す、僕なりの精一杯の方法だった。ハグでは大げさだ。

「ごめん、ジャスミン、茶化すつもりじゃなかったんだ。読書会に参加したのはすばらしいことだと思うよ。一冊目の本は何なのかな？」

「『ジェーン・エア』です。古典文学のグループに参加したんです」

「あれはすばらしい作品だよな」

さも読んだことがあるかのような言い方をして博識ぶったら、エイミーが片方の眉を上げて僕を見た。こうなったら本当に読もう。もう少し読書をしても損はない。『ジェーン・エア』のような作品なら、古典文学でも取っつきにくさがなくていい。エイミーも僕を見直してくれるかもしれない。今となってはエイミーにいいところを見せようとする必要はないだろうが、努力をしなくなったと思われたくはない。人はいつだって成長できる。

実際に古典文学を読んでみると、想像していたほど苦痛ではなかった。読み始めるまでは楽しめるとも夢中になるとも思っていなかった。何しろまともに本を読んだのは、数年前にエイミーとのんびりしたくて休暇でギリシアを訪れた時が最後だ。空港で売られていた、機内の暇つぶし用の小説をプールサイドで読んだ。ページの大半は主人公の男が繰り広げるある種の宝探しに費やされ、男が暗号を手がかりにクロアチア南部のドゥブロヴニクの街を駆け回るうちに、警察や謎のエリートや凶悪な組織が迫ってくるという内容だった。

そんなわけで『ジェーン・エア』にも期待していなかったのだが、予想はよい意味で裏切られた。この深みのある作品には純粋な苦悩が描かれており、少女時代のジェーンと彼女のただひとりの親友の身に起きた出来事には胸を締めつけられた。ボニーがローウッドのような学校に通っていたらと想像すると、あのような場所に閉じ込められていたジェーンとヘレンが不憫でならなかった。おまけに読後に小説の舞台となった時代について調べてみたら、ローウッドみたいな学校が本当に実在していたことがわかったものだから、ますます胸が痛んだ。悲惨なものだった。今までそれを知らずにいた自分を恥じる一方で、本から学べてよかったとも思った。これからはもっと小説を読もう。

ちなみに、僕がジェーンとロチェスター氏がついに結ばれる最後の場面にたどり着くだいぶ前から、家族は夕食の席でジャスミンと僕が繰り広げるジェーン・エア談義に飽きていた。

五　ロボットの受け入れ

週末になり、僕はボニーを連れてノースウッド厩舎の馬たちを見にいった。タングも一緒だ。タングは以前から馬が大好きで、乗馬はさすがに無理ながら、厩舎を経営するニーヴの計らいで、時折、フェンスで囲われた小さな放牧場内でお気に入りのシェトランドポニーが引く小さな荷馬車に乗せてもらっていた。ポニーのトニーもタングにあれこれ構ってもらうのが嬉しいらしく、一緒に放牧場を回ったり、タングがトニーにブラシをかけたりと、幸せな時間を過ごしていた。その間に、ボニーは屋内の乗馬レッスンの土曜日の午前クラスに参加した。

いや、参加するはずだった。現実には、ボニーはグループレッスンにうまくなじめず、同じ年頃の子どもたちと馬場内を周回しようとせずに列から離れてしまうので、最終的にはニーヴから、今後も続けるなら個人レッスンの方がいいかもしれないと提案された。ボニーは続けたがらず、そのままやめることになったが、それ以降もニーヴは僕たちの訪問を歓迎してくれた。彼女としても、これまで厩舎に来てもらった何人かの獣医師より、僕に馬の状態を診てもらいたいという希望が少なからずあったようだ。

厩舎内を回って一頭ずつ馬の蹄（ひづめ）や歯の状態、動きなどを確認する僕に、ボニーは毎回ついてきた。

「ねえ、パパ、私が学校で一番好きなこと、知ってる？」

その朝、厩舎の馬の三分の一ほどを診終わった頃、ボニーが問いかけてきた。

「何だろう？」

「ランチタイム」

ボニーの答えに僕は笑った。

「他にも好きなことはあるかい？」

ボニーは顔をしかめ、頭を一方に傾（かし）げてじっと考えた。

「ない、ランチタイムがいっちばん好き」

「じゃあ、一番好きな給食は何？」

「ピザ。あと、チョコレートプディング」

予想どおりの答えだったが、少なくとも連日のチーズサンドイッチからは卒業したようだ。まあ、温かくて、チーズを挟むかわりに片面に載っけたものに変わっただけとも言えるが。

「学校の授業では何が好きかな？　どんな勉強が好き？」

「お絵描き。色を塗るのが好き」

僕はうなずいた。「他にもあるかな？」

「帰る時間が好き。お家に帰ったらタングに会えるもん」

ほほ笑ましい。だが、僕は娘が学校での時間を楽しめていない気がし始めていた。

「タングはボニーと一緒に学校に行けたらいいのにと思っているみたいだよ」と、僕は言った。

「知ってる。タングが行きたかったら、私のかわりに行っていいよ」

僕は笑った。「それだとイアンは遊び相手がいなくなっちゃうよ」

「そうだね」と肩をすくめると、ボニーはそのまま黙って難しい顔をしていた。しばらくして、ボニーが口を開いた。「タングも学校に行っちゃだめ？」

ボニーの初めての保護者面談の日はあっという間にやって来た。気づいた時には、エイミーと僕はプラスチック製の小さな椅子二脚に座ってボニーの担任教師に向き合い、せいぜい愛想のいい笑みを浮かべて、娘の評価を聞く瞬間を待っていた。

「娘は学校でうまくやっていますか？」

僕たちの問いかけに、教師は少し逡巡した。

「判断を下すのは時期尚早だと思います……ただ……ひとりで遊んでいることが多いですね。あまり他の子どもたちと関わろうとしません。交わるとしても相手はほとんど男の子です」

何てこった。

エイミーと僕は顔を見合わせた。次の質問を口にしたのはエイミーだった。

「それは……具体的にはどういうことでしょう？」

担任教師のミセス・フィンチは（ファースト・ネームは知らない。小学校では教師のファースト・ネームは教えないようだ……教師として採用されて学校の門をくぐる時に置いてきたのかもしれない）、書いていたメモから目を上げると、僕たちの顔にすばやく視線を走らせた。そして、ほほ笑んだ。

「心配なさらなくても大丈夫ですよ、悪いことではありませんから。私が申し上げたかったのは、ボニーは女の子と遊ぶのと同じくらい、男の子とも楽しく遊べるということです。どうもボニーは男の子が遊んでいるおもちゃやゲームの方が好きみたいで。それだけのことです。おもちゃに関しては性的な中立性を保つというのが当校の方針ですので、性別によって決まった活動に誘導するようなことはしていません——」

「それを聞いて安心しました」エイミーは言った。

「——それでも子どもたち自ら、何というか、小さな派閥に分かれることはよくあります」

「派閥?」

ミセス・フィンチが僕を見た。その顔に、僕には読み取ることのできない表情が一瞬浮かんで、消えた。ミセス・フィンチは小さく笑った。

「派閥という言葉は適切ではないかもしれませんね。それはともかく、ボニーに関して言えばお人形遊びよりも恐竜で遊ぶ方が好きで、そうなると自然と男の子と過ごす時間が多くなります。ちなみに、ボニーにきょうだいはいますか?」

「なぜですか?」エイミーと僕は同時に訊き返した。

「家庭での様子を知ることは生徒に対する理解につながります。そして、きょうだいの存在というのは家庭生活における大きな要素ですから」

エイミーと僕はもう一度視線を交わした。僕は咳払いをした。

「います。いや、いません。いや、いるような、いないような……いや、います。タングという名の兄がいます」

「タング?」きょうだいの一方にはボニーという一般的な名を、もう一方にはタングという聞いたこともない名をつける、その一貫性のなさにミセス・フィンチは見るからに困惑していた。膝に載せた罫線入りのメモ帳に何やら走り書きをしている。「ちなみにタングはいくつですか?」

「ボニーと似たような年齢です」

「でも、この学校には通っていないのですか？」

「はい」

一連の質問に僕はいら立ち始めていた。エイミーも同じようだ。

「理由はタングがロボットだからです」

僕の説明にミセス・フィンチは目を見張り、膝の上のメモ帳に何かを書き留めた。納得した様子で、今にも立ち上がって〝道理でね！　そんなことだろうと思ったわ！〟と声高に言いそうな雰囲気だったが、そうはしなかった。ミセス・フィンチはロボットという興味深い脇道にはそれず、本筋に戻った。

「先ほども申しましたとおり、心配はいりません。ボニーも女の子と遊んではいますし……時々……気が向いたらですが。クラスの中でもボニーはおとなしいお子さんですが、きっと問題なくやっていけるでしょう」

残念ながらその言葉に説得力はなかった。僕には引っかかることがあった。

「家でのボニーは……何というか、こうと決めたら誰にも止められない嵐みたいなところがあります。力の加減もまだよくわかっていないと言いますか。学校での娘は……乱暴ではないですよね？」

口に出した瞬間に、〝乱暴〟という言葉を使ったことを後悔した。ちらりと横目で確かめたら、エイミーが目をつぶるのが見えた。ミセス・フィンチが眉根を寄せた。

「いえ……いえいえ……乱暴ではありません。たしかに力は強いですが、〝乱暴〟というのとは違います」

「そうですか」

「それに、子どもの様子が家にいる時と学校にいる時とで違うのはよくあることです。心配には及びません」

心配には及ばないと言われたその事実こそが僕を心配させた。エイミーも不安を覚えたようで、帰りの道すがら、自然とその話になった。

「彼女、何度も心配はいらないと言ってたわね。あれは私たちを安心させるため？それとも自分に言い聞かせてたのかしら？」

「僕も同じことを考えてた。でも、先生の言うとおりだ。ボニーはきっとうまくやっていけるよ」

「そうね。でも、彼女のことは好きじゃない」

「ミセス・フィンチか？僕もだ。ボニーのことはもうしばらく様子を見守ろう。クラスを替えてもらうように頼むことはいつでもできるんだしさ」

「考えてたんだけどね」

翌朝、エイミーが切り出した。僕はエイミーにトーストを一枚、差し出した。

「昨夜は長い間起きていたみたいだけど、何か引っかかってるの？」

「そういうわけじゃないんだけど、ただ、考えてたの……実際のところ、タングを学校に通わせない理由って何なのかしら？」

「うーん、学校側が受け入れてくれるはずがないから？」

「でも、そんなのわからないわよね。考えてみて。タングは学校に行きたがっているし、ボニーにとっても、きょうだいがそばにいるのはいいことかもしれない。お互いに助け合いながら学べるかもしれない。ひょっとしたらタングが、ボニーが学校になじむ助けになってくれるかもしれない。タングを通わせられないか、訊くだけ訊いてみても損はないんじゃない？　私もPTAでそれなりの影響力を行使できるだけの下地作りはしてきたし……」

エイミーの目つきを見る限り、今週中にも校長と話をすることになりそうだった。

果たして二日後には僕たちは再度学校を訪れ、今度は大人用の椅子に腰かけていた。

「今……何とおっしゃいました？」校長のミセス・バーンズが訊き返した。

「我が家のロボット、アクリッド・タングをこの学校のクラスに入れていただきたいんです」

エイミーは毅然(きぜん)と、だが丁寧に頼んだ。僕は話しかけられない限りは黙っていようと早々に決めていた。妻が弁護士だと、こういう状況で僕が出る幕などほとんどない。それに校長を前にすると萎縮してしまう。

　子どもの頃、学校で一番恐ろしかったのは放課後に居残りをさせられることだった。真面目に勉強していたものの、僕の成績はつねに平均かそれ以下で、姉と比べると出来が悪かった。やがて両親の早すぎる死に直面すると、親に認められたくて頑張ってきた僕は学ぶ意味を見失い、努力すらしなくなった。まあ、過ぎたことは仕方がない。今は立ち直って目指した道をもう一度歩いている。

「入れる……とは、生徒としてクラスに参加させたいということですか？　子どもと同じように？」

「はい」エイミーが答えた。うんざりする気持ちを顔に出さないところはさすがだ。

　タングが僕たちの人生に登場して以来、こういう会話は日常茶飯事だった。世界は、いや、少なくともこの国はコンピューター自体が学習する機械学習という概念に慣れ、おおむね受け入れてもいるが、それを人間社会に融合させるとなると賛否がはっきり分かれる。ロボットが存在するのはいい。ＡＩもけっこう。ただし、人間社会との距離感が近すぎてはいけない。工場で働こうが店のカウンターの向こうで働こうが、それは構わないし、刑務所の床のモップがけをしていてもいい。今日も校舎内の廊下を清掃中のロボットのそばを通りかかった。だが、そこに存在するだけでなく、ひとつの命として一生を過ごすとしたら？　それは行き過ぎなのだ。

「申し訳ありませんが」と言いながら、バーンズ校長はうなずいた。言葉と裏腹で、見ていて混乱した。「ご希望には添いかねます。検討するまでもないことです。どうかご理解ください」

「なぜですか？」と訊ねたら、校長はわからず屋の生徒を黙らせる目で僕を見た。

「ここが子どものための学校だからです……機械のためではありません」

機械のためと言った時の校長の口調が嫌だった。ロボットを学校に通わせるという考えが不快なようで、それを隠そうともしなかった。しばらくして、校長は再びうなずいた。

僕はかっとなった。「校長はタングのことを何も知らないではありませんか。性急に結論を出す前に、せめて会ってやってくだ……」

エイミーが遮るように手をかざしたので、僕はしゃべるのをやめた。

「タングはあなたがこれまで目にしてきたロボットとはまったく違いますよ、オードリー」

ファースト・ネームで呼ばれた校長は気色ばんだ。生徒同様、親も教師のことは苗字と肩書きで呼ぶのが暗黙の了解となっていたが、ＰＴＡ役員のエイミーには多少の自由が許されていた。そして、エイミーは相手の不意をつくタイミングも心得ていた。

オードリー・バーンズにしてみれば学校でファースト・ネームで呼ばれるのは不本意かもしれないが、それぞれ専門職に就いている三十代の親ふたりを相手に、ファースト・ネームを使うなとも言えない。自身も同年代となればなおさらだ。

校長はすっと背筋を正し、机の上で両手を組んだ。「仮にそうだとして、彼が世界一かわいいペットであったとしても、機械であることに変わりはありません。子どもたちを預かる教育現場に彼の居場所はないのです」そう言うと、話の流れで確固たる根拠を見出した校長は、こう続けた。「子どもたちの安全を守るためです」

「安全を守る？」エイミーと僕は同時に訊き返した。

僕はさらに言葉を続けた。「お言葉ですが、タングはこの学校に通うほとんどの児童より優しくて無害ですよ。それだけは保証します」

エイミーがまたしても僕の言葉を手で遮った。この学校の児童たちを貶めるような発言をしても、校長の心証を悪くするだけだ。その程度のことは僕にもわかる。毎度のことながら、気づいたのは言ってしまったあとだけれど。

「一度、会うだけ会ってみていただけませんか？」そう言うと、エイミーも校長に負けじと強烈な一手を繰り出した。「何としても学校で学びたいというタングに、夫も私もかなり手を焼いているんです。このままともな教育環境や精神年齢の近い子どもたちとの交流の場を与えてやれなければ、平日はタングの相手に追われて他のことにエネルギーを注ぐ余力などなくなってしまうかもしれません。そうなると最初に諦めざるを得ないのはPTAの仕事でしょうね。あれもかなりの時間を取られますので」

僕は目を剝いたが、校長と同じように組んだ両手にかたくなに視線を落とした。校長と違って手に力が入り指の関節がやけに白くなっているのは、今のエイミーの発言の意図がわかるからだ。エイミーがPTAを抜ける穴は限りなく大きい。学校もPTAの会議に参加する会員も、皆がエイミーの無料の法律相談を享受しているからだ。

車に戻る道すがら、僕は言った。「さっきのあれは脅迫だよ、エイミー」

「最初に食ってかかったのはあなたでしょ、私じゃないわ。それに効果はあったじゃない。校長がタングに会ってくれることになった。一歩前進だわ」

エイミーはリモコンキーをピッと操作して車のドアを解錠すると、運転席に乗り込んだ。僕は途方に暮れた。事実上の入学試験となる面接に向け、タングにどんな準備をさせればいいのだろう。

六　メディア

秋学期の中間休みのある日、ボニーを姉のブライオニーの家で預かってもらい、エイミーと僕はタングを連れてバーンズ校長に会いに学校に出かけた。タングにも面談の目的はきちんと説明した。正直に伝えるのが最善の策だと思ったし、タングにも自分に何が求められているのかを知る権利がある。学校に通いたいのなら、自分はクラスのかけがえのない存在になれると、パークヴェイル・プライマリースクールの校長先生を納得させなければならない。

「どうかうまくいきますように」

そう小さくつぶやいて、エイミーが受付窓口の呼び鈴を鳴らした。数秒の沈黙ののち、インターフォン越しに応答があった。エイミーは名を名乗り、バーンズ校長と面会の約束があることを告げた。

「……タング・チェンバーズのことで」返事がないので、エイミーはそうつけ加えた。

「タング・チェンバーズ？」

「ああ」と、声の主が合点する。「そうでした、そうでした。どうぞ、ドアを開けてお入りください」

「今の事情を承知している口ぶりは、いいことなのかな、悪いことなのかな？」中に入りながら、僕はエイミーにささやいた。

「じきにわかるわ」

休暇中に学校に出てくるはめになったわりに、バーンズ校長は意外なほど温かく僕たちを迎えてくれた。だが、僕がそう言ったら、教師は休暇が多いと思われがちだが、実際には皆の想像の半分も休めないのだとの答えが返ってきて、なるほどと思った。

バーンズ校長はタングと話そうとその場にしゃがむと、タングのマジックハンドの手を取り、握手をした。タングは警戒して僕の脚をぎゅっと摑んだ。

「普段はこんなに恥ずかしがったりしないんですよ」僕はそう言うと、タングに向かって続けた。「ほら、こんにちはって挨拶して、タング」

タングはこちらを見上げ、瞼を斜めに下げて顔をしかめると、言った。「ほら、こんにちは」

「ロボットの」

僕は天を仰いだ。僕の言い方が悪かった。

バーンズ校長は蟻の巣のように張り巡らされた廊下を抜けて、僕たちをレセプションクラスの教室に案内した。エイミーはボニーの名前が書かれたコートと鞄かけ用のフックを指差し、かわいいわねと言うように片手を自分の胸に当てた。僕が同じことをしたなら、きっとやれやれとかぶりを振り、感傷的なんだからと呆れたに違いない。

バーンズ校長がタングと教室で話している。それは何とも不思議な感じのする光景だった。校長がタングに何を尋ねたのかは聞き取れなかったし、初対面でのタングの緊張をどうやってほぐしたのかもわからないが、タングを安心させてくれたのはたしかだ。教室にいたのはせいぜい三十分だったが、その間にタングは馬が大好きなことや、ボニーは馬と恐竜が好きなこと、家にはもうひとり、ジャスミンという本が大好きなロボットもいるが、学校には行きたがらないのだということまで話した。それ以外にも、我が家に猫が二匹いて、そのうちの一匹がもう一匹を出産した際にはタングも手伝ったことも教えたらしい。さらに、タングが今より幼かった頃に僕と世界を旅したことや、僕にはブライオニーという姉とアナベルという姪とジョージーという甥がいることまで説明していた。タングはあとになって、ブライオニーの夫のデイブのことを忘れていたから、戻ってバーンズ校長に教えた方がいいかなと言い出したが、デイブについては話すことが思いつかないようだった。エイミーと僕は気にしなくていいよと伝えた。「デイブは話題にされないことには慣れているから」と続けたくなったが、さすがにそのひと言はのみ込んだ。義兄のことは大好きだが、彼はそういうタイプの人なのだ。

〝面接〟が終わり、タングが教室内を回って引き出しという引き出しを開けてみたり、図書コーナーにある読書用のビーズクッションに座っては立つ練習をしたりしている間に、バーンズ校長がにこやかに僕たちの元にやって来た。

「実際に会ってみて、タングのことがよくわかった気がします。おふたりのおっしゃるとおりですね。タングが普通の人間の子どもだったなら、迷わずこの学校に迎えるでしょう。ただ、現実にはタングはロボットなので、彼を当校の児童として迎えるのが妥当か、水曜日の夜の理事会に私から諮（はか）ってみます」

「そこまでしていただけたら十分です、オードリー」エイミーは言った。「ありがとうございます」

「やはりタングを児童として受け入れることはできません」オードリー・バーンズはそう告げると、異議を唱えようと息を吸った僕たちを、両手を掲げて制した。「理事会の承認が得られませんでした。ただし、ボニーと一緒に教室に来ることに関しては了承を得ました。実質的には児童として他の子どもと何ら変わらず過ごすことになります。ただし、タングにまつわる全責任は今後もおふたりに負っていただきます。タングに保険をかけようにも、どうすればいいのか見当もつきませんし」

「わかります。僕たちも苦労しましたから」

エイミーが腕を伸ばして僕の手を握る。バーンズ校長はうなずいた。

「理事の皆さんには、タングの存在は子どもたちにもよい影響を与えるはずだと説明しました。ある種の……」バーンズ校長は考えるように言葉を切り、頭を傾げて続けた。「……精神的な支えとなる支援ロボットですね。特にボニーにとっては。タングはきっと……クラス全員の究極のペットみたいな存在になるのではないかしら」

校長の言葉にエイミーは笑った。「それはタングには言わないでくださいね。本人はペットと呼ばれるのは心外みたいなので」

「そうですよね、タングにしてみたらそれも当然ですね」と、バーンズ校長は言った。「まずは一学期の半分単位で様子を見ていきましょう。特に大きな問題がなければ、次の話し合いはクリスマスにいたしましょう。ひとまずは中間休み明けの月曜日から、タングもボニーと一緒に登校してもらってけっこうですよ」

「ありがとうございます」

僕が礼を言うと、バーンズ校長はもう一度うなずいた。つねにうなずいているので、それが同意を意味するのか否か、見極めが難しい。きっとうなずくのが癖なのだろう。

車の後部座席に置いてあるおもちゃの犬と同じだ。

バーンズ校長の〝特にボニーにとっては〟というひと言がふと気になったのは、ずいぶんあとになってからだった。

学校がロボットをクラスの一員として初めて受け入れるとなれば、当然メディアもある程度は取り上げる。それは避けられない。エイミーも僕も、ボニーやタングを世間の目から極力守るつもりだったが、仮に記事が出ればジャスミンは読むに違いなかった。読まないでと頼むことはできるが、ジャスミンがその頼みに従い、読まずにいてくれるかどうかまでは知りようがない。

注目されたくはなかった。スポットライトを浴びたいと思ったことはないし、今回のスポットライトがどれほど強烈なものになるのか、想像もつかなかった。僕たちにできることは、報道後の世間の反発に対処するくらいだ。

過去にはメディアの注目を回避できたこともある。僕たちが家族を形成した過程が、世間的には議論を呼びそうだったにもかかわらずだ。タングもジャスミンも法律上は他人の所有物だった。所有権の問題が解決するまで、期間にしてタングは二年、ジャスミンもそれに近い年月を要した。エイミーと僕はタングとジャスミンを僕たちの手で守り育てるべく、法廷で彼らの所有権の獲得を主張するとともに、僕たちがふたりを盗んだのではなく、意識と心を持つロボットである彼らが、自らの自由な意思で僕たちと生きる道を選んだのだと示さなければならなかった。もっとも立証することは難しくはなく、エイミーも完璧な弁論で僕たちの主張を裏づけた。そこまでやらなくてもというほど徹底的だった。裁判では被告であるボリンジャーのロボットに対する保護監督義務の放棄と、危険性を有している可能性のあるロボットに対する責任の欠如が争点として争われた。ボリンジャーが犯罪者であることも彼には不利に働いた。そして、ボリンジャーが犯罪者であるという事実こそが、僕たち家族が世間の目というレーダーを逃れられた理由だった。当局の監視下で隠遁生活を送っていたAI兵器の専門家が、関係各所の監視網もあらゆる保安検査もかいくぐり、前触れもなく我が家に現れたことは、複数の国にとって国の威信に関わる大失態だった。そのため、国家安全保障上の問題を理由に報道管制が敷かれた。その理由はまったくの偽りではなかったが、話が壮大になりすぎて僕たちは困惑した。複数の国際団体が僕たち家族の動向を監視しているようだったが、確証はなかった。裁判が終了して以降、彼らが実際に僕たちを監視していたのだとしても、その姿はつかめなかった。ボリンジャーがアメリカに引き渡されてからは、僕たちは普通の生活を取り戻そうと心がけた。意思を持つふたりのロボットも一緒という状況で、可能な限り普通の生活を。

時がたつにつれ、ボリンジャーが再び姿を現すという悪夢にうなされることはなくなっていった。就寝前に強迫観念に駆られて家中の窓やドアの施錠を確かめて回ることもなくなり、カトウとリジーからテキサス州のオースティンで挙式することになったと連絡をもらった際には、ボリンジャーと同じ国にいることに怯えることなく結婚式に参列できた。もっとも、アメリカほど広大な国であっても、運命のいたずらによって再び遭遇しないとは限らない。

まあ、しかし、それらはまた別の話だ。ボニーの通う学校がタングをレセプションクラスに受け入れると決めた時、たとえそれが世間の目に照らせば児童というよりペットとしての色合いが濃くとも、情報を聞きつけたジャーナリストがひとりくらいは取材にくるのは避けられまいと、僕たちは覚悟した。

結論から言うと、まさにそのとおりになった。ひとりのジャーナリストが情報を聞きつけ、やって来た。幸いだったのは、タングの初登校の日に学校の門をくぐろうとする僕たち家族を呼び止めたのが、全国紙の記者や調査報道のジャーナリストではなく、地方紙の地域コラム担当記者だったことだ。

記者はジョン・ベイバーと名乗り、取材の目的を述べ、協力を依頼してきた。

「これはすばらしい地域ニュースです。読者もきっと喜びます。ロボットとその妹さんが校内に入る前に、ふたりの写真を撮らせていただけませんか？」

「まあ、いいですよ」僕がちらりと見たら、エイミーも小さくうなずいた。

「取材が彼ひとりですむなんて、あり得ないわよね？」

写真を撮るベイバーの傍らで、エイミーが僕にささやいた。写真を撮られるのが大好きなタングは、とっておきのタング・スマイルで撮影に応えていた。巻き込まれたボニーは嬉しいのか嬉しくないのか、自分でもわからない様子だったが、タングにとっては大きな出来事なのだと理解はしていたので、楽しそうな顔をしようと精一杯頑張っていた。

「ロボットが史上初めて学校に行くことは、僕たちが思うほど奇妙な話でも面白い話でもないのかもな」と、僕は言った。

ベイバーが撮れた写真を確認し、「うん、チャーミングだ」と評した。

実を言うと、この初登校の日にタングとボニーを学校に迎えにいった時、僕は少し緊張していた。エイミーは法廷にいて一緒には来られなかった。僕は妻ほど社交的ではないので、他の親とどんな会話をすればいいのか、わからない。だが、それも杞憂に終わった。学校に着いて三十秒後には教室のドアが開き、ボニーが囲いから解き放たれた競走犬のごとく飛び出してきた。離れていたのは数時間なのに、数週間ぶりの再会みたいに僕にひしと抱きついた。ボニーの友達のイアンも同様に父親にしがみついた。僕はふたりに向かってどうもと会釈した。

一方のタングは待てど暮らせど教室から出てこず、ようやくガシャガシャと姿を現したと思ったら、何人かの笑顔の子どもたちに抱きつかれていた。タングに人を惹きつける力があることは前から知っていたものの、僕からすると子どもは大人とはまったく別の生き物なので、彼らがタングにどう反応するかは予測がつかなかった。それはエイミーも同じだった。

しかし、タングは子どもたちを魅了した。それどころか、我が子をタングから引きはがしていた親たちまでもがタングを見て「いやーん」と声を上げ、かわいいと言い、ハイタッチを求められたタングが応じるとますます喜んだ。

帰り道、秋の日差しを受けるタングの体は光を反射し、クリスマスツリーに飾る金属製の天使みたいに輝いていた。金色に染まって輝く体はタングの気持ちをそのまま表しているようで、楽しげなおしゃべりも止まらなかった。おかげで遊具広場の前を通る頃には、僕はレセプションクラスについて、ボニーの入学から中間休みまでの間に得た情報よりはるかに多くのことを把握していた。ボニーの話を聞いていると、クラスにはボニーとイアンしかいないのかと錯覚しそうになるが、タングによると教室には積み木や数字の分類ゲームやホワイトボードや絵画もあるらしい。

「ベン、アビーって知ってる?」

「いや、知らないなあ……」

「……先週パーティしたんだって。お誕生日だったから。五歳になったんだって。あとマーカスっているでしょ? あの子はバスが好きなの……ミセス・フィンチの家には犬がいるんだって……」

ボニーは僕と手をつなぎ、無言で歩いていた。

初登校を終えたタングを迎えにいけなかったエイミーも、初日の話は本人から漏らさず聞くことになった。エイミーへの報告は、下校時に僕が聞いた話のほぼ繰り返しだった。ボニーは夕食を食べるのに夢中だったが、仮に何かを話そうとしたとしても言葉を挟む余地などなかっただろう。僕と同じであるなら、ボニーが静かなのは同じ話の繰り返しに頭がおかしくなる前に、タングの話を聞くのはやめて、頭の中で別のことを考えていたからに違いない。

「タングはすっかり人気者みたいだ」あとになって寝室に下がってから、僕はエイミーに言った。「タングが何人もの子どもたちにもみくちゃにされながら出てくる姿、君にも見せてあげたかったな」

「見たかったわ。私も一緒に迎えにいけなかったこと、タングがあまりがっかりしていないといいのだけど」

「あいつのおしゃべり、聞いただろ？　もう一度一から話せて嬉しそうだったじゃないか」

エイミーは笑ったが、楽しそうではなかった。

「どうした？」

「うーん……新聞記事のことが少し気がかりなのよね。大丈夫なのかなって。それだけ。タングが周りから反感を抱かれるようなことを書かないでくれるといいのだけど」

それは考えていなかった。それからの一週間はどこか落ち着かない日が続き、エイミーと僕は一度ならず、新聞社に電話をして記事を差し止めてもらうように交渉してみようかと話し合った。懸念していた記事が新聞に掲載されたのは翌週の木曜日で、その日の夕方、郵便受けがパタンと閉じる音がするや否や、タングは玄関に飛んでいった。そして、紙面をめくり、地域面の片隅に、ベイバーの希望どおりにボニーとポーズを取る自分の写真を見つけた。ベイバーの話では、写真とともに百ワードほどの記事が掲載されるはずだったが、実際に添えられていたのは〝記事〟というより単なる見出しだった。

家庭ロボットのタングと校門前でポーズを取る、地元の小学生ボニー・チェンバーズ。

エイミーと僕は顔を見合わせ、眉をひそめた。僕が「報道管制？」と唇だけ動かすと、エイミーは肩をすくめてかぶりを振った。そして、「カトウに訊いてみる？」と、やはり唇だけ動かした。カトウ自身はボリンジャーの監視役ではなかったが、監視役の人々とつながりがあり、影響力もあることは知っていたので、エイミーが今回もカトウの関与を疑うのはそう的外れなことではなかった。

「君が何かしら噛んでいるの?」次に話す機会が訪れた時に、僕はカトウに訊いてみた。「タングの登校日にはメディアが集まると思ってたんだけど、来たのは記者がひとりだけ。その記者にしても載せたのはタングとボニーの写真と見出しのみ。まるで、ボニーが自分の好きなものについて同級生の前で発表するために、タングを連れていっただけみたいな扱いだった」

「不服そうだね」と、カトウが言った。「もっと注目してほしかったかな?」

「いや、それはない。ただ、ある程度はメディアが来ると想定していたからさ。その心構えでいたから」

電話の向こう側でカトウが黙っているので、僕は重ねて尋ねた。「メディアでの扱いがほとんどなかったことに君は何か関係しているの?」

沈黙がさらに続き、やがてカトウは答えた。

「そうかもしれないね」

この件に関して、カトウはそれ以上何も語らなかった。

七　道具

「何で僕には制服がないの？」

　ある朝、タングが唐突に言い出した。僕はタングとボニーを玄関に連れていき、そこで立ち止まると、タングに追い抜かれた際に踏まれてほどけた靴紐を結び直した。僕はエイミーと目を見合わせた。チキンレースの始まりだ。お互いに〝それはタングがロボットで、服は必要ないからだ〟と告げる役回りは引き受けたくない。だが、学校に遅刻しないためにはどちらかがそのひと言を本人に伝えるか、ただちにもっとましな理由を思いつくしかない。

「ボニー、じっとして」エイミーは娘のコートのファスナーを閉めるのに苦戦していた。彼女はタングに、「どうして制服がほしいの、タング？」と尋ねた。

　ボニーがコートのファスナーを下ろし、肩をすくめるようにして床に脱ぎ捨てる。

「ボニー！」

　僕は注意したが、エイミーがひと睨みすると、ボニーはコートを拾い上げた。頑固な娘も、エイミーにあの顔をされてはさすがに太刀打ちできない。

「僕もみんなと同じ格好がしたいから」タングは妹に会話を遮られたことなどさらりと受け流して、そう答えた。タングの望みは当然のもので、彼に制服を用意してやらない正当な理由などなかった。あるのは、タングの四角い金属製の体に合う服はどこにも売っていないという現実的な問題だけだ。

「おまえの体にぴったりの制服を見つけるのは難しいかもしれないなぁ、タング」僕がそう答えると、タングは大きく見開いた目でこちらを見つめた。

「ベンが作ればいい」作れるかという問いかけではなく、指示だった。

「制服なんか作れないよ、タング。何を根拠に僕なら作れると思ったんだ？」

「ベン、ローラースケート作ってくれた」

エイミーがポニーのコートのファスナーを上げ直しながら、にやにやしている。助け船を出す気はないらしい。

「それとこれとはまったく違うよ！　あの時使ったのは道具と……金属や木材なんかの材料で……針や糸や生地じゃなかった」

タングが瞼を斜めに下げて顔をしかめた。

「ベン、道具を使ってスケートを作った。針と糸も服を作る道具だよ。ベン、木材と金属を使ってスケート作った。だったら服の木材と服の金属で制服作れるでしょ？

ベンが道具と材料を使ったって言ったんだよ。同じことでしょ?」

出た、ロボットの理屈。

「タングの言うことにも一理あるわ」あとになり、エイミーが他人事だと思ってやけに楽しげに言った。「ああして考えると、たしかにそこまで違わないもの、裁縫と日曜大工って」

僕たちは寝室にいた。僕はベッドに横になり、エイミーはシャワーを浴びようと服を脱いでいた。今ここで反論したところで僕に勝ち目はない。たとえエイミーがひと言も発しなかったとしてもだ。

「そうだけど、僕はどっちもからきしだめだ。君も知ってるじゃないか」僕は一方の腕を頭の下に入れ、足首を交差させた。

「やあね、別にだめなんかじゃないじゃない。門も直したし、タングが言ったようにローラースケートだって完成させた。全然だめってことはないはずよ。挑戦してみたらいいじゃない」

「裁縫に? 冗談きついよ」

エイミーは僕の頬にぽんぽんと優しく触れた。まるで子ども扱いだ。わざとやっているのだ。

「あなたはできる人よ、ダーリン、ミシンだって使いこなせるわ」

「それはどうも。それにしても、さっきからいっこうに、私がやってみるとは言わないな」

エイミーは鼻先で笑った。「裁縫なんてごめんよ。それにタングは私じゃなくてあなたに頼んだの。屋根裏からお母さんのミシンを出してきて、とりあえず挑戦してみたらいいじゃない。それくらい、たいしたことじゃないでしょ？」

「簡単に言ってくれちゃって。そりゃ君はいいよ、何でもさらりとこなせるんだから。日常の問題に対処するためのスキルは、僕には元から備わっているわけじゃないんだ」

「だったらなおのこと練習しないとね」そう言って、エイミーは僕の頬にキスをした。そして、タングの制服作りという責任からすっかり解放された彼女は足取り軽くシャワーを浴びにいった。

エイミーはああ言ったが、タングの制服をひと揃い、完璧な白シャツからジャケット、スラックス、そしてネクタイまで作るのは到底無理だ。裁縫の初心者が手始めに挑むにしては四つのアイテムは難易度が高すぎる。それなのに家族は皆、制服作りは僕の責任であり、能力の範囲内だと思っている。仕方がないので、僕は理想とするよき父親、よき夫となるべく、練習用に古いシャツを用意し、家にひとりきりの時を見計らって屋根裏部屋からミシンを出してくると、ダイニングテーブルの上に設置した。

〝設置した〟とひと口に言っても、そこにたどり着くまでが大変だった。まずは屋根裏部屋からミシンのケースを取り出すのにひとしきり咳き込んだ。しかも蓋を開けたら開けたで、今度は前面に収まっていた箱らしきものが落下して僕のつま先を直撃した。縫い針やまち針やボビンやハムスター大の反射鏡みたいなものが床に飛び散り、僕は悪態をついた。箱にはずっしりと重そうな磁石も入っていて、床に落ちる前にテーブルに当たったものだから、木の表面に傷ができてしまった。

「何で磁石なんか入ってるんだよ」当たる相手もないままに僕は怒鳴った。

床に這いつくばり、箱の中身をかき集め始めたところで磁石の用途に気づき、拾い損ねたまち針がないか、周囲の床に磁石をかざした。

「ベン？」

背後から出し抜けにジャスミンの声がした。びくっとなった拍子にテーブルに頭をぶつけた。

「ああ、ごめんなさい」と、ジャスミンが謝る。「痛い思いをさせるつもりじゃ……」

「いいんだよ、ジャスミン、ちょっと驚いただけだ。まさか僕以外にも誰かいるとは思ってなかったからさ」僕は後ろ向きにテーブルの下から這い出ると、立ち上がって頭をさすり、痛みを和らげようとした。

「はい、私がいます」ジャスミンは赤い光をこちらに向けて一瞬僕の目を見つめると、光を再びうつむかせて横にそらした。そっと顔を背けるようにしたジャスミンを見て、僕は笑った。

「うん、それはよくわかったよ」

「何をしているんですか？」ジャスミンが光をミシンに向けた。

「うーん……話せば長くなるんだけどさ。タングが制服をほしがってるんだけど、人間の子ども用に作られた制服なんて絶対に入らないだろう？　だったら僕がちゃちゃっと作ればいいと、タングはそう思ってるわけだ。こっちは生まれてこの方、ひと針だって縫ったことがないのに」

「かなり野心的な挑戦ですね」

「そうなんだよ。でも、タングもエイミーも僕ならできると信じているから、やるだけはやってみないとな」

「私に手伝えることはありませんか？」

僕はふうっと息を吐くと顔をしかめた。「さすがの君も、この厄介な状況から僕を救い出すのは難しいだろうな。でも、つき合ってくれたら嬉しいよ。悪態をついちゃうかもしれないけど」

「ちっとも構いません」ジャスミンはダイニングテーブルの定位置に移動すると、空中で静止した。

僕は再度ひざまずき、床に飛び散ったものの残りを拾い集めてテーブルの上に戻すと、椅子に座って眼鏡をかけた。だが、すぐにまた立ち上がった。まずはこの忌々しいミシンのプラグをコンセントに差し込まなければ。

ミシンのケーブルを壁のコンセントまで延ばすには、床を這わせなければならない。家電製品にしろ電子機器にしろ、近頃はワイヤレス化が進んでいるが、母の古いミシンは違った。まあ、家族が帰宅するまでに片づけておけば問題はないだろう。ジャスミンは必要とあれば浮いてケーブルをまたげる。

昔はケーブルがどこにあろうと意識したこともなかったが、子どもがいるとそういうことが気になるものだ。部屋に入って真っ先にすることはリスク管理だ。大事な我が子が口に入れたり壊したりしそうなものはないか。娘が四歳になった今でもそれは変わらない。ボニーは自分にとってよほどいいことがない限り、何でもかんでも口に入れたりいじったりする子どもではないが、安心はできない。それに子どもは時として親を怒らせて〝楽しむ〟こともあり、そうなるともはや何に手を出して壊すか予想もつかない。そんなふうに周囲の環境を評価するのは〝母親っぽい〟と言われるが、僕はそうは思わない。部屋に入るたびに、僕はターミネーターになった気分でその場を目でスキャンし、危険物を検知するとロックオンする。頭の中では目からレーザー光線を発して危険物を跡形もなく消し去るなんて妄想を繰り広げることもあるが、あいにく僕はただの人間だ。ジャスミンなら本当にできそうだが。何しろエイミーの元恋人のロジャーに電気ショックを与えたことがあるくらいだ。それに、ジャスミンの秘めたる力はそれだけではない。

能ある鷹は爪を隠すもので、と言ってもジャスミンに爪はないが、彼女の隠れた才能を目の当たりにしたのはボニーが間もなく三歳になろうかという頃だった。元彼ロジャーに復縁を迫られて絡まれていたエイミーをジャスミンが救ったロジャー事件以来、ジャスミンに生き物を感電させる力があることはわかっていたが、彼女はその話をしたがらなかった。そんな能力を備えた自分は、はたから見れば兵器のように映るのではないかと気にしていたのだ。そして、それはジャスミンがけっして望まないことだった。当然だろう。ボリンジャーがジャスミンを作った目的がどうあれ、ジャスミンは彼の支配を逃れて自由になった。これ以上ボリンジャーの邪悪な意図に影響されたくないと願うのは自然な心情だ。それだから、エイミーを守るためとは言え彼女の元彼に電気ショックを与えたことを、ジャスミンはいまだに気に病んでいる。

しかし、ある時そんな状況をひっくり返す出来事が起き、ジャスミンはボニーの命の恩人となった。あれはプレスクールから帰ったボニーがフランス窓の前に座って、プラスチック製のレゴブロックで遊んでいた時のことだ。そろそろ寝る時間で疲れていたボニーは、ぼーっとしながらブロックを色や大きさごとに並べていた。エイミーは料理中で、僕は帰宅したところだった。にわか雨の多い四月で、激しい雹（ひょう）に降られた僕は、玄関から続く廊下でコートのみならず、靴下やズボンも脱いでセントラルヒーティングの放熱器（ラジエーター）の上にかけていた。タングはボニーと同じ部屋にいたが、家庭用ゲーム機で遊んでいた。ジャスミンも同じ部屋にいたが、本を読んでいた。

二歳児が静かにしていたら様子を見にいけというのはよく言われることだ。だが、あの時ボニーの遊ぶ音は皆に聞こえていた。ロボットたちから見える位置にボニーはいたから、親としては娘が何をしているのか、居間のドアから顔をのぞかせて確かめればこと足りた。何も問題はないように見えた。皆、ボニーの様子におかしなところなどないと思っていたし、実際に問題などなかった。問題が起きるまでは。

つい言い訳がましくなってしまうのは、あれは防ぎようのない事故だった、誰のせいでもなかったと自分たちを正当化したいからだろう。むろん、世の中には親の責任だ、何があろうと娘と同じ部屋にいるべきだったと批判する人がいることも承知している。正論だとも思う。けれども、どんなに気をつけていても、子どもが起きている間、文字どおり一秒たりとも目を離さずにいることなど不可能だ。エイミーも僕も極力目を離さないようにはしていた。それでもひやりとする出来事は起きてしまう。ボニーは一歳の時に一度、動物園で迷子になったことがある。そして、二歳のあの時はレゴブロックを喉に詰まらせた。

ボニーはそういうことをまったくしない子どもだった。本棚によじ登ったことも、テレビを分解しようとしたこともない。口に入れてはいけないものを入れたこともない。シンクの下の棚にしまってあった漂白剤を飲もうとしたこともない。だが、一度でもそういうことをすればそういう、、、、、ことをする子どもになるわけで、子どもとはそういうものなのだ。あの時ボニーは試しにレゴブロックを口に入れてみて、うっかり大きく息を吸い込んだ。

タングはボニーの咳は聞こえていたものの、くしゃみだと思って聞き流していた。そのうちに、ボニーが喉をかきむしっていることに気づいた。人が喉を詰まらせる姿など初めて見たタングだったが、僕たちを呼ぶだけの分別はあった。

「ベンとエイミー、ボニーの喉に何か入ってるみたい。それに顔が紫だよ。これって大丈夫?」

タングの口調からは危機感は伝わってこなかったが、子どもの喉に何かが入っていて、その子の顔が紫色になっている状況が大丈夫であるはずがなく、僕もエイミーも居間に飛んでいった。先にボニーのそばに駆け寄ったエイミーが僕に向かって叫んだ。

「ボニーが喉を詰まらせてる！」

「わかってる！」僕もほぼ同時に娘の元に駆けつけた。

「あなた、医者でしょ、何とかして！」エイミーが悲痛な叫び声を上げる。

「僕は動物の医者だ！　相手がモルモットなら対処法を絞り出せるかもしれないけど」

「そんなに違うものなの？」

「まったく違うよ！」僕は叫んだ。「救急車を呼んで！」

目の前で繰り広げられる最悪の悪夢に、エイミーと僕の声量はヒステリックなまでに大きくなっていた。

その時だ。どこからともなく現れたジャスミンが、緊急通報用の電話番号を押すエイミーと僕の間を押し分け、床で青くなっているボニーの方へと身を乗り出した。そして、赤い光をボニーの体に走らせたかと思うと、ハンガーでできた腕を伸ばしてボニーに電気ショックを与えた。ハンガーが触れた瞬間、ボニーは痙攣を起こした。エイミーがパニックを起こす。

「ジャスミン、何をしたの⁉」

ジャスミンは赤い光をちらりとエイミーに向けると、再びボニーに電気ショックを与えた。ボニーは今度も痙攣を起こすと、すぐに大きな咳をした。その瞬間、ボニーの口からレゴブロックが飛び出て、その他の嘔吐物が彗星みたいな軌跡を描いた。レゴブロックはタングの体に当たって跳ね返り、コンと音を立ててローテーブルに落ちた。液体が散る。僕たちは、レゴブロックが今にも動き出し、僕たちを一家もろとものみ込むんじゃないかと身構えるように、つかの間、レゴブロックを見つめた。だが、次の瞬間にボニーが泣き出すと、皆の意識は一気にボニーに集中した。

心拍を聞き取る能力のあるタングが、ボニーは生きていると宣言した。すばらしい知らせではあるが、その時点では自明の理だった。

念のためにボニーを病院で診てもらったが、動揺していることと喉に痛みがあることを除けば特に問題はなかった。帰宅後、僕たちはジャスミンに、さっきは何をしたのか、どうやって吐き出させたのか、なぜその方法を知っていたのかと矢継ぎ早に尋ねた。

「すべきことを知っていた理由は私にもわかりません」と、ジャスミンは答えた。「とにかくわかったんです。吐き出させた方法は単純で、関係する神経経路に刺激を与えて腱や筋肉の反応を引き出し、ブロックを吐き出させました。それだけです」

それだけだそうだ。

話を戻そう。

僕が電源を入れるとミシンの明かりが点灯した。出足は好調だ。針は最初から所定の位置に取りつけてあったから、やり方がわからずにいらいらすることもなかった。とは言え、糸は通さなくてはならない。僕は記憶を二十年以上もさかのぼり、裁縫をする母を眺めた時のことを思い返した。糸交換の際に母がミシンの上部をぱかっと開けていた記憶がおぼろげながらよみがえり、同じように開けてみた。ダイヤルやフックや留め具らしきものが出てきたが、何をどうすればいいのか見当もつかなかった。

そのまましばらく固まっていたら、ジャスミンに「どうかしたのですか？」と訊かれた。

「どうもしな……いや、実は糸をどうやって針まで持っていけばいいのか、全然わからなくて」そう言いながら、おそらくこの順番で糸を通すのだろうという経路を指でたどってみたが、それで糸のかけ方がわかるとは期待していなかった。ミシンの取扱説明書は母がとうの昔になくしているに違いなく、説明書もなければ最近ミシンを使った経験もない状況では、最初のハードルでいきなりつまずくのは目に見えていた。

「このミシンの電子マニュアルを見つけましたが、役に立ちますか？」ジャスミンが、ミシンの正面に記された型番号に据えていた光を僕の顔に向けた。

「すごいよ、ジャスミン。君の検索の速さは知っているけど、それにしても今のは速かった。ありがとう、ものすごく助かるよ。糸通しのやり方について説明してある箇所を読み上げてくれるかい？」

ジャスミンに該当する箇所を読んでもらい、ふたりで協力してどうにか針に糸を通し、ボビンも所定の位置に入れた。だが、いざ縫うとなると古いシャツを使って直線縫いの練習をするだけでも大変だった。いくら頑張ってもきれいに縫えるのはせいぜい四針目までだし、それ以前に最初の数針で生地がよれ、そのまま何の警告もなく不合理に、怪物と化したミシンの内側に巻き込まれていくことも多かった。そのうちに針が折れ、ビュッと飛んでジャスミンに当たった。

そんなことを四十分も繰り返した僕は、「くそっ」と叫んでシャツを遠くへ投げ捨てた。

「ベン？」ジャスミンが冷静に呼びかけてきた。

「何だよ？」

「私……」

「ごめん、ジャスミン、君に当たるつもりじゃなかったんだ。何を言いかけてたのかな？」

「ベンが頑張っている間に最近のミシンの性能について調べてみたんですが、希望する縫い模様などを設定すれば、あとはミシンが自動で縫ってくれるモデルが出ているみたいです。この情報が今この瞬間に役に立つかはわかりませんが」

「裁縫ロボットってことか？」

「まあ、そのようなものですね」

「どういう仕組みになってるんだろう？」

「わかりません。ミシンの動作に関わる設計情報は、いくら探してもインターネット上では見つかりませんでした。少なくとも一般に公開されている範囲では。お望みなら製造会社の社内ファイルにアクセスできるか試してみますが……」

「試さなくていい！」

僕はジャスミンの言葉を遮った。いくら壁にぶち当たっているからと言って、ミシン・メーカーをハッキングして知的財産を盗むなど、ジャスミンには断じてさせられない。それ自体が問題だし、僕がエイミーに殺される。彼女の専門分野には機械学習にまつわる知的財産権も含まれるのだ。ジャスミンが知的財産を盗もうとしたなどと知れたら、エイミーは確実にぶち切れる。

「それより、裁縫ロボットはいくらくらいするのかな？」

「どのモデルですか？」

「さあ、どれでもいいんだけど……いや、やっぱり値段のことはいいや。どのみち、僕らにかわって裁縫をするロボットに金を出すつもりはない。もったいないよ。このミシンだって、両親が死んでからは屋根裏部屋に眠ったままだったんだ。十年以上使ってなかったんだから、この先も専用ロボットが必要になるほど、そうそう裁縫の機会なんてないと思うんだよな」

「それもそうですね。では、どうするんですか？」

「制服のことか？　どうするかなぁ。まあ、エイミーには笑われて、タングにはがっかりした目でじとっと見られることを覚悟するしかないかな」

「私に何かできることがあればいいのに」

ジャスミンが心底そう思っていることが伝わってきた。僕は彼女の頭に手を載せた。

「ありがとう、でも心配しなくていいよ」

ジャスミンは僕の手の下から抜け出た。

「人生には時に妥協も必要だと聞いたことがあります。もしかしたら、今がその時なのでしょうか？　そうしたら皆が満足できますか？」

「妥協案なんてあるかな……いや、待てよ。たしかに他にも手はあるよな」

僕の言葉に、ジャスミンは赤い光を周囲に走らせ、彼女の手であるハンガーを伸ばしてダイニングチェアの背もたれに載せて見せた。

「いや、今のはその手じゃなくて……まあ、いいや。ジャスミンの言うとおり、妥協案を提示するのもありかもしれない。ひとつ、方法を思いついた。おいで、一緒に買い物にいこう」

八　ネクタイ

僕はジャスミンを車に乗せて、地元の制服専門店に向かった。そんな専門店が存在するとは、子どもを持つまで全然知らなかった。店員にタングとボニーの通う学校の色、すなわちロイヤルブルーと白の制服の売り場を尋ね、指示された先で二種類のネクタイを選んだ。一本は自分で一から結ぶ必要のあるちゃんとしたネクタイで、もう一本は首回りがゴムになっているものだ。後者はたとえば低学年の子どもが万が一首を吊ってしまっても大丈夫なように、力が加わるとバックルが外れる仕様になっている。普通のネクタイを結べる年齢になる頃には、誤って自殺を図るような事態も起きなくなっているはずだということだろう。

僕はゴムを最大限に伸ばしてサイズを確かめたが、長さが足りなかったので、制服専門店を出て家に帰る途中に手芸用品店に寄り、ゴムを一本買った。ブラジャー用のゴムだったらしく、店員から変な目で見られた。

家に戻ると、まずは濃いめのコーヒーを淹れてから、ネクタイのゴムの輪を切り、新たに買ったゴムの束から必要な長さを切り取ってミシンに向かった。

「うまくいくように祈っててくれ、ジャスミン」そう言ったら、ジャスミンがハンガーの手で僕の肩に触れた。

「うまくいきますように。ベンならきっと大丈夫です」

僕はジャスミンに笑いかけ、眼鏡をかけた。ふたりしてミシンに向かって身を乗り出す。僕は電源を入れ、先ほど切った二本のゴムの端をミシンの押さえの下に、少し重なるように置いた。そして、大きく深呼吸すると押さえを下ろし、うまく縫えるように祈った。

五分後、僕は青と白のストライプ柄のスクールネクタイのゴムを継ぎ足し、ロボットの首に装着できるだけの長さを稼ぐことに成功した。〝ノーベル奉仕賞〟か何かを贈られてもいいような気がした。それくらい、合計九ステッチを縫い終えた喜びは大きかった。まあ、ゴムを重ねた二箇所の縫い目の数が一方は五つで、もう一方はミシンがゴムを巻き込み始めたために四つになりはしたが、左右不揃いでも使える状態になったのだからいい。

僕は階段下の物置の棚の、掃除機や冬物コート、そしてなぜかあるコンクリート製のラブラドールレトリバーの彫像の並びにミシンをしまった。それでもなお達成感から気分が高ぶり、じっと座っていられなかった僕は、キッチンの掃除を始めた。

ジャスミンはキッチンテーブルのそばで空中に静止したまま、黙って僕を見つめていた。そんな視線を気味悪く感じた時期もあった。ジャスミンが初めて我が家に姿を現し、庭に居座った時には、僕を含め家族全員が不気味に思ったものだ。だが、ジャスミンと出会って三年余りの間に状況は変わった。まだまだ学習することが山ほどあるジャスミンだが、彼女の心がわかる程度には、僕も家族も彼女を理解できるようになったと思う。そして、僕が知る限りではジャスミンの心は本とタングのことでほぼ占められていた。

他の家族が帰ってくる頃にはキッチンはもちろん、フランス窓も家中のトイレもぴかぴかになっていた。

「何、何？　いったいどういう風の吹き回し？」と言って、エイミーが僕を見つめた。

僕は何事もなかったかのように、そそくさと掃除用品を片づけた。

「おいで、タング」皆に聞こえるように呼びかけてから、大股で居間に移動した。僕はタングにネクタイを進呈する瞬間を華々しく思い描きすぎていた。おかげで、タングがネクタイを締めると同時に皆でパーティークラッカーを鳴らすくらいのことをしてくれなければ、ひどく落胆してしまいそうだった。もっとも、そういうことはいつだってあとから気づくものだ。

「タング、おまえは学校の制服をほしがってたよな？」

「そうだけどぉ」タングが疑るように返事をした。「縫ってくれたの？」

「縫ってはいない。いや、縫った。つまり妥協策を見つけたんだ。じゃじゃーん！」

背中に隠していたネクタイを、僕は大げさな身振りでシュッと取り出した。複数の視線が僕に注がれ、やがてタングが言った。

「それ、僕の？」

「そうだよ！　タングの首にはめられるようにゴムバンドを長くしたんだ。ちょっとばかり縫ったりなんかしてさ」

「どうして自分で結ぶ、普通の長いネクタイを買わなかったの？」エイミーが尋ねた。

「買ったよ。でも、これも買ったんだ」

家族が顔を見合わせている。

「普通のがあるなら、どうしてわざわざフランケンシュタインみたいにゴムを継ぎはぎしたの？　タングに普通のネクタイをあげればそれですんだんじゃない？」

「だって、タングくらいの年齢だと危ないだろ？　伸縮性がないものを喉元に締めるなんてさ。下手したらちっそ……あ」

「僕、喉ないよ」タングが助け船を出したつもりでそう言った。

僕はため息とともに力作をローテーブルの上に放り出すと、その他の買い物と一緒にダイニングテーブルに置きっぱなしにしていた普通のネクタイを取ってきた。

「ほら」

さっきまでの高揚感はすっかりしぼんでいた。そんな僕の両脚にタングが抱きついてきた。

「ありがとう、ベン！　やったあ！　やったあ！」タングはぎりぎりあるかどうかという、ずんぐりした首にネクタイを巻き始めたが、当然のことながらうまく結べなかった。僕はその場にしゃがんで手伝ってやった。

「これは僕なりに考えた妥協策だ」と、タングに伝えた。「制服を縫おうと頑張ってはみたけど、どうしてもだめだった。それに、実際のところタングには制服は窮屈だと思うんだよな。それでもせめてネクタイがあれば、タングも他の子たちと一緒だと感じられる。何もないよりはいいかと思ってさ」

「大丈夫」と、タングは言った。「僕もさ、やっぱり服は似合わないって思ってたんだ」

幸か不幸か、タングの転入のタイミングとクラスごとの集合写真の撮影時期とが重なった。学校側は、早くもクラスの人気者になっているタングも当然一緒に写るべきだと考えた。ちなみに、きょうだいのいる生徒は集合写真とは別にきょうだいでの撮影もしてもらえる。ボニーとタングも撮ってもらうことになった。

さて、我が子が学校に上がって初めての公式の記念写真が楽しみではない親はいない。写真の質や構図、はたまた子どものモデルとしての技量は二の次だ。写真がどう仕上がるかは賭けみたいなところがあるが、どんな写真だろうと我が子の初めての学校写真は特別なのだ。

撮影日は学校通信でも知らされていたが、エイミーがPTAの役員をしていたため、僕たちはPTA経由で早めに情報を得ていた。ところで、PTAという教師と保護者とをつなぐ組織は、資金を集めるにしても、親をさまざまな形で行事の手伝いに駆り出すにしても抜かりがない。たとえば学校の夏祭りでは、親にくじ引きの景品用のケーキを焼いてもらっているし、今回で言えば、果たして楽しいのか疑わしい写真撮影のために順番待ちをしている低学年の児童の、場合によってはシラミがわいていたり鼻水がついてかぴかぴになっていたりする髪を櫛(くし)でとくボランティアを親から募っている。

撮影日には、ボニーとタングにはとりわけきちんとした格好をさせたかった。何しろふたりの小学校入学を公式に記録する初めての機会だ。制服も染みひとつない状態でなければならない。学校での初めての公式の記念撮影は、心情的にも実際にも一大行事で、それは僕たちが小学生だった頃から変わっていない。スマートフォンのカメラ機能がとっくの昔に普通のカメラに追いつき、追い越していてもだ。もっとも、プロ仕様のカメラは次元が違うし、プロカメラマンの腕もしかりだ。

そんなわけで、エイミーからシラミつきかもしれない髪をとくボランティアに〝立候補した〟と聞いた時、僕は多少驚いたものの、この行事が親にとっていかに大事かは理解していたので、意外には思わなかった。ただし、そのあとに続いたエイミーの言葉はまったく喜べなかった。

「ちなみにあなたもボランティアに入れておいたから。大丈夫よね？」

それを言われたのは、PTAの会議から帰ったエイミーと飲もうと、ふたつのグラスにワインを注ぎ、さあ乾杯だとうきうきしていた時だった。ボランティアを引き受けるということは、すなわちふたりして仕事を休み、おそらくは感謝もされず、やるだけ無駄な作業を繰り返すということだ。だが、エイミーとのつき合いも十年を越えると、反論する意味があるかどうかくらいの判断はつく。

撮影の当日、ボニーには汚れていないきれいな制服を着せ、髪はエイミーが編み込みのお下げスタイルにまとめた。はじめ、エイミーは僕に娘の髪を結わせようとしていたが、それればかりは引き受けるつもりはなかったので、編み込みのやり方がわからないなら動画を探しなよと伝えた。

そういう次第で当日の朝八時、ボニーはキッチンテーブルの前で廊下に背を向けて座っていた。エイミーがその背後に立ち、片目を娘のくるくるのくせ毛に、もう一方の目をパソコンに向け、かわいらしい髪型の作り方を順を追って説明する動画を、難しい顔で睨んでいる。僕は思わず立ち止まって様子を見守った。

ボニーは僕とエイミーの髪質をものの見事に受け継いでいる。一方、動画の制作者が念頭に置いていたのはもっと扱いやすい髪だったに違いない。エイミーの髪はウェーブのかかった金髪だが、縮れ気味だ。そして、僕の髪はこげ茶色の巻き毛で、しばらく散髪にいかないでいると、くりくりの髪が電気ショックでも受けたみたいに四方八方に広がってしまう。ボニーの髪は母よりも濃い金髪で、縮れ気味のくるくる巻き毛だ。悪戦苦闘しているエイミーを見ていると、そんな髪で編み込みをしようとするのは、三本脚の小さなスツールで虎を押さえ込もうとするのも同然という気がしてくる。

そんな状況でボニーが同時に朝食を食べようとしたものだから大変だ。食べていたのはボウルに入ったシリアルと牛乳だった。くせ毛を引っ張られるたびに、口に運びかけていたスプーンの中身が跳ねてこぼれた。ボニーが制服に着替えてさえいなければ、こぼれたって構わない。しかし、今日に限って娘はすでに着替えており、それはすなわち、きれいな制服のセーター（ほつれもなく、袖口に落とせない汚れもついていない方）が、輪っか型の小麦のシリアルと牛乳まみれになることを意味した。きれいなネクタイもしかりだ。スカートも。きれいなものはそれひと組しかない制服用の青い靴下も。結局、二番手の制服に着替えさせるはめになった。こうなったらカメラマンが写真をうまく加工して、制服の至るところについている、洗っても消えないフェルトペンの染みを消してくれることを祈るばかりだ。
ボニーと比べればタングの支度は楽だった。ネクタイを締めてやったら、あとは撮影がうまくいくよう願うだけだった。

学校まではいつもどおり歩いていった。車で行くことはなから考えなかった。通常でも駐車場所を見つけるのは難しいのだ。今日みたいに、どの子も、風にあおられて落下したりんごではなく手摘みされたりんごみたいに無傷で登校しなくてはならない日に、見つかるはずがない。ただ、僕たちは今が秋で天気が荒れやすいことを忘れていた。学校と同じ郵便番号の区域内で駐車場所を確保するのに苦労するのと、大雨と強風の中、我が子を引っ張るようにして学校に連れていくのと、ストレスの度合いで言えば五分五分だったかもしれない。もっとも、どちらを選択しても最後の道のりは同じだ。自分たちと似たような状況に陥っているよその家族の間を縫って学校に向かわなければならない。学校内の送迎場所に着いてみると、強風の中を登校して興奮状態になっている幼い子どもたちであふれ返っていた。体をぶつけ合ったり騒いだりして、親の言うことなど聞いていない。

僕たち夫婦もボニーもタングも、学校に着く頃には全身びしょ濡れでいら立っていたので、子どもたちを先生に引き渡す際も、誰ひとり明るく行ってらっしゃいと送り出したり、行ってきますと返したりする気分ではなかった。

「傘を持ってくればよかった」エイミーが言った。

「意味ないよ」と、僕は返した。「この風じゃどうせ裏返しになってただろうから」

エイミーは異議ありという顔をしていたが、反論するかわりにこう言った。

「講堂に行きましょ」

講堂に移動して、場合によってはシラミ除去も含まれる髪とき作業の指示を受けるには、いったん低学年の教室がある区画を出て建物の外を回り、受付エリアから再度校舎に入って長い廊下を延々と進む必要がある。そうしてたどり着いた低学年用の講堂は、実は最初に出た扉の横手にあった壁を挟んですぐ隣に位置していた。それでも大回りをする間に濡れた体を多少は拭けたので、講堂に到着する頃には水がぽたぽたと滴ることはなくなっていた。

僕たちはそれぞれに目の細かい櫛を渡され、子どもたちが連れてこられるまでは適当に待つように指示された。二十分ほどして、子どもたちが講堂に姿を現し始めた。講堂の一角に設けられた撮影場所には、壁の半ばから床まで、灰色がかったベージュ色のロール式の背景布が張られ、中央に小さなスツールが置かれていた。他にもさまざまな照明機材やレフ板が背景布を取り囲むように設置され、カメラマンがフィルターだか設定だか知らないが、確認すべきものを確かめていた。

最初に連れてこられたのはボニーとタングのクラスの児童たちで、ふたりは並んで手をつなぎ、のろのろと歩いてきた。タングのネクタイは首ではなく、なぜかアクションもののヒーローみたいに頭に巻かれ、ボニーのシャツは裾がはみ出し、一方の脚のタイツには一筋の汚れがついていた。さては泥のついた靴のつま先で脚を掻いたな。

エイミーと僕は目を見合わせた。僕は極力抑えた声でうなり、エイミーは「最悪」とつぶやいた。

「ボニーの髪型はかわいいけどな」と、僕は言った。

睨まれるかと思いきや、エイミーは得意げににやりとして、ふふっと短く笑った。そして、向こうに向き直ると、一応列を作ってはいるものの、じっとはしていない子どもたちの元に向かった。

エイミーも僕も、我が子にばかり時間をかけてよその子のことは放ったらかしだと思われないよう、できるだけさりげなくボニーのシャツの裾をスカートの中にしまおうとした。だが、ボニーとタングの撮影の番が回ってくる頃には、無駄なあがきだったと認めざるを得なかった。それでも、タングのネクタイだけはかろうじてあるべき場所に戻した。数週間後、写真が出来上がった。我が家はタングとボニーがそれぞれに写っているものが各一枚と、ふたりで写っているものが一枚、合計三枚の個人写真があった。タングがひとりで写っている写真は、そもそもおかしな表情になる余地はほとんどないため問題はなかった。一方のボニーは今にもカメラマンを殺しそうな顔をしていたが、それは一番いい表情を引き出せなかったカメラマンの方が悪いのだと思うことにした。ふたりで写っている真顔の写真に至っては、画家グラント・ウッドの描いた『アメリカン・ゴシック』のSF版みたいだったが、そんなことはどうでもよかった。僕たちは三枚すべてを注文した。クリスマスにその写真を受け取ることになったブライオニー一家は、喜びつつも笑いをかみ殺すのに苦労していた。ちなみにエイミーの家族にはボニーとタングがふたりで写っている一枚をあえて送った。写真のロボットを見たら、エイミーの家族はエイミーが彼らの考える〝普通〟からいかにかけ離れた人生を歩んでいるかを改めて思い知り、腹を立てるに違いない。エイミーにとっては、それだけでわざわざ写真を送る価値があった。

九　キリスト降誕劇

秋学期の残りの日々が飛ぶように過ぎていく中、タングはすっかり学校に溶け込んでいた。ひと安心だ。タングとボニーは低学年向けの本を持ち帰っては、音読をしたり、僕やエイミーと読んだりした。そうやって家庭でも子どもの学習の手助けをするわけだが、タングもボニーもよくできていた。少なくとも家でのふたりを見る限りはそうだった。ただ、学校での日々の出来事をふたりから聞き出すのは難しく、とりわけボニーは話そうとしなかった。

たとえば学校で行うキリスト降誕劇でボニーが演じる役を聞き出すだけでも、昔の拷問器具の親指潰し器がいりそうな手強さだった。むろん、親指潰し器はたとえであって実際に使うわけはない。ところが、僕とエイミーの会話を耳にして親指潰し器という単語を調べたジャスミンは、僕たちが何らかの理由で娘に危害を加えようとしていると思い込み、誤解だと弁明してもなかなか納得してくれなかった。ボニーの前に浮いて、かばおうとした。当のボニーは、実写を織り交ぜた恐竜番組を見ながら夕食前のおやつのバゲットを頬張っていて、周囲で起きていることにはまるで関心がない。

ジャスミンはハンガーの腕を振りかざし、赤い光を僕らに交互に向けて警戒した。

「ボニーの指に触れないでください」そう言いながらも、空中で体をせわしなく上下させ、赤い光を落ち着きなく揺らしている。僕たちへの忠誠心との狭間で葛藤しているのだ。

エイミーが呆れたように目をぐるりとさせた。

「ばかを言わないで、ジャスミン。そうやって何でもかんでも調べるのも考えものだわ。私たちの言っていることがわからない時は、比喩を使っているんだろうなと思ってちょうだい。私たちが我が子を本気で拷問にかけるはずがないでしょう？」

ジャスミンは光を下に向け、ハンガーも下ろし、脇に退いてボニーから離れた。そして、僕を見上げたが、肩を持ってやれそうにはなかった。今回はエイミーが正しい。

それはさておき、ボニーは羊飼い役で、タング は……タングに役をあてがうのはかなりの難題に違いなかった。つい最近転入したばかりのうえに、ロボットだ。学校側がどんな役を用意してくれるのか、そもそも用意できる役があるのか、見当もつかない。タングもボニーもこの件については口を閉ざしていた。その理由が、話すほどのことがないからなのか、それとも何らかの事情で怖くて僕たちには話せないからなのか、それさえも謎だった。

十 物欲

タングが学校に通い出したことで思わぬ変化もあった。タングがあれこれ覚えてくるようになったのだ。読み書きや計算のことではない。もちろん、それらも学んでいるが、ここで言う〝あれこれ〟はそれ以外のこと、子どもが学校で吸収してくる、覚えなくてもいいことだ。要は物欲だ。

以前のタングはわずかなものしか持たなかった。日本で買った足袋一足に『スター・ウォーズ』のR2‐D2のポスター、背の低いフトンベッド、あとはこまごましたものがいくつかあった程度で、それで満足していた。それが学校に通うようになり、タングの語彙におもちゃやゲームやテレビ番組の名前が急に加わるようになった。

僕は自分の学校生活のことはあまり覚えていないし、残っている記憶にしてもかなり古くて今とは違うだろうから、ボニーやタングが学校で日々どのように過ごしているのか、想像がつかない。それだから、レセプションクラスの〝参観日〟がクリスマス直前にあるとの通知が来ると、エイミーは僕に行くように勧めた。

まあ、〝勧めた〟という言葉は正確ではないが。

「十月の参観には私が行ったんだから、今度のはあなたが行って」

学校の〝参観〟というものに馴染みのない方のために説明しよう。親も子どもも学校に行き、かわいい我が子が過ごす学校という世界を垣間見る行事だ。理屈としては、彼らが学んでいることを子どもと同じ目線で見て、一日をどう過ごしているのかを知る。それによって、この学校なら我が子を安心して預けられると確認できるわけだ。

ちなみに僕がボニーとタングのクラスで過ごした長い二時間から学んだことは、学校はうるさくて、あちこちにセーターが脱ぎ捨てられていて、鼻水や鼻くそ、そして絵具の匂いにまみれているということだ。先生方はいったいどうやってこの状況に耐えているのか。尊敬する。

ボニーは参観の間中、図書コーナーに座ってイアンとだけ小声で話をし、他の誰とも交わろうとしなかった。僕とさえもだ。まあ、僕は学校にいた二時間の間、タングにひたすら引っ張り回され、あれこれ見せられていたので、ちょうどよかったのだが。

「これが僕の鞄をかけるフックだよ」タングが指差したのは、花のマークとともに〝タング・チェンバーズ〟と記されたラミネート加工された名札だった。隣にはボニーの名札もあり、そちらはねずみのマークがついていた。タングのネクタイは床に放置され、フックにかかった鞄はファスナーがだらしなく開いていた。僕はネクタイを拾って鞄にしまい、ファスナーを閉めると、自分の持ち物はちゃんと管理しなさいとタングに注意した。対照的に、ボニーの鞄はきちんとファスナーが閉じられた状態でコートの上からフックにかけてあった。

「こっちは果物だよ」タングはお構いなしにそう続けると、おやつのりんごが置かれた一画へと僕を引っ張った。そばでは、牛乳パックを運んできた教員補助員が、ズボンの裾を左右どちらも靴下の中にたくし込んだ子どもが声を上げて泣き出したため、その対応に回っていた。りんごをかじった拍子に歯が一本、りんごに刺さったまま抜けてしまったのだ。僕は教室内を見回し、自分にとって身近な、飼育箱に入れられたハムスターやアレチネズミなどのクラスの飼育動物を探した。だが、生き物と関連のあるものは、かつては魚が泳いでいたかもしれない空(から)の水槽だけだった。

僕の心を読んだのか、タングがきょろきょろしている僕を〝動物〟と記された引き出しのある棚へ案内した。そして、引き出しを開けて両手でごそごそとあさり、おもちゃをひとつずつ取り出して一列に並べると、僕に遊べと言った。そう言われても何をすればいいのか。困った僕は、動物のフィギュアをひとつずつ手に取って身体検査をした。

実のところ、タングが就学前に抱いていた動物への興味は学校教育を受け始めてからも変わらなかった。ただ、その対象が変化して……プラスチック製になり、本物とはかけ離れた様相になった、とでも言えばいいだろうか。

「僕、ポニーがほしい」

ついに来たか。いずれそう言い出すと、僕もエイミーも思っていた。ただ、タングが切り出すとすれば、就寝前にエイミーと僕が一緒にソファでくつろいでいる時じゃないかと思っていた。それならタングが寝室に下がったあとにノートパソコンでいろいろと調べながら、どうすべきかを夫婦で話し合える。〝思っていた〟と言ったが、願っていたというのが本当のところだ。そして、こういうことは願いどおりにはならない。タングがポニーをほしいと言い出したのはクリスマスの一週間前だった。それも、よりによって僕がショッピングセンター内のデパートの化粧品売り場にいた時だ。なぜそんな場所にいたかと言うと、珍しく新しい香水がほしくなったエイミーが、それを夫に選んでもらうことにしたからだ。もう一度言う。クリスマスの一・週・間・前だ。

世の女性の皆さん、はっきり言って、これは恋人や旦那に対するひどい仕打ちの中でもトップクラスに入る。

「まあ、すてき」と、香水売り場の女性店員が言った。優しさと憐れみの入り交じった表情で僕を見つめ、僕の隣で化粧品のテスターをいじっている小さなロボットのことは気にすまいと頑張っている。「どのような女性でいらっしゃいますか？」

「どのような女性とは？」

「奥様です。どのような方ですか？」

「ベン……ベン……ベン……僕、ポニーがほしいんだけど」

「今はだめだ、タング。えっと……妻は弁護士で……」

香水売り場の店員の顔から憐れみの表情が引っ込んでいく。

「まあ、ご主人ったら。他にもっとあるでしょうに。奥様だってご自身を仕事で定義されるのはお嫌だと思いますよ」

僕は店員にからかわれているのだろうか、それともけなされているのだろうか。両方かもしれない。たぶん両方だろう。いずれにせよ、僕は落ち着かなくなった。

「タング、化粧品で遊ぶのはやめなさい」

そう言って店員の注意をそらし、その間に必死に考えた。我が子を、あるいはロボットをだしに店員との会話を運ぼうとするのは褒められたことではないが、致し方ない。タングも僕の考えを理解したのか、化粧品で遊ぶのをやめるどころか、手を伸ばしてパウダーファンデーションの入ったコンパクトを床に落とした。

「タング！」僕は努めて厳しい声で注意した。

「いいんですよ」店員はタングの方を示すように手をひらひらさせながら、コンパクトを拾い上げた。「よくあることですから」

そんなわけがないと思ったが、黙っていた。僕は話を本題に戻した。

「妻が弁護士だというさっきの話ですが、弁護士であることは彼女という人を成す大きな要素なんです。弁護士になるためにものすごく努力もしましたし。彼女は妻や母とくくられるより、弁護士と言われたいんじゃないかな」

店員がちらっとタングを見たが、立ち入ったことを聞かないだけの分別はあった。

「僕の妹はポニーっていうの」タングが助け船を出すように言った。「四歳なんだ。四は一、二、三の次だよ。ベン、いつだったらポニー買ってくれるの?」

女性店員の顔が和らいだ。僕たちの家族に人間の子どももいるらしいとわかってほっとすると同時に、エイミーを推し量る材料が見つかったようだ。

「なるほど。ということはエイミーさんはばりばり働く、仕事を持つ母親で……」

「専門職に就いてばりばり働く女性で、なおかつ母親でもある人です」

僕は言い直したが、店員はそれを聞き流した。

「……奥様は普段はどんな香水をお使いですか?」

僕がタングの方を見たら、タングはあからさまに顔を背けた。

「瓶は四角です」僕は指で形を作ってみせた。そして、カウンターの奥にある鍵のかかったガラスケースにその香水を見つけた。「あっ! そこにあるやつです!」

「これですか……なるほど」と、店員は言った。「たしかにこれでしたか？」

「間違いありません。なぜですか？」

「何と言いますか……堅いご職業に就かれている方が選ぶにしては大胆な香りですので。意外でした」店員は唇を噛むと、続けた。「失礼ですが、ひょっとして奥様はルールに従って行動することが苦手だったりしますか？　仕事において、という意味ですが。よく問題を起こされたりします？」

茶化している。間違いなく茶化している。だが、その相手は僕ではない気がしてきた。僕はすっと背筋を正すと言った。

「妻はまだ新しくて判例も少ない分野を、自分の専門分野として一から確立しました。そう考えると、自ら道を切り開く人ではあります」

「すごいですね、ちなみにどんな分野ですか？」

タングと僕は顔を見合わせた。

「機械学習、ＡＩです。なるほどという感じでしょう？」

「たしかにそうですね」店員がうなずいてほほ笑む。ようやくすべてが腑に落ちたという顔だ。「それでしたら」と、背後の陳列戸棚の鍵を開け、最下段から小瓶をひとつ選んだ。「こちらはいかがでしょう？　奥様にお似合いになる気がいたします。本当はご本人に直接お選びいただけるといいのですけれどね。新しい香水の香り方は、それを使うご本人につけてみていただかなければわからないのです。ですから、一緒に来ていただくのが一番なんです」

「ですよね」僕は返した。

香水店を出たあと、タングはいつになく静かだったが、少しすると切り出した。

「ベン……さっきお店でポニーがほしいって言ったら、今はだめって言ったよね。いつになったらポニーもらえる？」

僕は足を止めてタングを見下ろした。

「あのな、タング、ポニーを飼うってことには大きな責任を伴うんだ。ほしいと言われて、はいどうぞとあげられるような、そんな簡単な話じゃない。まずはエイミーに相談しないといけないし、ポニーを飼う場所も考えないといけないし、餌代はいくらくらいかかるかとか、そういったこともいろいろ調べないといけないんだよ」

タングはのけぞるようにこちらを見上げ、じっと僕を見つめた。やがて一方の瞼（まぶた）だけが半分ほど下がった。混乱している時の顔だ。

「どうした？」

「ポニーはどうして食べるの？」

「どうして？　そりゃ他の動物と同じだよ、口で食べるんだ。ポニーにも歯や……」

「違う。どうやってって意味。ポニーはどうやって食べるの？」

「それも僕らと同じで……」

タングが焦れたようにガシャンと床を踏み鳴らした。

「だけど、本物じゃないんだよ。色とか虹とか、いろんなのがついてて、本物じゃない。だから食べない。僕と一緒だよ。それにみんな小さいから、場所だってあんまりいらない。僕の部屋に置けるよ、そうしたらベンには見えないよ」

「ちょっと待った。タングの言うポニーって、どんなポニーだ？」

タングによると、マイリトルポニーというかわいいポニーのフィギュアがクラスの女の子たちの間で人気なのだそうだ。〝女の子たちの間で〟と言うと「性差別だ！」と叱られそうだが、これは事実だ。マイリトルポニーが好きな男の子もいるかもしれないが、少なくともタングの仲よしグループの中にはいなさそうだ。僕もエイミーもタングが学校で友達とどんな会話をしているのか、詳しくは知らない。もっと言うなら、タングが学校でどう過ごしているのか、こまかいことは知らない。それはボニーについても同じだ。ふたりにはそれぞれ自分たちの世界があり、学校でふたりが一緒に過ごすことがあるのかどうかさえ、僕たちには謎だった。

それはともかく、タングはマイリトルポニーというものの存在を知り、今、それをひとつほしがっている。ひとつと言わず、ふたつでも三つでもいいらしい。しかも、それをクリスマス直前にショッピングセンターの真ん中で訴えた。時期的にも場所的にも、さっさと探して買ってしまおうという気になりやすい。タングとしても、そうしてもらえなかったらその場で大騒ぎすればいいだけだ。

わかっている。ポニーをひとつ買ったうえで、クリスマスまで隠しておけばいいのだ。言われるままにその場で買い与えてしまってはタングを甘やかすことになり、駄々をこねれば何でも思いどおりになると味をしめかねない。だが、癇癪を起こして我を通す術なら、どのみちタングは僕と世界を旅した時に覚えてしまっている。むろん、僕も毅然とした態度でだめだと言う時もある。だが、頼まれた買い物が山ほどあるうえに、スマートフォンの着信音が五分おきに鳴り、買い物リストがますます長くなる状況では、勝ち目のない戦をしている暇はない。

これまで物欲とは無縁だったわりに、タングはどのポニーにするか、驚くほど頑固なこだわりを見せた。

「これはどう?」

僕はお尻にリボンのモチーフが描かれた黄色のポニーを手に取った。タングがこちらを見上げ、かぶりを振った。何もわかっていないと言わんばかりだ。僕はそのポニーを戻し、別のポニーを手に取った。

「やだ」

タングがこちらを見もせずに却下する。僕がそのことを指摘したら、あっさり聞き流された。タングは引き続き、かわいらしい色をした樹脂製のフィギュアの入ったかわいらしい色の箱が並ぶ棚を、端から端まで色の濃い瞳でじっくり吟味した。

「タングはどんなポニーがいいんだ？」しばらくして、僕は尋ねた。

「わかんない」

「これなんかどうだ？」

僕はもう一度訊いてみたが、タングは首を横に振るばかりだ。と、次の瞬間、タングが大きく目を見開いた。瞼が頭の裏側に消えかけている。僕はタングの視線の先に目をやった。

「これ！」

タングが手に取ったのは、とりわけきらきらしていて、最もど派手なポニーだった。

「え……本当にこれでいいのか？」僕はポニーの入った箱を受け取りながら確認した。

「だいぶ……その、かなり……」〝オネエっぽい〟という表現はまずい気がした。言葉の意味を説明しなければならなくなるし、タングにそれを説明する心の準備はできていない。けばけばしい、はどうだ？

結局、「ほんわかした感じではないけど」と言った。

「これが好き」タングの口調からして、これ以上は何を言っても無駄だった。タングは返してと身振り手振りで訴え、ポニーの入った箱を胸に大事に抱えると、ガシャガシャとレジカウンターに向かった。

目の覚めるような紫色のきらきらとしたフィギュアと、体の前面にあるすぐに開いてしまうフラップを相変わらずガムテープで留めておきたがるロボットとは、実に対照的な組み合わせだった。ポニーの新しい持ち主が、腕を伸ばして箱をぽんとレジカウンターに置く。箱の中で誇らしげに立つポニーには、つややかに流れる多彩なたてがみに高く突き出た角、体の両側には流線型の翼もあった。このポニー、ただのポニーで終わる気はなく、ユニコーンになりたいらしい。いや、それでも飽き足らずにペガサスを目指しているようだ。何とも志の高いポニーだ。そう思って、なるほどタングがそれを選ぶのも道理だと気がついた。もともと搭載されている基本プログラムでは満足しないロボットなど、タングをおいて他にない。

僕はふっと笑ってポニーの代金を支払った。タングはさっそく箱を破ってポニーを取り出しにかかったが、なかなかうまくいかなかった。

「ベン、ポニーを出して！」

「だめだよ、タング、家に帰るまで待ちなさい」

「今すぐ出したいの！」

そんなやり取りが続く三軒の店での買い物中も繰り返され、最後にはこっちが根負けして鋏を買い、結束バンドという名の鎖とセロハンテープで厚紙に固定されたポニーを自由にしてやるはめになった。ただし一本だけ、結束バンドが相当きつく締められていて、どうやっても鋏を入れられない脚があった。箱からは切り離したものの、結束バンドはポニーの脚についたままだ。

それでも帰宅後すぐに結束バンドは外せましたと報告できればよかったが、あいにくそうはならなかった。タングは愛着のある胸のガムテープをけっして外さないのと同様に、ポニーの脚についた小さなプラスチック製の輪っかをいたく気に入り、そのままつけておくと決めてしまった。おかげでポニーは、あたかも反社会的な行為によって無線発信器付きの足輪をつけられ、週に一度は保護観察官と面談をしなければならない、非行ポニーみたいな様相になった。

「これはポニーのアクセサリー」

タングのそのひと言で、この件は終わりだった。向上心あふれるすてきなポニーは、位置追跡タグを一生着用する運命となった。そのうえ、もともとつけられていた、体の色や尻に描かれた星にぴったり合う名前まで取り上げられた。新たにつけられた名前は——。

「ポニーの名前はボビー」

十一　散髪

騒ぎが起きたのはクリスマスの翌日のボクシングデーのことだった。タングとボニーは二階のそれぞれの部屋におり、僕とエイミーはソファでくつろいでいた。五分だけ休んだら、ブライオニー一家が遊びにきたあとのごみや洗い物の山を片づけるつもりだった。タングもボニーもおとなしく遊んでいた。少なくとも三十分間はどちらの騒ぐ声も聞こえてこなかった。そのうちにエイミーも僕もうとうとしてしまった。ガシャンという音や叫び声に、はっと目が覚めた。よい兆しではない。例によってより大きな叫び声を上げているのは人間ではなく、人間みたいなロボットだった。現場はボニーの部屋のようだ。子ども部屋のドアを開けた僕と、すぐ後ろをついてきていたエイミーの目に飛び込んできたのは、タングの胸を拳で叩きながら、「返して！返して！」とわめくボニーの姿だった。

タングは床を踏み鳴らして「やだ！」と繰り返し叫びながら、人間の妹が猛烈な速さで繰り出す拳をかわそうとしている。僕たちに気づくなり、ふたりの動きがぴたっと止まった。揉めごとの活人画みたいだ。まずいことになったと、ふたりの顔に書いてあった。

タングとボニーの周りの——そして足元の——床一面に、すべてがめちゃくちゃに破壊された悲しい光景が広がっていた。逆さまにひっくり返った人形用のダイニングテーブルの上座では、ティラノサウルス・レックスが椅子から転げ落ち、周囲にはミニチュアのティーセットが散乱していた。スポーツウェアに身を包んだバービー人形も別の椅子から落ち、脚を宙に上げたまま仰向けに倒れており、その隣では翼竜のプテロダクティルスが顔から床に落ちていた。一方の羽がバービーの顔に覆いかぶさっている。

テーブルの周りはどこもそんな様子で、壊れている椅子も何脚かあった。そのすべての中心にマイリトルポニーのボビーがいた。横向きの状態でテーブルに輪ゴムで固定されている。そして、ボビーの傍らには紫色の毛の山ができていた。床には鋏も転がっていた。結果的に〝反社会的行動禁止命令〟に伴ってつけられた追跡用タグみたいになってしまった例の結束バンドを外してやるために、僕が買ったものだ。

何が起きたのかを理解するのに、そう時間はかからなかった。少なくとも、喧嘩の発端を作ったのがどちらなのかは明白だった。エイミーがその場にしゃがみ、切り落とされた毛の束のそばからボビーを拾い上げ、ボニーを見た。

「ボニーが切ったの?」と尋ねる。答えはわかっていたが、こういう場合はたいていこんなふうに話を切り出すしかない。

ボニーは納屋で捕まったリスみたいに周囲にすばやく視線を走らせたが、本当のことを打ち明ける以外に道はないと悟ったらしい。

「うん」

「どうして?」

ボニーは肩をすくめた。〝切ったらどうなるかを見てみたかったから〟という意味だが、口に出しては言わなかった。改めて考えるとばかな思いつきだったと、本人もわかっているのだ。ボビーを返してもらいたいタングが、腕を伸ばし、マジックハンドの手を開いたり閉じたりしている。エイミーがボビーを渡してやると、タングはそれを胸に抱きしめ、モヒカン刈りになってしまったたてがみを撫でた。新しいヘアスタイルは、プラスチックの足輪も相まって、ボビーをかなりたちの悪いポニーに見せていた。角と翼ときらきらとした尻はそのままなのに、暗い裏通りで会ったら目をそらさずにはいられない雰囲気を醸し出している。

これで喧嘩の原因の半分はわかった。問題は、ボニーにあれだけ叩かれるほどの、どんな仕返しをタングがしたのかということだ。僕も床にかがんだ。

「タング、ボニーがおまえを叩いていたのはどうしてだ?」

タングは黙って床を睨んだ。どんな答えが返ってくるにせよ、ひどい話に違いない。

それまで一応は反省しているような顔をしていたボニーが鋭く叫んだ。

「タングが取った！　タングが取った！　タングが壊して取ったんだよ！　返してよ！」

最後に十億分の一秒だけ、タングに返すチャンスを与えると、ボニーは「タングなんか大嫌い！」と叫んで床をドンと踏み鳴らした。ボニーの体格でそれをやられると床板が揺れる。ピカチュウのフィギュアがダイニングチェアから落ちた。

「ボニー、落ち着いて。まずはタングの話を聞こう」

僕は娘に言い聞かせた。しかし、タングが答えるより先に、彼の目が僕のひざまずいている場所のそばの、床の上の何かにちらりと向けられたのがわかった。視線が向かった先を見やると、恐竜の脚が一本、つけ根から取れて落ちていた。体の他の部位はついていない。脚を拾い、周囲を見回したが、残りの体は見当たらなかった。僕がエイミーに脚を掲げて見せると、彼女は目を剥（む）いた。これはただの恐竜の脚ではない。ボニーの一番のお気に入りであり、学校で唯一の友達にして親友のイアンと同じ名をつけた、二足歩行で咆哮（ほうこう）を上げるヴェロキラプトルの脚だ。

「タング、イアンの残りはどこにやった？」

「知らない」タングはフラップの上に手を置いた。

「タング」エイミーは今のところは怒っていなかったが、これ以上この状況が続くなら怒るわよという声を出した。「いい子だからボニーに恐竜を返しなさい」

「やだ！」タングが叫んだ。「ボニーがボビーの髪を切ったんだよ！　櫛を取ってこようと思って、一、二、十秒ボビーを下に置いてさ、戻ってきたら、こんな頭になっちゃってた！　ボニーにイアンは返さない！」

「タング」僕は諭した。「ボニーがしたことが正しいとは誰も言ってない。だけどな、イアンの脚を折って壊しちゃうのも同じくらい悪いことだし、タングもそれはわかってるんじゃないか？　せめて妹にイアンを返してあげなさい。タングはボビーを返してもらったんだ、ボニーにもイアンを返してあげよう」

タングはため息をつくかわりに両肩を上げ、また下ろした。そして、フラップのガムテープを外して胸を開くと、脚の切断された恐竜を取り出して妹に差し出した。ボニーはこれ以上何かされてはたまらないとばかりにタングの手から恐竜をひったくると、少し前まで脚がついていた穴を怖い顔で睨んだ。そして、泣き出した。エイミーが今度こそぴしゃりと叱った。

「泣いてもだめよ、ボニー」と言って、立ち上がる。「泣いたって誰も同情しない。あなたが自分で招いたことなんだから。ほら、タングに謝りなさい」さっきボニーがタングに〝大嫌い〟と叫んだ時と同様に、ほんの一瞬だけ待つと、エイミーは声を張り上げた。「今すぐ謝りなさい！」

個人的には、エイミーが怒鳴りさえしなければ、これ以上こじれることなくボニーも納得して謝ったような気がする。だが、エイミーの大声に部屋にいた全員がびくりとした。とりわけ驚いたボニーが、母親をきっと睨んで叫び返した。

「謝らないもん！　謝らないもん！　あっち行って！」

「ああ、そう！」

エイミーも叫ぶと、きびすを返して猛然と子ども部屋から出ていった。僕はタングに手を差し出した。タングがその手を取ると、一緒に部屋を出て、地団駄を踏んだり叫んだりして怒りを爆発させているボニーをひとりにしてやった。

部屋を出る間際、タングが振り返った。「イアンのこと、ごめんね、ボニー。直すの、手伝おうか？」

自らの意思で謝ったタングを、僕は心から誇らしく思った。ただ、タイミングはまずかったかもしれない。恐竜のイアンが飛んできて、タングの頭をかすめるようにしてドアに当たって跳ね返り、ピカチュウの隣に落ちた。ドアには恐竜の緑色の塗装が少しついていた。

十二 意外な味方

タングへのクリスマスプレゼントに、僕たちは新しい通学鞄を買った。ボニーが何頭も描かれた、光沢のある黄色の鞄だ。クリスマスに買ったのが通学鞄だなどと言うとけち臭く聞こえるが、そうではない。通学鞄はいくつかあるプレゼントのうちのひとつで、インターネットでたまたま見つけ、タングが喜びそうだったので、ブライオニーにあげるスカーフや、カトウとリジー夫妻の二歳になる息子のトモに贈る絵本とともに、買い物カートに入れたのだ。

クリスマス休暇の間、タングはどこへ行くにもその鞄を持ち歩いた。基本的にはボビー入れとしてだが、タングが特に大切にしているものを入れるためにも使っていた。大切なものは日によって、いや、一時間ごと、下手をしたら一分ごとに変わったが、その時鞄に入っているものはすべて、その瞬間のタングにとっての宝物だった。

新学期が始まる前の晩、僕はタングが真剣な面持ちで鞄の中身（私道の小石が少しに、ネコがソファの下から見つけてきたコルク、ボニーのお菓子の包みをタングが丸めて作った〝しわしわボール〟をすべて取り出す様子を眺めていた。タングは出したものを自室の棚に並べると、ふと手を止め、鞄の中をのぞき、僕を見た。

「学校に行く時はこれに何を入れたらいい？」

僕は返事に窮して口ごもった。ボニーの通学鞄には下着数枚やタイツ数足など、お漏らしをしてしまった時のための着替え一式やお絵描き用のスモック、一日の水分補給用の水筒が入っている。だが、タングは着替えも水筒もいらないし、スモックが必要とも思えない。考えた末、僕はこう言った。

「もう一本のネクタイを入れたらどうだ？」

「もう一本のネクタイ？」

「そう、ゴムがついている方。いつもの方を万が一汚しちゃっても、替えを持っていっておけば安心だろ？　あとは、靴下も入れておけば足が冷たくなっても……」

声が尻すぼまりになった。タングに通学鞄は必要なかった。買う前にもっとよく考えればよかった。しかし、タングはそうは思わなかったようだ。瞼が目の奥に引っ込むほど目を見開き、少し胸を張った。

「そうだね！　ネクタイと靴下を入れることにする。必要だもんね」と、僕の提案に納得した様子でネクタイと靴下を探し始めた。そして、無事に見つけて鞄にしまうと、今度は棚を眺めた。

「大事なものも、置いてかなくてもいいかな？　持ってってもいいかな？」

僕は肩をすくめた。

「いいんじゃないか？」

タングはガシャガシャと棚に近づくと、コルクとしわしわボールと小石を鞄に入れ直し、満足そうにファスナーを閉めた。そして、玄関に向かうと、明日の朝すぐに持って出られるように階段の一番下の親柱に鞄をかけた。

翌日の放課後、学校にタングとボニーを迎えにいった僕は、何かあったとすぐに勘づいた。ふたりとも静かだった。ボニーは日頃から一歩校門を出たら学校のことは忘れたいようだから、静かなのも珍しくはないが、タングが黙りこくっている時はほぼ間違いなく何かある。

ボニーから、今日の昼はまずソーセージとつけ合わせのエンドウ豆を食べてから、しっとりとしたスポンジプディングを食べたと聞き出した時でさえ、タングは笑わなかった。普段なら、ボニーがそう言うと決まって笑う。デザートにスポンジを食べると想像しただけで笑いがこみ上げてくるようで、こちらがいくら、スポンジプディングのスポンジは体を洗うためのスポンジとは違うし、たとえばチョコレートケーキのスポンジで全身をごしごし洗うこともないのだと説明しても、おかしいものはおかしいらしかった。まあ、いつものことだ。

ところが、今日のタングは笑わなかった。それどころかスポンジプディングの会話すら耳に入っていなかった。学校は楽しかったかと尋ねても、肩をすくめるばかりだ。

「どうしたんだ、タング？」

「どうもしない」という答えに、僕はボニーに向き直った。

「ボニー、タングの様子が変だけど、何があったんだ？」

ボニーはタングを見て、僕を見て、もう一度タングを見るとかぶりを振った。

「何もないよ」

僕はエイミーにバトンタッチすることにした。学校での出来事を聞き出せるとしたら、エイミーしかいない。

残念ながら、エイミーにも事情は聞き出せなかった。夕食時に直接尋ねたり、寝かしつけの際にさりげなく探りを入れたりしたが、謎は解けなかった。エイミーの論法は子どもには通用しないらしい。だが、翌朝学校に行く支度をしている時に、すべてが明らかになった。

「タング、鞄を取ってらっしゃい」エイミーがボニーのコートのファスナーを閉めながら言った。

「やだ」

エイミーと僕は顔を見合わせた。

「どうして嫌なんだ？」僕は尋ねた。

「持っていきたくない」

「どうして？」

「持っていきたくないから！」タングの答えに僕は眉をひそめた。

「あの鞄、気に入ってたんじゃなかったのか？」

「私もそう思ってたわ」エイミーが言った。

タングはかぶりを振った。「もう好きじゃない。持っていきたくない」

僕はタングとボニーの両方を見た。ボニーは足元を見つめたまま、靴のつま先で床を蹴っている。タングは胸のガムテープをいじっている。

「何があったのか、どっちかちゃんと説明してくれないか」

僕は毅然と、だが寄り添う気持ちも伝わるように気をつけながら言った。数秒の沈黙のあと、ようやくタングが白状した。

「クラスにデイビッドって男の子がいて、その子が僕の鞄を笑ったの。女の子の鞄だって」

「タング！」ボニーが声を張り上げた。「約束したのに！」

タングはボニーに何か言いかけ、やめた。視線を床に落とす。

「タングが話してくれたのは正しいことよ、ボニー」エイミーは言った。「ちゃんと話してくれないと、私たちだって、どうにかしようにもしてあげられないもの」

「どうにかしなくていいの！」ボニーは言い返した。「もうおんなじことはないもん。デイビッドはタングにごめんねって言って、もうあんなこと言わないって約束したもん！」そして、床をドンと踏み鳴らすと、勢いのままに本音をぶちまけた。「学校なんて大嫌い！」

僕はタングに向き直った。

「タング、今の話は本当か？」

タングは少しためらった。

「うん、本当。ボニーは学校が嫌いなの」

「いや、そうじゃなくて」と言ったものの、そのことも気がかりだった。「ボニーが教えてくれたデイビッドの話は本当か？」

「うん」と、タングは答えた。「僕、もう学校に行きたい。鞄はお家に置いといて、学校に行きたい」

タングは玄関を開けると、私道をさっさと歩いていった。ボニーもあとを追い、タングに追いつくと手をつないだ。僕もエイミーも、その場でそれ以上何かを言うのはやめておいた。それでもエイミーがこの件をこのままにしておくつもりなどないことは、彼女が行ってきますのキスをした際に寄越した視線でわかった。我が子をいじめられて黙っているわけにはいかない。

子どもは時として、よくも悪くも自分たちで物事を解決する術を見出す。場合によっては——多くの場合は——それはよいことなのだろうが、たまに、こんなことなら親が介入しておけばよかったと思うような、びっくりする方法を取ることもある。タングへのいじめは、ボニーの話のとおり、始まりと同じくあっという間に終息したようだった。ふたりを学校に迎えにいったエイミーから、どちらも機嫌よくしていると、帰宅途中に連絡があった。そんな彼らの様子を僕たちは真に受け、もう大丈夫だと思った。

しかし、それは間違いだった。

二日後、学校から呼び出しの電話を受けた。エイミーは出廷していたため、僕が勤務時間を換えてもらい、ひとり学校に出向いた。やはりタングを預かるのは難しいと告げられるのだと思っていた。白状すると、いずれ学校からそう言われる日が来る気はしていた。タングは自分にできることとできないことを理解していないとか、クラスで浮いてしまっているとか、学校生活にすっかり飽きて、あるいはまったくついていけなくて、周囲の邪魔ばかりしているなどと知らされることを覚悟していた。

ミセス・バーンズの待つ校長室に入ると、見知らぬ女性が腕を組み、ひどく憤った顔で座っていた。バーンズ校長は立ち上がって僕と握手し、ご足労いただきありがとうございますと言うと、おかけくださいと身振りで示した。

「よほどのことがない限り、親御さんを呼び出すことはしたくないのですが」

バーンズ校長はそう切り出した。僕は固唾をのんだ。子どもが骨折したとか、いや、どの時間であれ呼び出されたら、まずい話ではない。子どもの学校から日中に、誰かの顔を殴ったとか、そんな報告を受けることになる。電話をくれた低学年担当の事務員は、はじめに「ボニーに何かあったわけではありませんから、ご安心くださいね」と言った。これからの八時間を病院の救急外来で過ごすわけではないと知らせるための気遣いだ。

「タングも大丈夫ですか？」と尋ねたら、電話越しに短い沈黙が流れた。

「ああ、タングですね、ええ、タングは大丈夫、何も問題はありません。ご連絡差し上げたのはボニーのことでして」

〝ボニーに何かあったわけではない〟という言い方は、今回に限れば語弊があった。娘はたしかに骨折はしていなかった。だが、他の生徒の顔は殴っていた。

「殴った？」僕は訊き返した。信じられない気持ちが半分、十分あり得るという気持ちが半分だった。「でも、あの子はまだ四歳ですよ!」

「四歳だろうが何歳だろうが、うちの息子に殴りかかったのは事実です」と、その母親は言った。

僕がバーンズ校長を見ると、彼女は母親に同情と〝落ち着いてください〟という注意の入り交じった視線を向けた。

「なぜそんなことに?」僕は尋ねた。「息子さんは娘に何をしたんですか?」

ボニーは強引なところもあるが、ふざけて誰かに殴りかかるような真似はしない。何か理由があるはずだ。

「デイビッドは何もしていませんよ!」母親が語気を荒らげた。

デイビッド。僕は彼女を見て眉をひそめた。

「デイビッド? デイビッドって、タングをいじめていた、あのデイビッドですか?」

「ばかばかしい! そんなの、ロボットに対してしたことに使う言葉じゃありませんよ」デイビッドの母親が言った。「でも、あなたの娘がうちの子にしたことは暴行です!」

僕は再びバーンズ校長に目をやった。彼女は早くも頭を抱え込みそうになるのをかろうじてこらえている様子だったが、うなずいてもいた。もっとも、彼女の場合はうなずく仕草に意味はない。

「この件でどなたかボニーと話をされましたか？　タングとは？　ちゃんとふたりの言い分を聞いてくださったんですか？　それとも、話も聞かずに呼び出して、すべては親の責任だとおっしゃるおつもりですか？」

「言い分もへったくれもないでしょう」デイビッドの母親が言った。「うちの息子が機械相手に他愛もないことを言ったら、お宅の凶暴な娘に顔を拳で殴られたんです」

「娘は凶暴なんかじゃない！」

僕は反論しつつも、デイビッドの母親の話は本当だろうかと考えた。だが、どうあろうと娘のことは守らなければならない。

「ボニーはただ、兄を守ろうとしただけです！　ここにエイミーがいてくれたらと思った。

ッドがタングに何を言ったか。そのせいでタングは通学鞄を使わなくなってしまった。お気に入りだったのに、お宅の息子のいじめのせいで、大好きだったクリスマスプレゼントが台無しだ。デイビッドはさぞかし満足でしょうが」

僕は腕組みをした。

「申し訳ありませんけど、そんなのはいじめとは言いませんよ！」デイビッドの母親が言った。

「いいえ、立派ないじめです」バーンズ校長の冷静な声が、今にもヒステリーを起こしそうな親同士の口論に割って入った。

「何ですって？」デイビッドの母親が訊き返した。

「子どもが仲間を、もしくは仲間の所有物をばかにしたり、侮辱したりする行為を、私たちはいじめと考えます。それが実態だからです」

「それはわかります」デイビッドの母親は言った。「そして、私が指摘しているのもまさにそこです！　タングとやらは子どもではありません、ロボットです。まさかロボットもいじめの対象になるなんておっしゃいませんよね？」

「たしかにタングは人間の子どもではありません」バーンズ校長の言葉に、デイビッドの母親はつかの間、満足げな顔をした。「ですが、私は言葉を慎重に選びました。タングはデイビッドの仲間のひとりであり、他の児童や教師に対するのと同様に、敬意を持って接するべき相手です」

デイビッドの母親が鱒（ます）みたいにあんぐりと口を開けた。僕は、ヒステリー女めと、心の中で毒づいた。母親はかぶりを振った。

「そんなことはどうだっていいんです。問題はボニーがうちの子を拳で殴ったってことです」と、僕が殴ったも同然とばかりに指を突きつけてくる。

「ボニーとは話をしました」バーンズ校長が言った。

僕は黙って続きを待つことにした。校長がタングの肩を持ってくれるとは思ってもみなかったが、理由はどうあれ、味方をしてくれた。ここにエイミーがいてくれたらと、僕は再度思った。

「ボニーはすでにデイビッドに謝り、二度とあんな真似はしないと約束しました。彼女はただ単にタングを守ろうとしただけなんだと思います。殴って物事を解決しようとするのは間違っていることも、今では理解しています」

デイビッドの母親が立ち上がり、僕の頭をはね落とさんばかりの勢いでデザイナーズブランドのハンドバッグを肩にかけた。

「こんなの、夫が黙っていませんよ。理事会に手紙を書くでしょうね。覚悟しておいてください。あなたなんてクビですから！」

「当然、ご主人にはそうなさる権利があります」バーンズ校長は脅しにもまるでひるまなかった。

デイビッドの母親は校長室を出ると、部屋のドアを叩きつけるように閉めた。いや、そうしたかったのだろう。しかし、ドアはあいにく防火扉で、最後はゆっくり閉まるようにできていた。僕はひそかににやりとした。エイミーも、ゆっくりと閉まるというまさにその理由で、防火扉が大嫌いだった。彼女はたまに、人に八つ当たりするかわりにドアに鬱憤をぶつけるのだが、そんな時にゆっくり閉まるタイプだと余計に怒りが増すらしい。状況が違えばエイミーとデイビッドの母親は友達になれたかもしれない。

重い音とともに扉が閉まるまで、バーンズ校長も僕も黙っていた。それから、僕は尋ねた。

「本気で理事会に手紙を出すつもりでしょうかね？」

バーンズ校長は渋い顔をした。

「出すかもしれませんが、まあ、可能性は低いんじゃないかしら。ああいう脅しを受けることは珍しくないんです」

僕はうなずいた。バーンズ校長もうなずいた。

「タングをかばってくださって、ありがとうございました」僕は感謝した。「かばわなくてもよかったんですよ。僕たちはああいうことには慣れてますから」

「礼には及びません。タングはクラスの皆から好かれています。今や人間の子どもにも引けを取らないほど、学校にとってなくてはならない存在です。そんなふうに育っていること、どうぞ誇りに思ってくださいね」

「ありがとうございます。誇らしいです」

校長の言葉に胸が熱くなった。タング自身は行く先々で偏見を乗り越えてきて、そのことに慣れていたし、僕たちは僕たちでそんなタングを褒められることには慣れていた。だが、タングを育ててきた親として褒められたのは初めてだった。

「それでも」と、バーンズ校長は続けた。「ボニーは問題を拳で解決しようとしてはならないことを学ばなければなりません」

「わかっています。娘とはちゃんと話をするとお約束します」

バーンズ校長はうなずいた。「ボニーは気の短いところがありますが、グーで同級生に殴りかかったのには私たちも驚きました。ミセス・フィンチはボニーは物静かな子どもだと言いますが、問題に直面してもきちんと対処する力を持っています。あんなふうに殴りかかるのはボニーらしくありません。とても賢いお子さんですから」

僕は思わずにやけてしまった。

「そこは母親似なんです」

十三　北極星（ロードスター）

　ボニーとはきちんと話をし、ボニーも二度とあんな真似はしないと真摯（しんし）に約束したが、僕たちは本当に大丈夫だろうかと不安だった。しかし、他に問題も起きていないのに、これ以上僕たちにできることはない。それでもエイミーは心配のあまり、何日も眠れない夜を過ごした。ボニーがこの先も性格的に同級生と相容れずに孤立してしまった場合に備え、転校先を調べてみたりもした。

「ボニーはきっと大丈夫だよ」

　ある日の午前三時、僕はそう言ってエイミーを励ましたが、本当は自分に言い聞かせている部分もあった。

「でも、大丈夫じゃなかったら？」

　エイミーの問いかけに、僕は何も言えなかった。ボニーの学校生活がうまくいっていないことは僕もエイミーもわかっていたが、ボニーを愛し、理解しようと努める以外に、いったいどうしてやればいいのか。教育を受けさせる義務がある以上、ボニーを学校に通わせなくてはならない。だから、僕たちは学校へ連れていったが、階段の手すりの柱にしがみつく娘の手を引きはがさなければならなかったことが一度ならずあった。

一月というのは誰しも気分が乗らない月だが、とりわけこの年は家族全員にとって試練の月となった。タングとボニーの学校での一件と、親である僕たちの心配の日々に加え、今度はジャスミンに、人がいかに閉鎖的になれるかということを思い知らされる出来事が起きた。

「ベン……エイミー」一月のとある週末の寒い朝、ジャスミンが声をかけてきた。

「ちょっといいですか？」

「もちろん」

同時に答えた僕とエイミーのそばに、ジャスミンがやって来た。

「今度、夜にロンドンに出かけてきてもいいですか？」

僕はエイミーと顔を見合わせた。エイミーが何を考えていたかは定かではないが、僕と似たようなことが頭の中を巡っているのだとしたら、賛成しかねるという思いと、その真逆の考えとの狭間で揺れているに違いなかった。真逆とはつまり、行ってくると報告するだけですむものを、なぜ許しを請うのだろうという思いのことだ。黙って出かけることさえできるのに。

「あー……何のために?」口にした瞬間、間違ったことを言ってしまった気がした。

「例の読書会で集まることになって……」

その瞬間、ジャスミンが許しを請おうとした理由がわかった。おそらく心のどこかでは、僕たちにだめだと言ってほしいのだ。

「あれはオンラインのグループじゃなかった?」

エイミーが訊くと、ジャスミンが赤い光を上下させた。

「はい……そうです……ただ、前にも話したように、せっかくならたまには直接顔を合わ……直接会う機会を持ちましょうということで集まっているんです」

「ジャスミンは行きたいの?」エイミーが尋ねた。

「よくわかりません。皆さんが私を見てどう思うか、想像がつかないのです。皆さんはある程度私のことはわかっているつもりでいるでしょうが……」

僕はかすかに顔をしかめた。

「ジャスミン、グループの人たちは君がロボットだということは知ってるんだよな?」

ジャスミンが赤い光を床に向け、黙り込む。それが答えだった。

「話してないの?」エイミーが尋ねた。「読書会に参加して数カ月がたつのに……誰も何も訊かなかったの?」

「私が皆さんと違うとは思いもしなかったのでしょう。私自身は、皆さんと同じだと思えて、少なくともそういうつもりになれて嬉しかったのです。私は人とはまったく違いますから。どこへ行っても違いを思い知らされます」

「でも、それはタングだって同じだよ、ジャスミン」僕は言った。「だけど、タングはそんなことは気にしない」

本当に気にしていないのかはわからないが、今はそう言うことが正しい気がした。

「タングはそういう子です」ジャスミンは言った。「友達を作るのが上手です。でも、私は得意ではありません。そして、その一因は私が今まで友達を作る努力をしてこなかったことだと思うんです」

理屈はわかる。それでもジャスミンをひとりでロンドンに行かせるのは心配だった。たしかに電気ショックの機能は搭載されているし、世界中の情報にもアクセスできる。それでも、ふいに彼女がひどく無防備で頼りなく見えた。万が一危険な状況に陥っても、ジャスミンには危険だと認識することができないし、社会の一員として認知されていないから、危機から救ってもらえない。

「一緒に行くよ」と、僕は言った。「ジャスミンがひとりぼっちにならないように。それに、まだ日が落ちるのが早い。僕もいた方が安全だ」

エイミーは僕を見て眉をひそめたが、同意するように肩をすくめた。

「ありがとうございます。でも、ひとりで大丈夫です。自分で場所を調べて、問題なく行って帰ってこられますから」
「そうだろうけど、そういうことじゃないんだ、ジャスミン」

オフ会の場所を無事に見つけられるよう、僕たちは早めの列車で出かけた。会場は北極星（ロードスター）という名の、くさび形をした古いパブの二階で、ステンドグラスの窓もバースツールも年季が入っていた。メインフロアとなる一階は、至るところに木材と大理石が使われ、博物館に似た匂いがした。そして、ひび割れたタイルが張られた金色の暖炉が複数あった。暖炉近くのむき出しの床板は人に踏まれてすり減り、その先に敷かれた赤い絨毯は、目にしたくないものも見てきたように思われた。

そこはかとなく漂う煙草の匂いは、公共の場で煙草に火をつけるのが普通だった時代のみならず、遠い昔、おそらくはほとんどの人がパイプ煙草をくゆらせていた時代の名残だった。

そのパブで最も明るいものは中央のバーカウンターにある真鍮（しんちゅう）の手すりで、長年、客が肘を預けるたびに磨かれてきたためにぴかぴかだった。きっと芸術家や港湾労働者、サブカルチャーを好む若者、そして僕たちの訪問の目的から考えるに、文学好きなど、無数の客が訪れてきたのだろう。ビクトリア時代の亡霊が新聞を読んだり政治的な議論を交わしたりする姿さえ見えそうな気がした。店の雰囲気が僕には落ち着かず、宙に浮いている卵型ロボットも同じに違いなかった。

ラガービールを頼むつもりでカウンターに近づいたものの、僕とバーテンダーとを隔てるようにずらりと並ぶビールの注ぎ口（タップ）を前にしたら、ここではエールビールを頼まなければいけない気がしてきた。タップに記された銘柄に目をやり、小規模なビール醸造所が製造している〝スペクルド・ジム〟というビールを試してみることにした。だが、いざ注いでもらうとやたらと泡が多く、注ぎ口から跳ね散るさまは老人の咳みたいだった。目の前に差し出されたパイントグラスに、僕は少々気後れした。

気後れしていたのはジャスミンも同じで、店に入ってからというもの、僕の背後にぴたりとつき、赤い光を走らせて店内を観察し、バーカウンターでも僕のそばを離れなかった。

「大丈夫か？」

支払いをすませ、振り返って席を探しながら、僕は尋ねた。ジャスミンは光を上下させてうなずいたが、おどおどしていた。

「はい。たぶん。ただ、ここは何もかも馴染みのないものばかりで……」

「そりゃそうだよ、初めて来たんだから」

「それはそうなんですが。普段はどこかに出かけても、と言っても私はめったに出かけませんが、出かけた時には、その場所には以前訪れた場所と似たところが何かしらあるものです。たとえば図書館は本屋に似ています。ブライオニーの家はベンの家に少し似ています」

「そうか？　似てると感じたことなんてないけどな。でも、そうなのかもしれない」

「壁やドアや窓や椅子や寝室やお皿があります。似ています」

「なるほど、そういう意味か」

僕は椅子が一脚だけ置かれたテーブルを選んで座った。ジャスミンは、もうひとつの椅子が置かれていたかもしれない場所に空中静止した。

「じゃあ、こう考えてみたらどうだ？　このパブにも壁もドアも窓もある……まあ、普通の窓じゃないけど……窓は窓だ。椅子もあるし、皿もあるはずだ。うちとそんなに違うかな？」

「違わないかもしれないですね。ここの方が暗いですけど」

「そうだな。まあ、パブってのはそういうものだから」

「どうしてですか？」

「たぶん、人がパブに行くのはたいてい夜で、外が暗くなってからだから、わざわざ室内を昼間みたいに明るくする必要がないんじゃないか？」

「なるほど」

パイントグラスを片手に会合の時間が来るのを待つ以外、することもなく、ジャスミンと僕は話すのをやめて辺りを見回した。まだ時間が早いとは言え、土曜の夜にしては店はがらがらだった。だが、考えてみれば四十近くになり幼い子どものいる家庭を持つ身ともなると、〝早い〟の定義が昔とは変わってくる。今の僕にとって午後四時はすでに早めの夜だが、週末ごとに外に繰り出す人たちからしたら、午後九時でもまだ家を出るには早いだろう。僕たちが店に着いた時刻など論外に違いない。僕は腕時計に目をやった。午後七時十分だった。

「七時半です」

僕の心を読んだかのように、ジャスミンが言った。僕はうなずいた。

「あと十分くらいしたら二階に上がって、他に誰か来ていないか見てみようか？」

ジャスミンが光をうなずかせる。僕はビールをひと口飲んで、もう一度店内を見回した。平日の客層はどんな感じなのだろう。ここにも近隣のサラリーマンや行政機関の職員が午後の活力を求めて食事に来るのだろうか。バーカウンターの奥の黒板には〝軽食〟の文字はあるものの、詳しいことは書かれておらず、豚の皮を油で揚げた袋入りのスナック菓子がバーカウンターの下の段ボール箱から出てくる程度なのか、それともフィリングを選べるジャケットポテトがサラダつきで出てくるのかは不明だった。ボニーにとっての〝軽食〟は、下校後、家族揃って夕食を取るまでの間に食べる、かなりしっかりしたおやつだが、僕はほとんど間食をせず、食べてもせいぜいりんごひとつだ。

土曜の夜とは言えまだ早いので、客は僕たちを入れて四組しかいなかった。四組と言っても連れのいない人もいる。ひとりで来ている歯のない常連客は、手にはパズル本を持ち、頭にはポットカバーみたいなニット帽をかぶっていた。人差し指が黄色くなった手を中途半端な位置に掲げているのは、切れ目なく煙草を吸い続ける習慣をいまだやめられず、だが、外で吸って凍えるよりは、店内に座って吸っているつもりになっていた方がいいということなのかもしれない。きっと若い頃からかれこれ三十年、あの角の席を定位置としてきて、今さら別の席に移る気にもならないのだろう……移れるのかどうかも怪しい。彼もまた亡霊なのかもしれない。

バーカウンターの向こう側にはふたり組がいて、カウンター越しに頭頂部だけが見えていた。僕たちと同様、場違いな感じのするふたりだったが、僕たちと違ってそれには無頓着な様子だ。僕とジャスミンが店に入った時にちらりと顔を上げたが、待ち合わせている友人ではないとわかるとおしゃべりに戻った。ジャスミンを見て驚いたのだとしても、顔には出さなかった。それは常連の男も同じだったが、もはやこの世のどこにも彼が驚くようなものは存在しないのかもしれない。

残る客は僕と同年代の、体を鍛えていそうなしゃれた雰囲気の男で、細身のベストにスキニージーンズを合わせていた。僕なら選ばない服装だ。傍らのスツールにレインコートをかけていたが、誰かのために席を取っているわけではなさそうだ。男は本を読んでいた。

「ジャスミン、見てごらん。もしかして彼も読書会のメンバーかな?」僕が男の方に頭を傾げると、ジャスミンが僕に向けていた光を読書中の男へと走らせた。レーザーポインターを対象物に向けるようにする以外に、ものを見る術を持たないロボットにとって、さりげなく盗み見するのは至難の業だ。男はジャスミンに見られていることに気づいた。ジャスミンが僕に視線を戻す。

「私が見ていたことを気づかれてしまったでしょうか?」

僕はジャスミンが冗談を言っているのだと思って、笑った。

「いや、全然。ばれなかったと思うよ」

「ああ、よかった。人のことをじろじろ見るのはよくないと何かで読んだのですが、たまに、私が相手を凝視しているかのように思われている気がするんです」

ジャスミンの認識を正そうとして言葉が喉元まで出かかったが、かわいそうで言えなかった。僕はもう一度腕時計に目をやると、言った。

「行こう。二階に上がって部屋の場所を確かめよう」

十四　公然たる拒絶

ギシギシときしむ狭い階段を上ると、一階より狭いが雰囲気は同じ空間が広がっていた。階段の対角に防火扉があり、白い用紙が貼ってあったので近づくと、〝読書会〟とだけ書かれていた。僕はドアを開け、ジャスミンに先に入るように促した。

そこは建物の奥行き分の長さのある、小さめの長方形の部屋で、一階のバーエリアと同様のステンドグラスの窓があり、ドアの正面の壁際にはワインレッドの革張りのベンチが置かれていた。鋲留(びょうど)めされた革がひび割れている。バーテーブルは天板同士を重ねて二段にした状態で端に寄せられ、空いた空間にざっと二十脚ほどのバースツールや椅子が輪の形に並べられていた。すでに数名が座っており、僕たちが部屋に入っていくと、こちらを見て笑顔で会釈した。

「好きな場所に座っておいで、ジャスミン」入室をためらうジャスミンにささやきかけ、言い直した。「じゃなくて、好きな場所に浮いておいで。僕は一階にいるから、何かあったら呼ぶんだよ」

そのまま部屋を出ようとしたら、ジャスミンがハンガーの手で僕の腕に触れた。

「行かないで、ベン。お願いします。一緒にいてください。私……何だか変な気分です」

僕はジャスミンに笑いかけた。

「緊張しているだけだと思うよ。でも、わかった。ジャスミンがそうしてほしいなら、もう少しここにいるよ」

僕は一番手前の椅子を選んで少し後ろに引き、ジャスミンが僕の傍らで、皆の輪の中で浮いていられるようにした。

「どうして誰も話をしないのでしょう？」ジャスミンが小声で僕に尋ねた。

「みんなも緊張しているのかもな。人がオンラインの読書会に参加する理由はさまざまだろうからね。ロボットであることを知られたくないからってだけじゃなくてさ」

僕は冗談だとわかるようにウィンクしてみせたが、とたんにジャスミンの光が激しく泳ぎ出し、視線が定まらなくなった。僕はからかったことを後悔した。

席が埋まるのにそれから一、二分かかったが、最後にはしっかり埋まり、知り合い同士が集まるにつれて先ほどまでの静寂は破られ、打ち解けたおしゃべりが部屋を満たした。と、そこにドアがバタンと閉まる音が響き、おしゃべりがぴたりとやんだ。皆がドアの方に目をやると、一階にいたベストとレインコートの男が立っていた。すでに人が集まり始めていたのに、なぜ最後まで下にいたのだろうと疑問に感じたが、派手な登場を好みそうな男だもんなと思い直した。

男は僕たちから見て円を三分の一ほど進んだ位置で椅子を引いて座ると、一同を見回した。

「けっこうな人数が集まったじゃないですか」

男の声音の何かが僕の神経を逆撫(さかな)でした。皮肉なのか何なのか、よくわからない。

「順番に自己紹介でもしますかね。僕はダニエル。ダンと呼ぶのはやめてくださいよ」

ダニエルは自分の言葉に高笑いしたが、冗談ではないことは明らかだった。ジャスミンと僕は目を見交わすようにした。自己紹介が進み、僕たちの番が回ってきた。ダニエルが僕を指差して言った。

「あなた、初めてですよね？」

歓迎されているのか非難されているのか。僕は思わずひるんだ。

「そうですね。いや、僕は関係ないんですけどね。ちなみにベンと申しますが、参加者ではありません。ジャスミンのつき添いで来ました」僕は親指でジャスミンを示し、彼女をそっと突いて話すように促した。

「私は……私はジャスミンと言います」光を走らせ、集まった人々を見回す。何人かはほほ笑み、うなずいてくれたが、ほとんどの人は他の参加者とちらちら視線を交わしていた。

ダニエルがまた大声で笑った。

「おまえがジャスミン？　このくそロボットが？」

人々が気まずそうに身じろぎをした。

「は、はい、ロボットです。ジャスミンと言います。こんばんは」

ジャスミンの頑張りを僕は誇らしく思った。

「ははっ！」と、ダニエルが声を上げた。「面白い冗談だな、ベン。このグループのこと、家でさんざん笑ってたんだろう、え？」

僕は眉をひそめた。「まさか。そんなこと……」

「実験して楽しんでたのか？　ちょうどいいオンライングループがあったから、うまく騙せるか試してたのか？　自分のロボットを人間に成りすませられるかを」

「そんなの、めちゃくちゃな言いがかりだ！」僕は急に腹が立った。「読書会に参加しているのは僕じゃない、ジャスミンだ。彼女は意識と心を持ったロボットで、本に対してもちゃんと自分の感想を持っている。僕なんかよりはるかに読書家だし、ここにいるほとんどの人よりよっぽどたくさんの本を読んでますよ！」

最後のひと言は余計だった。読書会のメンバーは悪くない。ダニエルひとりが失礼なだけだ。彼は僕を、次いでジャスミンを睨んだ。

「そんなことはどうだっていい。相手があんただろうとロボットだろうと、かき回されるのはごめんだ。そもそもこの読書会は人間のためのグループなんだ、あんたのロボットなんかお呼びじゃない。はい、次の人」

ダニエルはジャスミンの隣の参加者に視線を移した。見られた方はびくりとして、しばらく金魚みたいに口をぱくぱくさせていた。気まずいのだ。

「ちょっと待った」僕は立ち上がった。「人間じゃないとだめな理由って何なんですか？　どうしてジャスミンの参加は認められないんです？　彼女の意見や感想だって、皆さんのと同じくらいまっとうでしょう」

「グループの運営方法について、ペテン師と議論するつもりはない。帰ってくれ」

参加者を見回すと、皆、ひどくばつが悪そうな顔をしていた。僕はそれを気の毒に思いつつ、誰ひとりダニエルに反論しないことに腹が立った。

「ベン、もういいから行きましょう」

ジャスミンが静かに言った。彼女を見たら、彼女もまっすぐに僕の目を見つめ返した。その赤い光を見て、僕は反論するのをやめた。ジャスミンのためにドアを開けてやり、一緒に部屋をあとにした。二階のバースペースを階段に向かって歩いていたら、背後でドアが閉まる音がした。優しげな顔をした年配の女性が、高ぶる気持ちに体を震わせながらジャスミンに話しかけてきた。

「あの、ダニエルのこと、ごめんなさいね。読書会でのこれまでのあなたのコメントはすばらしかったわ、ジャスミン。私はアビー。お会いできて嬉しかったし、あなたがロボットでも私はちっとも気にならないわ」

「ありがとうございます、アビー」ジャスミンは言った。「今夜はせっかくの会を台無しにしてしまってごめんなさい」

「謝ることはないわ。あなたが来てくれて、むしろよかったのよ。ダニエルは集まるたびにこうして問題を起こすの。オンラインだと普通なのに、直接顔を合わせるとなぜか人が変わったようになっちゃうのよね。私に言わせれば、メンバーの中で一番気が弱くて内気なのがダニエルで、それを嫌な奴という分厚い仮面で隠そうとしているのよ」

彼女から奴などという言葉が出てくるとは意外で、僕は笑った。アビーが手を伸ばしてジャスミンに触れた。

「今すぐにあなたに対するダニエルの気持ちを変えることはできないけれど、どうかこれからもこの読書会を見ていてね。いずれ他の誰かが会の代表者になるから。あなたが戻ってきてくれるなら、みんな大歓迎よ」

アビーは僕たちに笑いかけると、皆の待つ部屋へ戻っていった。僕たちは目を見合わせるようにした。

「ダニエルも哀れだな」僕は言ったが、同情などしていなかった。

「ジャスミンも、自分がロボットだとみんなに言っておくべきだったけどな。ダニエルを驚かさずにすんだなら、ひょっとすると……」

「ロボットだと打ち明けていたら、もっと前に参加を拒否されていました。そうなれば、この数ヵ月、本について語り合うこともできませんでした」

果たして本当にそうだったかは知りようがないが、ジャスミンの言うことにも一理あった。僕はため息をつき、他に言うべき言葉も見つからないまま、慰めるように彼女の側面をぽんぽんと叩いた。ジャスミンは僕の目を見つめたが、すぐに赤い光をそらした。

「皆が皆、ジャスミンを拒絶したわけじゃないよ」僕は言った。「受け入れようとしなかったのはダニエルだけで……」

「そして、読書会を主宰しているのもダニエルです」

「ああ、そうだな、ダニエルだな。でも、それも今だけだよ。アビーの言うことが本当なら。ジャスミンがもう一度部屋に戻ったら……」

「もう帰りたいです」ジャスミンが僕の言葉を遮った。

「わかった、ジャスミンが本当にそれでいいなら。だけど、みんなにもう一度チャンいいのか？　この場でクーデターを起こすきっかけをあげなくてもいいのか？」

「いいんです」かたくなな口調はチェンバーズ家の面々そっくりだった。「もう帰りたいです」

ジャスミンは一階のメインバーへ下りていった。僕もその後ろから階段を下りた。

「大丈夫か？」ジャスミンの側面を押さえるようにして引きとめた。

「わかりません。今感じている気持ちが何なのか、理解できません。あまりよい感情ではない気がします。早く感じなくなるといいのですけど」

「そうだな。何か僕にできることはないかな？」

ジャスミンが人間だったなら、板チョコなりワインなり花なりを買って元気づけてやることもできるが、この瞬間に何をしてやればいいのか、僕にはわからなかった。

ジャスミンはこれまで喜怒哀楽を見せてこなかった。一緒に暮らすようになって数年がたつが、ジャスミンはつねに……何というか……ジャスミンだった。

ジャスミンがかぶりを振るように赤い光を左右に揺らした。そして、言った。

「頑張って人と知り合おうとするのはやめた方がいいのかもしれません。ベンの家でベンの家族と、あとはもちろんタングと一緒にいられれば、それで十分なのかもしれません。私がもっと、みんなみたいになる努力をすればいいのです。本好きの人たちの中になら、もっと溶け込めて居場所ができるかと思ったんですけど。私が間違っていました」

　こちらに背を向け、店から出ていこうとするジャスミンを、僕は引きとめた。

「ジャスミン、君はうちには居場所がないと感じているのか？　だとしたら大ばかだよ。ジャスミンだって僕たち家族の大事な一員なんだぞ」

「ええ、ええ……もちろん家族の一員です。わかっています」そう言って店を出たジャスミンを、僕は小走りに追いかけた。ジャスミンは僕の言葉を繰り返しはしたが、そうする前に一瞬間があいた。彼女は本当にうちに居場所があると思えているのだろうか。だが、それ以上確かめる間もなく、僕たちは、陽気ながらもどことなく文明が滅びたあとの退廃的な世界を思わせる土曜の夜の喧噪にのまれ、話のできる状況ではなくなってしまった。

　帰りの道中、ジャスミンはほぼ黙りこくったまま、光を下に向けていた。僕は元気づけるように彼女の脇を肘で突きはしたが、ジャスミンが傷ついている理由がわかるだけに、無理に励ましはしなかった。ジャスミンにとって、人からあからさまに拒絶されたのは今回が初めてだった。それも公衆の面前での出来事だった。

　帰宅すると、ジャスミンはそのまま自室に下がり、翌朝まで家族の前に姿を見せなかった。エイミーが寝る前に一階の片づけをしていたので、僕はそれを手伝いながら、何があったのかを説明した。

「かわいそうに」

エイミーの言葉に僕もうなずいた。

「まあ、拒絶されたこと自体に驚きはしないけれど。それも悲しいけどね」

「同感だ。君にも帰りのジャスミンの様子を見てもらいたかった。彼女は普段から物静かだし、考えていることを表に出さない。そもそも自分の思考を理解するのに必要な類似体験が足りないしな。でも、今日のおとなしさはそれとは違ってた」

「今日の出来事について、ジャスミンは何か言ってた？」

「あんまり。もう誰とも知り合いたくない、この家で僕たち家族とだけいるべきなんだとは言ってたけど」

「つらいわね。時がたてば読書会に戻る気になるかしら？」

僕はかぶりを振った。

「わからない。拒絶されたまま諦めないでほしいとは思うけど、無理に戻らせるつもりもない。君は？」

「私もよ。でも、この先誰とも関わらなかったら、あの子はどうやって成長すればいいの？」

「新たな出会いは必要ないのかもしれない。大事なのは、ジャスミンにとっての幸せとは何かということだけなのかもしれない」

そう言いながらも、僕は、自分が感じている気持ちが何なのかが理解できないというジャスミンの言葉を思い出していた。気持ちに蓋をしてしまったら、この先も理解できないまま終わってしまうかもしれない。それに、人を感電死させる能力のあるロボットが感情を抑圧している状況ほどまずいものはない。

「それにしても、ロンドンまでついていってあげるなんてずいぶん優しいのね」エイミーが居間の照明を消しながら言った。

「たいしたことじゃないよ。相手がタングやボニーでも同じようにしたし」

「しないわよ。そもそもあのふたりがロンドンに行きたいと言っても許可しないでしょ？」

「ふたりがもう少し大きくなって似たようなことがあったら、同じようにするよ」

エイミーはそれ以上何も言わずにうなずいたが、納得はしていなかった。読書会に参加するジャスミンにつき添ったのは間違いだったのか。ふいにそんな気がしてきた。

十五　洗濯機の中のプテロダクティルス

僕は三人を前に両手を腰に当てて立っていた。ボニーはうつむき、タングは視線を下に向けて胸のガムテープをいじり、ジャスミンは僕との間の床に赤い光を落としていた。

「誰がやったのか、言いなさい」僕は言った。「洗濯機に翼竜のプテロダクティルスを入れたのは誰だ？」

三人とも黙ったままだ。僕は変わり果てた姿のプラスチック製の恐竜を掲げた。羽も脚も本来の向きとはまるで違う方向を向いている。頭も妙な角度に曲がり、首には糸くずや髪の毛でできた灰色の塊が巻きついている。修理ロボットが排水ホースから取り出したら、そんな姿になっていたのだ。それでもボニーは絶対に恐竜のフィギュアを取っておきたがるだろう。許されるかどうかは別の問題だが。

「黙ってたってわかることだぞ。誰の仕業か、突きとめるのは簡単なんだから」はったりだった。そんなこと、わかるはずがない。だが、それを気取られてはならない。やったのはボニーかもしれない。洗濯機におもちゃを放り込んだまま黙っていたらどうなるか、試したくなったのかもしれない。タングの可能性も十分にある。妹のものを隠して意地悪をしたか、やはり単純にどうなるかを見てみたくなったのかもしれない。ただ、ジャスミンではないと思った。九十パーセントの確率で彼女ではない。こんな真似をするにはジャスミンは……分別がありすぎる。冗談にしろ、どうなるかを見るためにしろ、洗濯機におもちゃを放り込む意味がジャスミンには理解できないはずだ。忌々しいおもちゃが洗濯機の奥に入り込んで挟まったが最後、洗濯の途中で洗濯機が壊れ、ドアのロックが解除できなくなり、おまけに当日が公休日で週明けまで修理業者にも来てもらえずに、ドラムの半分あたりまで汚れた石鹸水と濡れた服が入った状態が三日も続くのがおちだ。実際、それが我が家に起きたことだ。三人の中でその結末を予測できたとすればジャスミンで、仮に彼女が血迷って洗濯機におもちゃを放り込んでみようと考えたとしても、僕やエイミーが激怒することも見通したはずだ。

「どうした？　誰も正直に話さないのか？」

そろそろ、おまえたちの権利を取り上げるぞと脅しを入れるか。子どもたちから何かを取り上げることは、僕たち親の唯一とも言える奥の手だが、僕もエイミーもできればその手は使いたくなかった。子どもたちに一定の時間、テレビを観ることを許すということは、一時間かそこら、子どもたちがじっとして、何より静かにしていてくれるということだ。テレビの時間を取り上げても誰も得をしない。それでも今の状況を打破するには、もはやその手しか残されていない。僕は切り札を出した。

「誰かが正直に認めるまで、今日はテレビはなしだな」

タングとボニーが愕然とした顔で同時に僕を見上げ、今にも不服を唱えようとする中、ジャスミンだけは床を見つめたままだった。ひょっとしたら本でも読んでいて、僕の話などひと言も聞いていないのかもしれない。

「やったのは私です」

静かな告白だった。ボニーとタングと僕は揃って黒い卵型ロボットを見た。僕だけでなく、ボニーとタングも自分が耳にしたことをのみ込めずにいるらしい。

「そんなことを言わなくてもいいんだよ、ジャスミン」僕は言った。「してもいないことの責めを負う必要はない」

ジャスミンが赤い光を僕の顔に向けた。

「でも……私がやったんです。だからふたりを叱らないでください」

ボニーとタングが顔を見合わせた。ふたりの無言のやり取りはほんの一瞬の、とらえようがないほど微妙なものだったが、ボニーの表情と、ふたりしてかすかに肩をすくめた仕草を言葉にするなら、「あなたがやったの？　違うんだ。自分でもないよ」

だった。僕にとっては、やったのがボニーでもタングでもないと信じるよりも、ジャスミンが嘘をついていると考える方がしっくりくるのだという事実に、ふたりとも少し憤慨していた。

「でも、何でこんなことを？」僕はジャスミンが理由をすばやく作り上げたりする前に、洗濯機を壊した本当の人物が明らかになることを祈ったが、ボニーとタングの様子を見ていたら、やったのはふたりではない気がしてきた。

ジャスミンが再びうつむき、言った。

「自分と似たような人たちや、自分の居場所だと思える場所を探してみましたが、受け入れてはもらえませんでした。それなら、ここが、みんなのいるこの家庭こそが自分の居場所になるように、もっと努力するべきだと思ったんです。それでおもちゃを洗濯機に入れました。ただ、タングとボニーが面白がりそうなことだったからです。ふたりを笑わせたかった。ただ、私にはあまりユーモアのセンスがないので、まずはふたりみたいに考えてみることにしたんです。でも、それを行動に移す前にいつもみたいによく考えるべきでした、ごめんなさい」

これには返答に窮（きゅう）してしまった。ジャスミンのことは分別のある大人のように思っていたのにと、頭にきた部分もある。しかし、彼女はこの家にしっかり溶け込もうとする過程で、まずい判断をしてしまっただけだ。ここでジャスミンを叱りつけたら、彼女は溶け込む努力そのものを諦めてしまうかもしれない。それに、ジャスミンがこんな真似をしたのはこれまでに似たような行動を目の当たりにしてきたからでもあり、そう考えると怒るべき相手はタングとボニーのような気もする。ただし、ふたりとも今回に限っては何も悪いことはしていない。八方ふさがりだ。だが、三人ともその場に立って――あるいは浮いて――僕が判定を下すのを待っている。

「それで、どうしたの?」

その夜、洗濯機が直ったことと、壊れたそもそもの原因をエイミーに伝えたら、彼女はベッドに入りながらそう訊いた。

「ジャスミンには、もっとよく考えるべきだったし、今回の行動にはがっかりしたと注意して、タングとボニーには、もっとジャスミンのお手本になるべきなんじゃないかと伝えた」

「私でも同じことを言ったと思うわ」

「それで終わればよかったんだけど、ボニーが言い返してきてさ。ジャスミンの方がお姉さんなんだから、パパが言うとおり、もっとよく考えないとだめだって」

「それに対しては何て返したの?」

「ジャスミンはお姉さんなわけじゃないって……で、言い直すはめになった。たしかにジャスミンの方がお姉さんみたいな感じはするかもしれないけど、実際には彼女の方が年下なんだよって。で、いや、新しいんだよとさらに訂正したところで、議論そのものを諦めた。本気になったボニーには、とてもじゃないけど歯が立たないよ」

エイミーがふっと息を吐いた。おかしがっている満足げなため息だ。エイミーは僕の肩に頭を預け、腕を伸ばして僕の胸を抱いた。

「さすが、私の娘だわ」

「心強いエールをどうも。僕だけか？　今この瞬間も、車庫の床には一から洗濯し直さなきゃならない濡れた服の山があることを気にしてるのは」

「そうね」と、エイミーが欠伸（あくび）をする。「洗濯機も直ったことだし、何があったのかもはっきりした。この件はこれでおしまいにしたら？」

僕はうなったが、会話をしまいにして眠ろうとしているエイミーにこれ以上何かを言ったところで得られるものはない。

それでも、僕は横になったままジャスミンのことを考えていた。僕は、ジャスミンは何もしていないはずだと思い込み、はなからタングやボニーの仕業と決めつけた。自分が情けなかった。いったいどこで判断を誤ったのか。ひょっとして、他にも見落としていることがあるのだろうか。

十六 クモ

近頃は動物病院にどんな症状のどんな動物が連れてこられても、たいていは対応できる。ヘルニアのスナネズミ？ 任せて。胃の調子が悪い犬……うげっ……まあ、でも大丈夫だ。ニーヴ・ノースウッドの厩舎に往診に行き、馬の状態を確認することもある。治療が必要な場合には、かかりつけの馬専門の獣医が別にいるが、心配すべき状態か否か、ニーヴが判断に迷った際に僕が重症度などの判断をしている。いつかすべてを任せてもらえるまでになれたらと思う。

それはさておき、時折とんでもないものがふらっとやって来ることもある。〝ふらっと〟と言ったが、今回の場合はさささっと、と言った方が近いかもしれない。地面を這う感じだ。八本脚のあれが。我が家から通りを一本曲がったユーツリー・レーンに住むミセス・ルイスが、「顔色が悪いの」と、大事なペットのタランチュラを連れてきたのだ。ジョン・リチャード三世という名のそのクモは、大きさが僕の拳ほどもあり、持ち運び用のケースの中でじっとしつつも、周囲を観察し、隙あらば脱走して僕の目玉をえぐり取る算段を立てていた。少なくともそれが、ミセス・ルイスが診察室に連れてきたペットがタランチュラだと気づいた瞬間に僕の頭の中を巡った考えだ。カルテの中身をきちんと確認しなかったばちが当たったのだ。名前を読んだだけで勝手に小型犬のビションフリーゼか何かだと決めてかかった。クモにジョン・リチャード三世（JRⅢ）なんて名前をつける人がいるとは思わないではないか。

パソコンのモニターに表示された名前を読み、診察室のドアが開く音を聞いてそちらに顔を向け、診察のはじめのお決まりの文句を口にしかけたまではよかったが、すぐにいつもどおりとはいかなくなった。

「おはようございます、ミセス・ルイス、その子がジョン・リチャード三世ですね、種類はええっと……うおっ、これはまたずいぶん……ずいぶん大きな……子ですね」

「ええ」ミセス・ルイスは誇らしげだ。「JRは品評会にも出ているタランチュラですの。立派な血統なんですよ」

「そ……そうでしょうね」僕は相槌を打つと、続けた。「少々お待ちください、ちょっと……クモ形類の専門家を呼んできますから」

僕は奥のドアの取っ手に汗ばんだ手形を残して診察室から飛び出した。頭がむずむずして、その感覚を拭い去ろうと片手で髪をかき上げた。いくつか先の診察室のドアから出てきたクライド先生を、僕は文字どおり捕まえた。

「あっちを……お願いします……先生じゃないと無理です……すみません」

その夜、僕はパスタ皿ほどもある巨大なクモが何匹も出てくる夢を見た。床に倒れ込んだタングをクモが襲っていた。現場は見知らぬビルだったが、夢ならではの理屈でそこが東京だとわかった。クモたちはタングの胸のフラップをこじ開け、内部を這い回り、カトウが交換してくれた自動巻き発電式の心臓をばらばらに分解しようとしていた。クモたちをタングから引きはがそうとする僕に、タングは全部ベンのせいだと言った。こうなることをなぜ見抜けなかったのか、もう放っておいてくれと。

僕は汗だくになって目覚めた。自分がクモに襲われていたかのように全身がちくちくした。すぐにタングの部屋に様子を見にいったが、おかしなことは何もなかった。タングはちゃんと部屋にいて、フトンベッドの上にヒトデみたいに手足を広げ、チッチッと安心して眠っている時に立てる小さな音をさせてのんきに熟睡していた。なぜあんな夢を見たのかは謎だが、少なくとも夢が現実になるようなことはなかった。

ジョン・リチャード三世の一件は僕の獣医としての診療歴の汚点となり、クライド先生もことあるごとに蒸し返した。だから、数週間後に彼と奥さんのカレンから夫婦で夕食に招かれた時も、きっとまた僕をからかうつもりだと思った。

それはさておき、当日の留守中の子守をブライオニーに頼んだら、珍しく断られた。

「その週末はアナベルがイースター休暇で大学から戻ってくるから、家族で迎えにいくことになってるのよ、ごめんね」

それは仕方がない。僕は姉の返事をエイミーに伝え、クライド先生に別の週末に替えてもらえないか、電話で訊いてみることにした。そこへ、たまたま話を聞いていたジャスミンが声をかけてきた。

「私がやります」

「ん？」僕はスマートフォンの電話帳をスクロールして目的の電話番号を探しながら、生返事をした。

「私がやりますと言ったんです。子守ならできます」

「本当に大丈夫？」エイミーが尋ねた。「万が一何か問題が起きたらどうするの？対応できる？」

「大丈夫だと思います。緊急通報ならすぐにできますし、そこまで急を要することでなければ、エイミーかベンに連絡して帰ってきてもらいます、必要であれば。そういうことにはならないと思いますけれど」

かつてタングにどうしてもとせがまれ、まだ赤ちゃんだったボニーの子守をしてもらって以来、ロボットに子守を任せたことはない。あの時にしても、タングがうまくやれるか、ほんのひと区画先まで出かけて様子を見ただけだった。帰宅してみたら、さんざんボニーに手を焼かされたタングはすっかり懲りて、二度と子守はしないと言った。今にして思えば、あの頃は僕もエイミーもタングの能力を測りきれていなかった。タングが人間の子どもだったなら、タングとボニーをふたりだけで留守番させようとは考えもしなかっただろう。

しかし、ジャスミンの場合はタングとは少し状況が違う。彼女はインターネットにアクセスでき、誰かに助けを求めたければ即座に連絡を取ることも可能だ。〝大人〟という言葉は適切ではないかもしれないが、タングと比べるとジャスミンは明らかに大人びている。僕はエイミーを見て肩をすくめた。エイミーも肩をすくめ、うなずいた。

「いいんじゃないかしら」と、エイミーが言った。「ジャスミンにお願いしましょう。タングとボニーには、いい子にしてないとジャスミンに電気ショックをかけられちゃうからねと言っておけばいいわ」

ジャスミンが赤い光をぱっとエイミーに向け、その目を見つめた。

「冗談よ！」エイミーは言った。

案の定、クライド先生はタランチュラの一件について僕をからかって楽しんだが、話したかったことはそれだけではなかったようで、メインの料理とデザートの間に本題を切り出した。

「ベン、前にも話したことだが改めて言うよ。君もそろそろ今後について考えた方がいい。もう僕がいなくても大丈夫だ。君に必要なのは指導者じゃない。経験を積むことだ」

「エイミーと事前に話し合っていたんですか？」

僕が尋ねたら、エイミーはショックを受けたふりをした。クライド先生が笑う。

「いいや。でも、君の奥さんが僕と同じことを言っていたとしても驚かないね。ベンは安心できる環境に留まろうとしすぎる嫌いがある」

どうやらクライド先生は僕を外に出して独り立ちさせようとしているらしい。話をそらしたくて、僕は話題を変えた。

「それはそうと、今まで動物病院に支援ロボットを導入しなかったのはなぜですか？」

僕の問いに、クライド先生は顔をしかめた。

「ロボットは信頼できない。いや、気を悪くさせたなら申し訳ないが。君たちのロボットのジャスミンは、今頃しっかりお嬢ちゃんのことを見てくれていると思うよ」

エイミーと僕は顔を見合わせた。ジャスミンのことは信頼していたが、先生のひと言ににわかに落ち着かなくなった。エイミーが席を外す。表向きはトイレを借りるためだが、僕には本当の理由の見当がついていた。予想は当たり、数分後に笑顔で戻ってきたエイミーが見せてくれたスマートフォンの画面には、ジャスミンとのやり取りが表示されていて、写真も添付されていた。三十枚ほどある。家中を写したそれらの写真を見れば、心配は無用だとよくわかった。むろん、その後も問題は起きなかった。

僕は先ほどの話に戻った。

「ロボットは信頼できないと思っている人は少なくありません。ロボットがさまざまな場所で当たり前に受け入れられるようになるには、まだまだ時間がかかるでしょう。それでも考えてみる価値はありますよ。ロボットの助けがおおいに役立つこともありますから」

「君からしたら、そう言うのも簡単だろう。君たち夫婦は若くて、早くからロボットが身近にいた世代だから、ロボットと共存する未来も容易に思い描けるだろう。でも、僕は古い人間だ」

「そのとおりよ、あなた」

カレンがそう言って夫の顔をぽんぽんと撫でた。クライド先生は彼女の手を取って口づけをした。

「そろそろ引退したらと言い続けてるのに、この人、まだ大丈夫だと言って聞かないの。ベン、あなたからもよくよく言い聞かせてね、頼んだわよ」そう言いながら、カレンは僕に指を突きつけたが、それはけっして意地悪な感じの仕草ではなかった。

「頑張ってみます」僕は笑顔で返したが、カレンは唇を引き結んだ。

「大丈夫かしらねぇ」と言って、僕にウィンクをする。

カレンはそのまま立ち上がり、食器を片づけ始めた。クライド先生が僕たちの皿を自分の方に回すようにと身振りで促した。

「ちなみに」と、僕は言った。「僕たちも早くからロボットのいる生活をしてきたわけではありません。エイミーはタングが我が家にやって来るだいぶ前から家事ロボットをほしがっていましたが、当時は結局買いませんでした。今も使ってないですし」

エイミーがテーブルの下で僕の脚をぎゅっと摑んだ。

「必要だったのはロボットではなかったとわかったからです。夫にもっと家のことをしてほしかっただけで」

エイミーが僕に向かって鼻にしわを寄せてみせてから、ほほ笑んだ。だが、彼女が笑う前から、それが冗談だと僕にはちゃんとわかっていた。

「わかるわ!」

カレンが台所から大きな声で同調し、僕たちは笑った。クライド先生は僕たちのグラスにワインを注ぎ足すと、ため息をついた。

「ベンの言うとおりかもしれないな。考えてみるよ」

十七 虜

春学期の間、かなり頑張って本来の気質を抑え、学校側の言葉を借りれば〝なじむ努力〟をしたボニーは、その努力をたたえられ、〝今週のスター〟賞の表彰状と、クラスで飼育している木の枝そっくりの虫、ナナフシをイースター休暇の二週間、自宅で世話するというありがたくない名誉を賜った。〝ありがたくない名誉〟とは、ボニーにとっては名誉で、僕とエイミーにとってはありがたくないという意味だ。休みのたびにクラスの誰かが、お世話係という大役を任された誇らしさに目を輝かせながら、十数匹のナナフシの入ったケースと観察記録用の日誌を自宅に持ち帰る。日誌には写真も添付するのだが、ぷくぷくの手が緑っぽい何かを抱えたピンぼけ写真になるか、高精細で構図も美しいポートレート写真になるかは、親の写真の腕と写真への興味次第だ。

それでいくと、僕たちの親としての手伝いのレベルは本来なら平均をやや下回る程度のはずだった。問題は、この地域で飼われているペットの腹の具合を数多く診てきために、僕が獣医であることが知れ渡っていることだ。ボニーとタングに昆虫の生理学について詳しく教えるくらいのことはしないと、許されない気がした。最低でも、ボニーにはナナフシの体の部位の名称を書き込んだ絵の一枚でも提出させないといけないだろう。

ボニーがうっかり言い忘れていたのか、意図的に話さなかったのかは不明だし、学校側の連絡漏れの可能性もあるが、とにかく僕とエイミーはボニーがナナフシの世話係になったことを事前に知らされていなかった。ボニーが小さな飼育ケースを抱え、満面の笑みを浮かべて小走りに学校から出てくる姿を見て、初めて知った。タングがボニーを必死に追いかけ、腕を伸ばして叫んでいる。

「次は僕、僕、僕！　僕の番！」

ボニーは飼育ケースをタングと交互に持つ気はなさそうだったが、ナナフシを家に運ぶためにケースをキックボードに載せたあと、ふたりのネクタイをある種のシートベルトがわりにしてケースを固定する手伝いはさせてやった。

「ボニー、僕が家までケースを運ぼうか？」

僕は事前にそう尋ねたのだが、飼育ケースに手を伸ばしたら、僕に背を向けてケースを胸に抱え込んだ娘ににべもなくはねつけられた。

「自分で運べる！」

「それはわかってるけど、パパはただ……まあ、いいや」

学校への子どものお迎えはただでさえ無駄に疲れるもので、休暇前の最後の金曜日に娘と言い争う気にはなれなかった。水溜まりの泥水にまみれたふたり分のネクタイをあとで洗濯するはめになるだろうが、仕方がない。僕はボニーとタングが昆虫タクシーを作る間に、エイミーにショートメールを送った。

――休みの間、お客さんを預かることになった。

すぐに自動返信が返ってきた。法廷に立っているエイミーがメッセージを読むのはしばらくあとになりそうだ。ボニーとタングが忙しくしている間、僕は学校の柵にもたれてナナフシの飼い方を調べた。指摘される前に断っておくと、この時まで飼い方など知らなかった。動物病院にナナフシを連れてくる人がいると思いますか？　連れてこられたところで対処の仕方など皆目見当もつかない。

「うちのナナフシの様子がおかしくて。動かないんです」などと訴えられても困る。

「死んでるんですか？」とは言わないように気をつけるが。

調べてみると、ナナフシの飼育は想像していたより手間がかかりそうだった。あらかじめ用意されていたのはガラスの飼育ケースと、中に入れられた、ナナフシが食べたり登ったりできる、けっこうな量の何らかの葉、そして、ケースの底に敷かれた猫のトイレ用の砂だ。猫砂が敷いてある理由がわからず、僕は疑問をそのまま口にした。

「砂みたいに見せるためだよ」タングが答えた。そして、僕がスマートフォンから顔を上げてタングを見ると、補足した。「ナナフシは砂がいるの」

「何で？」

タングとボニーが目を見合わせる。ボニーが、やれやれと呆れながらも辛抱強くつき合ってくれているような顔をした。間違いなくエイミーを見て覚えた表情だ。タングの動かないはずの顔にも、不思議と同じ気持ちが表れていた。

「ナナフシはインディラから来たの」と、ボニーが言った。「インディラは暑くて、砂の国なの。だから、ナナフシの地面も砂にしないと、お家が恋しくなっちゃうの」

家に帰る道すがら、僕はまず飼育下繁殖について子どもたちに説明した。ついでにインドの対外公式名称である〝インディア〟の正しい発音も。


帰宅後、タングとボニーは学校から帰るといつもそうするように居間に陣取ると、珍しくテレビ以外のもの、ガラスの箱を見つめて過ごした。ナナフシが動くたびに興奮し、ジャスミンにも教えようとするものだから、部屋の隅で宙に浮きながら静かに読書を楽しもうとしていたジャスミンもついには諦め、僕のところへやって来た。すでにコーヒーを淹れて書斎に引っ込んでいた僕は、ジャスミンも居間から避難してきたのだと思った。まったく興味のない事柄のために、ロボットと四歳児からひっきりなしに読書の邪魔をされたら誰でもいらいらする。書斎にやって来たジャスミンもそんな様子に見えた……。

ジャスミンが何かを話したがっている時は、それとわかる。ただし、注目してほしいとなると家にいる全員が——そしておそらくは隣村の人々も——気づくような主張をするタングと違い、ジャスミンの発するサインはもっと控えめだ。書斎の外で文字どおりにホバリングし、僕が気づいて入りなよと声をかけるまで、入口の前を行ったり来たりする。

「どうした、ジャスミン？」

僕は声をかけた。その時点では、ボニーとタングときたらおかしいよなと、ふたりで和やかに笑うことになると思っていた。ところが、待っていたのは思わぬ展開だった。

「お邪魔をしてごめんなさい。ベンに質問があります」

「何かな？」続く言葉への心の準備など一切できていないまま、コーヒーを口に運び、待った。

「誰かを愛したとして、どうやってその人を愛しているとわかるのですか？」

僕は口に含んだコーヒーを思わずマグカップに吐き戻し、ジャスミンを見た。

「えっ？」

「愛の何たるかは理解できていると思うんです。少なくとも、愛とは概念だということはわかります。それに、あなたやタングやエイミーが頻繁に愛してるとか大好きと口にしているのも聞いています。でも、誰かを愛していると感じた時、それが愛だとどうやってわかるのかを知りたいんです」

　僕としては、ジャスミンがなぜもっと簡単に答えられる質問を選ばなかったのかを知りたい。人生の意味とか、死はなぜ訪れるのかとか、何なら量子物理学についてでもいい。それを、なぜよりによって愛について訊くのか。もっとも、ジャスミンのことだから量子物理学についてはすでにわからないことなどないのだろう。そんなことを考えているうちに、ふと、適切な答えを探すための時間稼ぎの方法を思いついた。

「インターネットは調べてみたか？」

　自分の耳にも、質問をはぐらかしているようにしか聞こえなかった。案の定、ジャスミンが赤い光で僕の目を見据え、ジャスミン式にぎろりと睨んだ。

「もちろん調べました。調べてもどうしても答えが見つけられない時にしか、質問をして人を煩（わずら）わせるようなことはしません」

「そうだよな。ごめん。でもさ、インターネットに愛について何も載っていないとも思えないんだけど」

「何も載っていなかったとは言っていません。ただ、私の疑問に対する答えは見つけられませんでした。愛に関する情報自体はインターネット上にたくさんあります。無数にあります。人は愛について書かずにはいられないようです。歌にもしますし、物語にもします。愛を巡って争いさえします。こちらが圧倒されるほどです。誰かを愛し、愛されることも、愛を感じられることもすばらしいことだと、誰もが思っているようですが、その反面、愛は痛みも伴うようです。私には理解ができません」

それは違うよと言ってやりたかった。愛とはつねに無条件にすばらしいもので、愛を与えることも与えられることも、その愛を持続させることも簡単なんだよと言ってやりたい。だが、それではジャスミンに大嘘をつくことになる。彼女が納得のいく答えを見つけられなかったのも当然だった。むしろ、ジャスミンのロボット脳がショートしてしまわなかったのが不思議なくらいだ。ジャスミンの理解を助けてやれる答えなど、僕は持ち合わせていなかった。マグカップを置き、両手で顔をこすった。

「ジャスミン、君が納得のいく答えをインターネット上で見つけられなかったのは、愛がとてつもなく複雑なものだからだ」

「はい、それはわかります」

「僕も明快な説明はしてやれない。僕の考えを話すことしかできない。それさえ、君にとって満足のいく答えにはならないと思う」

「わかりました。それでも助けにはなります。ベンの意見はとても参考になりますから」

嬉しいことを言ってくれる。僕は前もって断りを入れたところで、いざ話そうと息を吸い、話すべきことが何ひとつ浮かばない自分にはたと気づいた。

「僕が思うに……その……待った、質問は何だっけ？」

「誰かを愛したら、どうやってその人を愛しているとわかるのですか？」

育児本なら何冊も読んだ。変化球的な質問にも対応できるようになった。何しろタングの相手をしているのだ。ものの本には、訊かれたことについてだけ答えなさいとある。脇道にそれたり、とりとめもなく話し続けたり、訊かれてもいないことを説明しようとしたりしてはいけない。僕は知らぬ間に止めていた息を吐き出すと、またひとつ息を吸った。

「それは……ただ……ただわかるんだよ」

「そうですか。わかりました、ありがとうございます」

そう言うと、ジャスミンは廊下に出て、そのまま家のどこかへと去っていった。

当然のことながら、それで終わりにはならなかった。ジャスミンはあまり日を空けずに僕の書斎の前に戻ってきた。廊下をうろうろしながら、時折、僕が見ていないと思っている時に体を傾けてドアの隙間から顔をのぞかせている。

「ジャスミン、入っておいで」

しばらくして、僕は声をかけた。ジャスミンは書斎に入り、僕の机の傍らの空中で静止した。

「はい、何かご用ですか、ベン？」

「話したいことがあるのは僕じゃなくて君の方だと、自分でもよくわかっているはずだぞ、ジャスミン」

ジャスミンは光を下に向けてうつむいた。

「さりげなさや目立ちすぎない立ち居振る舞いを学ぼうとはしているのですが……どちらもうまくいかないことがあります」

僕はジャスミンの側面の、赤い光より上の部分に触れてにっこり笑った。

「そうだな、ジャスミン、うまくいかない時もあるな。でも、いいんだよ。どっちも一生覚えない人間だって山ほどいる。それが必ずしも悪いわけでもない。だからあまり自分をいじめるな」

「自分をいじめる……攻撃するんですか……どうやって？」

ジャスミンの赤い光が落ち着きなく揺れ、頭から突き出た針金ハンガーの肩やフックの部分がかすかに逆立った。僕は笑った。

「心配しなくても、これもただの表現だよ。自分はこうではないからとか、何かをうまくできないからと言って、自分自身を責めなくてもいいってことだ、それだけだよ。さりげなくできなくても目立っちゃってもいいんだ」

「本来の任務がスパイだとしたら、よくはありません」

「いいか、ジャスミン。君はその任務は間違ったものだと認識して放棄したんだ。君自身を——そして僕たち家族を——幸せにする道を選んでね。だから、もう本来の任務のことは忘れていい。自分の一生をどう生きたいかだけを考えたらいいんだよ」

「もしかすると、どう生きたいかという話は私が訊きたかったことにも関係するかもしれません。関係しないかもしれませんが。自信はありません」

「話してみてごらん。それから考えよう」

「好きな人に愛していると、いつ伝えたらいいんですか？」

ああ、勘弁してくれ、またその話か。そう思ったが、口には出さなかった。かわりにこう言った。

「伝えられるなら、いつでも何度だって伝えたらいい」

ジャスミンの光が揺れた。どうやら答えになっていないらしい。そう思って、ようやくジャスミンの質問の意味を理解した。「ジャスミンが言いたいのは、一度も伝えたことがない場合の話か？　愛していると初めて告白するってことか？」

「はい。体の内側が……変な感じがするんです。伝えることを考えると。でも、原因がわかりません。システムを解析にかけてみましたが、すべて正常に動作していました。だから、何が問題なのかがよくわからないのです」

「それで、もしかして自分も誰かを愛してるんじゃないかと思ったのか？　どうしてそう思ったんだい？」

「人は誰かを好きになると普通ではいられなくなるものだと、いろいろな本に書いてあったからです。本に出てくる人たちは、誰かを愛すると訳のわからないことをします。たとえば、虫を食べてしまいます。あれはどうしてですか？　それまで虫を食べたことなどないのに、なぜ突然そんなことをしてしまうのでしょう？　理解ができません。他にも……」

「ちょっと待った」僕は話を遮った。「今、何て言った？　誰かを愛すると、人は虫を食べるって？」

「はい」

ジャスミンは赤い光を上向かせ、まっすぐに僕の目を見つめた。僕が混乱している理由がわからずに戸惑っている。戸惑っているのは僕も同じだ。

「誰かを愛すると人は虫を食べると、何かに書いてあったのか？　ジャスミン、僕は四十年近く生きてきたけど、そんな話は聞いたことがない。小説の読み過ぎなんじゃないかな？」

「そうかもしれません。正直なところ、誰かの体内に蝶が閉じ込められているという描写を読むたびに、少し心配になります。蝶はどうやって外に出るのでしょう？　そのまま死んでしまうのですか？」

それでようやくぴんときた。

「ああ、ジャスミン。それは隠喩だよ。英語には胃の中に蝶がいるという表現があるけど、それは文字どおりの意味ではないし、人は蝶は食べない。人を好きになった時のそわそわする感覚をそうやって表現することもあるってだけだ」

「よくわかりません」

「〝隠喩〟とは何かをインターネットで調べてごらん」

ジャスミンがかすかに体を上下させる。僕はさらに促した。

「ほら、調べて」

「あああ」数秒してジャスミンが声を上げた。「そういうことだったんですね、ほっとしました。隠喩について知ったおかげで、これからは人間のことをもっと理解できそうな気がします。ありがとうございます、ベン」

「どういたしまして」

僕は椅子ごとパソコンに向き直ったが、ジャスミンはその場を動かなかった。そう言えば、彼女の質問にまだ答えていなかった。

「好きな人に初めて告白するのはいつがいいかって質問だったっけ？」

「はい」

僕は眼鏡を外して目をこすった。最近、時間稼ぎが必要になるたびにこの仕草をしている気がする。そして、時間稼ぎが必要な場面もやけに増えてきている。

「それは、たぶん……いや、その前に、ジャスミンが言っているのはロマンチックな愛のことだよな？」

ジャスミンは赤い光を再び僕の目に向けたが、今回はすぐに視線をそらした。光が落ち着きなく揺れ続ける。またしても混乱しているらしい。

「愛にもいろいろな種類があるのですか？」

まいった。これは果てしない道のりになりそうだ。

十八　助言

「それで、ジャスミンには何て答えたの？」

　夕食後、エイミーが食洗機から大きな平皿を取り出し、布巾で拭いて食器棚にしまいながら言った。僕は台所の救世主、万能な多目的スプレー洗剤を調理台に吹きかけ、キッチンペーパーで拭いていた。人の災難を楽しんでいるようなエイミーの声を、僕は聞き逃さなかった。

「面白がってるだろう」と指摘したら、エイミーは鼻にしわを寄せた。

「ちょっとね。ごめん」次の皿を手に取り、身を乗り出して僕にキスをした。

「許す」と言って、僕もキスを返した。そして、向こうを向いたエイミーの髪にスプレー洗剤を吹きかけた。エイミーはキャッと声を上げたが、顔は笑っていた。

「ちなみにさっきの質問の答えだけど、ジャスミンには君に訊くよう伝えておいた」

「ちょっと、やめてよ！」エイミーは僕に皿を突きつけた。「私を巻き込まないでよね。最近はジャスミンと一番長く一緒にいるのはあなたなんだから。あなたが対応して！」

「うそうそ、冗談だって！　心配しなくてもジャスミンの質問には答えたよ」

「何て？」

僕はスプレー洗剤とキッチンペーパーを傍らに置き、エイミーが手にしていた皿と布巾も置くと、彼女を引き寄せた。

「思いを打ち明けずにはいられなくなったら、その時が伝える時だと答えた」

エイミーはほほ笑み、もう一度僕にキスをした。

「そうしたらジャスミンは何て？」

「打ち明けずにいられないかどうか、わからない場合はどうするのかって」僕ももう一度、今度はエイミーの首筋にキスをした。「だから、告白を迷うなら、それは気持ちに迷いがあるからなんじゃないかって言ったんだ」

「なるほどね。それに対してジャスミンは何て？」

「何て言ってたかな」もはや会話は二の次だった。

エイミーへの初めての愛の告白はひどいものだった。告白しようと事前に決めていたわけではない。そもそも告白をしたかったわけでもない。ぽろっと口をついて出たのだ。告白というと、人はロマンチックな想像をしがちだ。美しい夕日を眺めながらの、あるいは熱い抱擁の最中の告白。そのようなものを思い浮かべるだろう。スーパーマーケットのレジカウンターでの告白など、まず考えない。だが、人生とはそういうものだ。

あの日、僕たちは一緒に夕食を作ってロマンチックなひと時を過ごそうと、食材を買いにスーパーマーケットを訪れていた。すでにデートを重ね、レストランでも食事をしてきた僕たちは、そろそろ料理の腕前でも披露してみようかという段階に来ていた。少なくともエイミーは披露したがっていた。僕は彼女ほど積極的ではなかったが。自分の料理の腕は自分が一番わかっている。

空腹時の買い物はお勧めできないと人は言う。僕に言わせれば、ほろ酔いで買い物に行くのはもっとお勧めできない。断っておくが、ふたりとも出来上がっていたわけではない。ただ、何杯か飲んだあとではあった。

僕はあの日、仕事上がりのエイミーに会うために電車でロンドンに向かった。ちょうど金曜日で、エイミーの仕事仲間たちは金曜ともなるとよくロンドンで飲んでいた。僕は他の弁護士らと特段飲みたかったわけではない。そのうちのひとりが、年がら年中会っている姉となればなおさらだ。ただ、とにかくエイミーに会いたかった。誰だってつき合い始めの数ヵ月は、恋人に会うためなら何でもするし、何にでも耐えるだろう。

あの時に関して言えば、何にでも耐えるの何にでもは、タータンチェックのショッピングカートを持ち、頭の中はあらゆるものへの意見でいっぱいだが、それを口に出す前にフィルターにかけるということを知らない、かなり風変わりな七十代のおばあさんと電車で乗り合わせて逃げられなくなることも含まれる。電車に乗っていた四十分間、おばあさんの口からはつねに何かしらがこぼれていた。コーヒーもしかりだ。おばあさんは持ち運び用の蓋つきのタンブラーから飲んでいたが、本人曰く、安売りの店で買ったからおそらくはばったもので、そのせいでしょっちゅう中身がこぼれるらしかった。

「だからこれを着けてるの」

おばあさんは首元にかけてマジックテープで留めた、パイル地のよだれかけで顎を ぽんぽんと拭いた。電車内で〝何見てんだ、こら〟オーラを出し、隣の席はなぜか必ず空いていて、目的地まで快適に旅ができるタイプの人間だったらよかったのにと、僕は思った。だが、残念ながらそうではない。つねにエキセントリックな人を引き寄せてしまう。タングと旅をしたアメリカのバーで会った、ロボットの逸話語りのサンディがいい例だ。僕はこういう面倒に巻き込まれる定めなのだ。

「あなた、会計士ではないわよね？」

僕に大聖堂の本を見せていたおばあさんが、唐突に尋ねてきた。そして、こちらが口を開く間もなく続けた。

「そんなわけがないわね。訊かなくてもわかるわ。あなたは思考があっちに行ったりこっちに行ったりするから。私の前の夫は会計士だったの」

僕の思考があっちに行ったりこっちに行ったりすると、なぜわかるのか、そもそもそれはどういう意味なのか、僕にはさっぱりわからなかった。

「あー……会計士ではないですね、獣医師になるために研修中です。というか、研修中でした。今は……ちょっと中断していて」

おばあさんはそれに対しては何も言わず、とらえどころのない表情で僕を見つめると、まったく関係のない話題に移った。

「これからどこへ行くの？　私はブライトンに行くの。あそこは若い男ばかりだけど、別に構わないの」

「僕は仕事終わりの彼女とロンドンで会って、飲みにいくところです。彼女、弁護士なんです」僕がすごいわけではないのだが、つい自慢したくなった。たぶん、エイミーみたいな女性が僕を好きになってくれたことが誇らしかったのだ。

またしても考えの読めない目でじっと見られた。このおばあさんは訊いたことに答えられると気分を害してしまうのだろうか。僕はコーヒーをひと口飲み、これより先は黙っていることにした。車掌ロボットが検札のために通路を進んでくる。僕は自分の切符をスキャンし、コーヒーをまたひと口飲んだ。エキセントリックなおばあさんは恐ろしく長い時間をかけて切符を探し、スキャンしてくれと僕にその切符を渡しながら、言った。

「男の人って、若いうちは処女とセックスしたがるけど、歳を取ると経験豊富な女を求めるわよね。あなたはどっち？」

車掌ロボットが次の検札へと進んでいく。僕は口に含んだコーヒーを紙コップに吹き出してしまった。今回は答えを求められているのだろうかと、おばあさんを見た。

「はい？」他の乗客を見回すと、皆スマートフォンを見つめ、僕たちの会話など全然聞こえていないふりをしていた。誰も力になってくれない。

「だからね、あなたはどっちのタイプかって訊いたの。歳を取った男か、若い男か」

「それは……よくわからな……」

おばあさんが焦れたように目をぐるりとさせる。「あなたの恋人は年上？　それとも年下？」

「ああ。彼女は何歳か年下です」

「ふーん、なるほどねぇ」

そう言うと、おばあさんは前に向き直った。僕の答えに満足して、そこから勝手に結論を導き出そうとしているようだ。エイミーについて……僕について……そして、おそらくはエイミーと僕の関係についても憶測されているかと思うと、僕はどうにも落ち着かなかった。

「彼女は別に……いや、つまり……そういう経験がないわけじゃ……」

逃げ場のない混んだ電車内で、タータンチェックの縁取りがされた、金色の月と星の模様のレギンスをはいた見ず知らずのおばあさん相手に、つき合い始めたばかりの彼女は処女ではないと説明しようとするほど、おかしな会話もない。ロボットを連れて世界を半周した男が言うのだから間違いない。

タータンチェックのおばあさんは変形した手を僕の上着の袖に添えると、こちらに身を乗り出した。

「いいのよ、何も言わなくて。でも、彼女にはちゃんと伝えることね」

「何をですか？」

おばあさんは僕に向かってウィンクした。「愛してるって伝えるの。そうすれば寝てくれるわ」

同じ車両にいた全員が、笑いをかみ殺そうとして窒息しかけていたに違いない。皆に腹が立ってきた。誰ひとりとして救いの手を差し伸べてくれない。腰抜けばかりだ。

実際にはエイミーとはすでに何度も寝ていたが、お互いに愛について真剣に考えたうえでそうなったわけではないと思う。だが、それを説明するかわりに僕は「心に留めておきます」と答えた。

電車内でタータンチェックのおばあさんに性生活について訊かれたと言ったら、エイミーは大笑いした。バーを出たあと、向かいの小規模スーパーマーケットでふたりきりになるのを待ってから話したのは、一緒に飲んでいた他の弁護士たちにはまったく興味のない話だろうと思ったからだ。あるいは腹を抱えて笑ったかもしれないが、そうなったら最悪で、笑いものになるのは僕自身だ。彼らに一目置かれたかったわけではないが、僕とつき合うことでエイミーは評価を下げていたし、彼らが僕を受け入れていたのは、僕がブライオニーの弟だという事実が海の中の浮きのようにちらついていたからでしかない。できることなら彼らに弱みを握られたくはなかった。

エイミーがまったくの素面（しらふ）だったなら、僕の話をあそこまでおかしがりはしなかっただろう。だが、ハッピーアワーのカクテル一杯で、僕の話は彼女の中でその年一番の面白い話に昇格した。パック詰めの加工肉を選びながら、笑いすぎて泣いているエイミーを、そんなにおかしいかと僕はやや懐疑的に見つめていた。それでも、エイミーをここまで楽しい気持ちにさせているのは自分なのだと思ったら、舞い上がらずにはいられなかった。仮に僕と一緒に笑っているのではなく、僕のことを笑っているとしても、構わなかった。僕がつられて笑い出したら、エイミーはますます笑いが止まらなくなり、彼女がレジカウンターで支払いをする頃には僕たちはすっかり注目の的になっていた。

僕は手の甲で目元を拭い、落ち着こうと何度か深呼吸をした。その言葉が思わずこぼれたのは、エイミーが買った品々を袋に詰めようと身を乗り出した時だった。

「愛してるよ、エイミー」

エイミーがヨーグルトのパックを取り落とした。ヨーグルトはレジカウンターの端に当たって跳ね、床に落ちた。中身が飛び散り、エイミーの靴もヨーグルトまみれになった。

「うわっ。ごめん、ほんとにごめん。拭くよ」

僕はポケットから引っ張り出した使いかけのティッシュで、光沢のあるストッキングに包まれたエイミーの脚を下に向かって拭いた。そして、彼女の履いているハイヒールが高級なものだと気づいた。エイミーは僕のティッシュを避けるようにぱっと後ろに下がると、大丈夫、気にしないでと強がった。そうこうするうちに、僕たちは業務用モップとバケツと足元注意と書かれた表示パネルを手にした十代の従業員にその場から追いやられた。レジは清掃のため休止になり、会話もしまいになった。

皆さんも覚えておいてほしい。電車内でエキセントリックなおばあさんに助言をもらっても、行動に移す前によくよく考えた方がいい。

十九　よその家のイボタノキ

ナナフシの世話に難しいことなど何もない。理屈ではそうだし、実際、大半の人にとってはそうなのだろう。だが、中流階級の世界で唯一、生け垣にイボタノキの木が使われていない通りに住んでいると気づいた瞬間から、ナナフシの飼育は困難極まりないものになる。イボタノキは、バスや皿拭き用の布巾や銀行取引明細書みたいなものだ。身の回りに当たり前にあり、皆が知っているが、誰も気に留めず、ことさらに取り上げて議論することもないもの。ただし、それが見当たらないとなると話は別だ。

学校が休みに入って二十四時間後、僕はナナフシにやるイボタノキの葉を補充しようと庭に出た。ナナフシの世話はボニーの仕事なのでボニーも連れて出たが、庭の生け垣や低木などを確認して回ること五分、我が家の裏庭にイボタノキはないことが判明した。前庭に回ってそちらも確認し、近隣の家の前庭にもさりげなく視線を走らせたが、イボタノキはどこにも見当たらなかった。裏庭に戻ってボニーを抱き上げ、今度は近所の家の裏庭を探させたが、ボニーはないと言った。僕は脚立と剪定鋏(せんていばさみ)を持ち出し、生け垣の剪定を装いながら念のために自分の目でも確かめたが、娘の言うとおり、イボタノキはなかった。

「ちゃんと生きてるか、わかんない」ボニーが眉根を寄せて飼育ケースをのぞき込む。

「みんな、枝みたいなんだもん」

「そうだな」それ以上、つけ加えるべき建設的な言葉は見つからなかった。

「窓のところに置いてみる」と、ボニーは続けた。「ひなたぼっこした方がいいかもしれないもんね」

月曜日にはエイミーが法廷の行き帰りにイボタノキを探してくれたが、やはり見当たらず、僕たちはナナフシの味覚の幅を広げるべく、庭にあるさまざまな植物の葉を見繕って与えてみた。

だめだった。気が変わるかもしれないと、丸一日、葉を入れたままにしてみたが、ナナフシは昆虫界のパンダだった。飢え死にすることになろうとも、イボタノキの葉しか食べない。

復活祭前の聖金曜日を迎え、入れてあった葉が穴だらけになり、乾いて丸まり始めると、ボニーもいよいよ心配し始めたので、僕たちは捜索範囲を広げることにした。はじめのうちは近所の袋小路などをさりげなく往復して、伝説上の植物と化したイボタノキが隠れてやしないかと探したが、焦りが募るにつれてなりふり構っていられなくなった。預かってわずか数日でクラスのペットを死なせるのはまずい。すでに問題児リストに娘の名前が載ってしまっているとなればなおさらだ。

最終的にはいつもの通学路でイボタノキを発見した。今までは探す必要がなかったから、その存在に気づいていなかったのだ。ただし、ひとつ問題があった。見つけたイボタノキは沿道の公共の生け垣として使われていたわけではなかった。そうであったなら、新学期にナナフシを学校に返すまでの餌として、何度か葉を取ってきても問題にはならなかっただろう。しかし、探し当てたイボタノキは個人宅の前庭の、美しく刈り込まれた芝生の中央に一本の低木として植わっていた。手入れの行き届いた縁取り花壇の花々に囲まれ、うさぎの形にきれいに刈り込んである。コッツウォルズストーンがヘリンボーン模様に敷かれた、塵ひとつない私道には、高級車の白いレンジローバーがとまっていた。

車の色は問題ではなかった。グレードで判断するのも本当は違うのだと思う。とは言え、この世界は憶測と偏見に満ちており、僕も完璧な人間ではないから、この家の佇(たたず)まいを前にしたら、すたすたと前庭に入っていってイボタノキの葉をもらってくるというような単純な話ではすまない気がした。

それでも僕はその前庭に入っていった。ただし、イボタノキの葉を無断で引きちぎるような真似はせず、まずは許可をもらおうと、玄関の呼び鈴を鳴らした。応答がないので、もう一度鳴らした。待ちながら、玄関から一番遠い部屋まではどれくらい離れているだろうかと考えた。誰かが在宅だとしても、奥の部屋にいるなら応対に出るのに時間がかかるかもしれない。ひょっとしたらトイレにいるのかもしれない。風呂に入っている可能性もある。あるいは庭にいるか……今日は陽気がいいから、外に出ていても不思議はない。そう思ったから、相変わらず誰も玄関に出てこない状況に、何かわかるかと後ろに下がって上階の窓を見上げたあと、僕は家の横手に回った。

「ごめんください」家の横手の門の前でつま先立ちになって呼びかけた。「どなたかいらっしゃいませんか？」

だが、裏庭の方からは何も聞こえず、人の気配は感じられなかった。僕は家の正面に戻った。唇を噛み、どうしたものかと思案した。イボタノキの葉を手に入れられなければナナフシは死んでしまう。新鮮な葉を食べられなくなってすでに四日が過ぎている今、ナナフシの命があとどれくらい持つのかは見当もつかなかったが、危機的な状況には違いなかった。もしナナフシが死んでしまったらどうなる？　ボニーは新学期早々、先生や同級生に、休暇の一週目にしてクラスのペットを死なせてしまったと説明しなくてはならなくなる。そうなれば、金輪際、世話係を任せてはもらえなくなり、今以上に変わり者のレッテルを貼られてしまうだろう。ボニー自身も学校に行ったところで時間の無駄だと非行に走り、授業をサボったり試験で落第点を取ったりするようになるだろう。そして、僕たち親を責めるのだ。とりわけ僕を責めるだろう。パパは獣医のくせに、小さな昆虫に食べさせるたった数枚の葉さえ見つけられなかったと。

僕はもう一度家に目をやり、周囲を見回すと、イボタノキの茂みにすばやく手を伸ばして葉の茂った枝をちぎり、人に見咎められないうちに上着のポケットに突っ込んだ。そして、何事もなかったかのように片手で髪をかき上げると、表の門に向かって歩き出した。

敷地を一、二歩出たところで、背後で玄関が開き、中年男性の怒声が響いた。

「おい！　何てことするんだ！　今のは不法侵入と窃盗だぞ！」

僕は脱兎のごとく駆け出した。我ながらみっともない。それでも、もしまた同じ状況に陥ったなら、同じことを繰り返さないとも言い切れない。僕は完全に気が動転していた。家までとにかく走った。途中で家族の姿を見つけても止まらなかった。皆、イースターのエッグ・ハントならぬ一大イボタノキ・ハントのために方々に散って歩道を探し回ったあとで、やはり帰路についているところだった。

「先に行く！」僕は家族を追い越しながら叫んだ。「事情はあとで説明するから！」

家に着くと、僕は真っ先に盗んだ葉をナナフシのいる飼育ケースに入れ、数分かけて枯れた葉を取り除きながら、早く食べてくれと祈った。ナナフシの生死を見分けるのは難しい。何しろナナフシは、その、枝みたいだからだ。息を凝らして見守った。

間もなく家族も帰ってきて、いったい何事かと僕の周りに集まってきた。

ボニーが隣にしゃがみ込む。僕たちは床に座り、ローテーブルに前腕をぺたりとつけ、重ねた両手に顎を載せて、ナナフシが何らかの形で生きている証を見せてくれるのを待った。

「見て！」数分後、ボニーが声を上げた。「あの子、見て！」

ぷくぷくの指を、おそらくは本人が意図していたよりも強く飼育ケースのガラスに突きつけた。十数匹いるマッチ棒ほどの長さのナナフシのうちの一匹が、前脚とお尻を振っていた。

「これって、みんな大丈夫ってこと、パパ？」

「みんなが葉っぱを食べてくれないことには何とも言えないけど、いい兆しだよ」

床に座っていたせいで膝が痛み出したので、僕はボニーの頭のてっぺんにキスをすると立ち上がり、ナナフシのそばに張りついて様子を見守る娘を残し、エイミーを探しにいった。彼女は家事室で洗濯機に洗濯物を入れていた。

「助かりそう？」

エイミーはそう尋ねながら、手に持ったズボンのポケットを叩いて恐竜のフィギュアが入っていないかを確かめた。僕はドア枠にもたれ、うなずいた。

「少なくとも一匹は生きてる。一匹が大丈夫なら、他にも生きているやつはいるはずだ。たぶん。ボニーがつきっきりで様子を見てるよ」僕は肩越しに親指で居間の方を示した。

「あの子、本当にあの虫が好きよね」

「そうだな」僕はうなずいた。

「預かっているナナフシを返したら、何匹か買ってあげてもいいかもしれないわね。ボニーが自分で飼えるように。預かっているナナフシの中から何匹かうちに残しても、誰も気づかないかもしれないけど」

「それは盗みだよ、エイミー！」僕は言った。イボタノキを盗んでおいて、人のことを言えた義理ではないのだが。「だいたい、熊狩りに出る原始人みたいに、数日おきにくそイボタノキを探しにいくのはごめんだ」

エイミーが顔をしかめた。

「それはちょっと大げさじゃない？」

「僕があのひと握りのイボタノキの葉を手に入れるために何をしたか、知らないからそんなことが言えるんだよ」

エイミーは洗濯機の蓋を閉めると、警戒気味に僕を見た。

「何をしたの？」

「仕方がないと言えば仕方がなかったんだけど……」

その時、玄関の呼び鈴が鳴った。僕は応対に出ようともたれていたドア枠から離れた。だが、一秒とたたずに一度目よりも長く呼び鈴が鳴った。

「今行くから落ち着けよ」ぼそっとつぶやき、ドアの取っ手を回した。

玄関先に立っていたと思われる訪問者は、ドアがわずかに開いた瞬間、もう家の中に入っていた。イボタノキ男だった。

「どこだ？」と怒鳴る男の顔があまりに赤いので、我が家の廊下で塞栓症でも起こすんじゃないかと、僕は本気で心配した。

「うちまであとをつけてきたんですか？」

「どこにある？」

「落ち着いてください」

僕はもう一度、今度は聞こえるように言った。もっとも、人に落ち着けと言って落ち着くことなどまずないし、この時もそうだった。男は脇に下ろした手が紫色に変色するほど強く拳を握り、いかにも高そうな超薄型レンズの眼鏡越しに僕を睨んだ。男自身の体型は薄さとは無縁で、太っていようとどうだろうとお構いなしの金持ちだということを、その美しい眼鏡が際立たせていた。

「私の所有物を返してもらいたい！　盗んだものを返せ！」

男がむちっとした柔らかな指で僕の胸元を突く。僕はむっとした。両手を腰に当て、相手を上から睨みつけた。いや、そうしようと頑張った。

「四歳の娘のナナフシの命を救うために取った、わずかばかりのイボタノキの葉を返せと言うんですか？」

男はなおもぐいぐいと家に押し入ってくる。

「わずかばかりだと！　あんたは私のうさぎの尻を全部むしったんだぞ！」

僕の背後で金属的な笑い声が響いた。僕と男が声の方に目をやると、何事かと様子を見にきたタングが階段に立っていた。

「尻だって！　あはははは！」

「タング、笑うな、余計にこじれる」

僕は注意したが、タングがおかしがるのも無理はなかった。イボタノキ男はタングを二度見すると、ひと言言ってやるべきかと思案し、結局は笑うロボットのことは無視した。イボタノキの葉を取り返すことの方が先決らしい。

「ベンがその人のうさぎのお尻を盗んだ！　もう、うんちできないね！　あはははは！」

「タング、うるさい！」

たしなめたのはボニーだ。ナナフシのそばを離れ、やはり廊下に出てきたのだ。居間の入口を塞ぐように立ち、身構えている。僕はイボタノキ男に向き直った。

「呼び鈴は鳴らしたんですよ……二回。庭にいるかもしれないと、家の横手にも回ってみました。あなたの低木を台無しにしてしまったのなら謝ります。ただ、さっきはああする以外に娘を助けてやる方法が見当たらなかった。あなたの許可ももらおうとはしたんです」

「だから無断で取ってもいいとでも言うつもりか？」

「許可をもらおうにも応対してくれなかったじゃないですか！」僕はもう一度訴えた。

「あの時家にいたのなら、どうして出てきてくれなかったんですか？」

「見知らぬ訪問者の呼び出しに応じるも応じないもこっちの勝手で、おまえにつべこべ言われる筋合いはない！」

「おまえって言っちゃだめなんだから！」ボニーが言った。

「うるさい、がきは黙ってろ！」

男がわめく。そのひと言に僕はキレた。家族をこんなふうに罵られて許すわけにはいかない。

「もういい、帰ってくれ！」

僕は男の上腕を摑んで戸口へ押し戻そうとした。男はその手を振り払い、僕を押した。

「やめて！」エイミーの声がすべてを切り裂くように響いた。

男はエイミーに向き直り、僕の方を指差した。

「おたくの旦那が私の所有物を盗んだんだ！　この五年、村と地区のトピアリーコンテストで最優秀賞を取り続けてきたのに、このばかが私のエントリー作品を台無しにしたんだ！」

「あなたは私たちの家に押し入り、夫を威嚇し、娘に暴言を吐いた」エイミーは背筋が凍るような静かな声で言った。「お引き取りください」

「不法侵入したのはおたくの旦那のほ……」

「不法侵入しているのはあ、な、た、です」

エイミーに切り返され、男は床を踏み鳴らすように戸口に向かった。最後に僕たちを振り返り、捨て台詞を吐いた。

「弁護士を立てるから、覚えておけよ！」

そして、ドアを乱暴に開けて出ていった。エイミーが戸口に近づき、男が開けっぱなしにしたドアを叩きつけるように閉めた。ただし、その前に怒鳴り返すことも忘れなかった。

「あっ、そう。私も弁護士だから、覚悟しておくことね！」

イボタノキ男が去って家に平穏が戻ると、僕たちはつかの間、互いに顔を見合わせ、他に適切な反応が見当たらないまま、笑った。たぶん、緊張が解けたせいだ。一連のやり取りに笑える要素などひとつもなかったのだから。

「パパ、かっこよかった！」

ボニーはそう言うと、僕のそばに来て膝下あたりを両腕で抱きしめた。父親にとってこれ以上嬉しい言葉はない。だが、娘の感謝を独り占めするわけにもいかない。僕はボニーを抱き上げ、キスをした。

「さっきのおじさんを追い払ってくれたのはママだよ」

それでも、ボニーは僕の肩に頭を預けて僕を抱きしめた。外でレンジローバーの騒々しいエンジン音がした。そのわずか数秒後、今度は甲高いブレーキ音が響き、車のドアの開く音が聞こえた。エイミーと僕は目を見合わせ、眉をひそめた。エイミーが再び玄関を開けた。僕はボニーを床に下ろした。

「ここで待ってるんだよ」と、ボニーとタングに伝えた。ジャスミンがどこにいるかはわからなかった。

レンジローバーは我が家の目の前の道路上にとまっていた。運転席のドアは開けっぱなしで、イボタノキ男が車の前にかがみ込んでいた。男の元に駆け寄った僕とエイミーの目に飛び込んできたのは、地面に横倒しになったジャスミンと……その隣に倒れているネコの姿だった。

二十　ロボットの悲しい職場見学

僕は地面にかがみ、ネコに呼吸があるか、耳を近づけて確かめた。出血はほとんど見られなかったが、予断を許さない状況だった。ジャスミンにも目をやったが、無事を示す兆候は見当たらなかった。どうやって治せばいいのか、そもそも治すことは可能なのか、治せたとしてジャスミンの心はどうなっているのか、想像もつかない。僕はネコの息遣いに耳を澄ました。少なくともまだ命はあり、呼吸も一定だった。弱々しい呼吸だが、一定ではある。

「エイミー、僕の往診鞄を取ってきてくれ。急いで!」

エイミーが走って家に戻る。ボニーとタングが、家で待てという僕の指示を無視して表に出てきた。

「来るな!」僕は言った。「そっちで待ってなさい」

しかし、ジャスミンとネコの姿に気づいたタングは、その脚が許す限りの速さで僕の向かい側までやって来ると、悲痛な叫びを上げてその場にくずおれた。ボニーも泣き出した。

「ジャスミンの目を覚まさせて!」タングが叫ぶ。「ベン! ジャスミンが浮くようにして!」

タングが突いても、卵型ロボットはわずかに傾いただけで、また元の位置に戻ってしまった。僕は胸が締めつけられたが、ジャスミンとネコのいずれかを選ばなくてはならず、少なくともネコにはまだ助かる可能性があった。

「無理だよ、タング。ごめんな。でも、ジャスミンを救う方法は僕にもわからないんだ」

「やだよ! 助けてよ!」

「だから、無理なんだ! まずはネコの処置をしないと。ジャスミンを助けることはできない」

ボニーがジャスミンを突き続けるタングに近づき、抱きしめた。

僕は断腸の思いでネコに意識を戻し、触診をした。脚が一本折れている他に、肋骨も数本折れていた。脚はあとまわしにするとして、気がかりなのは肋骨の骨折だった。エイミーから往診鞄を受け取り、聴診器を取り出すと、ネコの胸部の音を改めて聴いた。わずか数分のうちにネコの呼吸は不規則になり、脈も弱くなっていた。肺に穴が空いている可能性があった。

「あんた」僕はイボタノキ男に呼びかけた。「僕の勤め先の動物病院まで連れていってくれ。エイミーはうちの車にタングとボニーを乗せてついてきて。ジャスミンも連れてきてくれ」

男は何か言おうと口を開きかけたが、考え直し、黙ってうなずくと、立ち上がって運転席に乗り込んだ。

「パパと一緒に行く！」ボニーが泣いた。

「だめだ！　頼むからママと一緒に来てくれ、な？　パパはネコと後部座席に乗らなきゃならないし、ボニーを助手席に乗せるわけにはいかないんだ」

「こっちの車にはチャイルドシートもないからね」と言って、エイミーがボニーと手をつなごうとした。

ボニーはすぐには動かない。ぐずぐずしている時間はなかった。

「行け！」

僕の怒鳴り声にボニーもエイミーもびくりとしたが、謝るとしてもそれはあとだ。ふたりはエイミーの車へと走り、タングもすぐあとに続いた。エイミーはすばやくボニーを車に乗せると、ジャスミンの元へと引き返した。ひとりで抱え上げられるだろうかと一瞬心配したが、大丈夫だった。エイミーは車のトランク上部の仕切り棚を外して前庭の芝の上に放ると、ジャスミンをそっとトランクに横たえ、積みっぱなしの買い物袋や毛布やこまごましたものでジャスミンの体を固定して転がらないようにした。そして、僕に向かって「あとでね」と口だけ動かし、運転席に座った。僕もネコを抱いて白いレンジローバーの後部座席に乗り込んだ。

ネコの命を救おうと、僕は二時間奮闘した。ネコはタングのペットだったが、手術室につき添うと言い張ったのはボニーだった。だめだと言おうとしたが、結局は許した。それが家を出る際に怒鳴ってしまった罪悪感からなのか、それともつき添いたいと言った時のボニーの目に浮かんでいた表情のせいなのかはわからない。いずれにせよ、僕は娘の立ち会いを許した。ボニーは僕の向かいに立ち、ひと言も発することなく、手術をはじめから終わりまで見守っていた。それどころか、休診日で看護師がいない中、僕のことを実によく補佐してくれた。娘がここまで何かに集中する姿は、フライドポテトの皿を前にした時くらいしか見たことがない。

恐れていたとおり、ネコの右肺には穴が空いていた。状態を安定させようと最善を尽くしたものの、胃を締めつけられる感覚が、ネコは助からないと告げていた。目の前に娘が立っていなかったなら、もっと早くに処置を打ち切っていたかもしれない。目の人はえてして、獣医師なら動物を救えるはずだ、生き返らせることだってできるかもしれないと考えがちだ。自分のペットとなればなおさらだ。「何かできることがあるでしょう？」と、飼い主は言う。「注射か何かで治せないんですか？」と。まるで、〝非常時にはこのガラスを破れ〟と記されたパネルの向こうに魔法の処方箋（しょほうせん）があり、粘り強く食い下がりさえすれば、自分のペットのためにその処方箋を使ってくれるはずだと信じているみたいに。

しかし、当然のことながら魔法の処方箋など存在しない。僕は奇跡の人ではない。そもそも獣医師の世界では僕はまだまだ未熟者だ。動物の命をつねに救えるわけではないのだ。

我が家の猫も救えなかった。

エイミーは、ボニーと僕が手術室に入っている間にクライド先生に電話していた。彼の動物病院を時間外に開けた以上、連絡するのが礼儀だと考えたからだが、それだけではなく、待っている間、何かせずにはいられなかったのだろう。

ボニーは、僕が皆にネコの死を告げにいく間、ネコのそばについていてもいいかと言い、僕はいいよと答えた。待合室にクライド先生の姿を見つけてほっとした。彼は、その場に――予想に反して――留まっていたイボタノキ男と話をしていた。クライド先生が僕のそばに来て、到着が遅れて助けになれずにすまなかったと声をかけてくれたが、僕はそれには答えず、エイミーに肩を抱かれて座っているタングの元に向かった。タングは打ちのめされ、これ以上ないほどにうなだれていた。僕が目の前にしゃがむと顔を上げたが、僕の表情を見るなり、また深くうつむいてしまった。

「本当にごめんな、タング」と、僕は言った。「ネコの怪我はあまりにひどくて、どうすることもできなかった。でも、もう痛みに苦しんではいないからな。それだけは心に留めておくんだよ」

僕はタングがショックや悲しみをぶつけてくるのを待った。そうやって飼い主から責められたことなら何度もある。だが、タングは何も言わなかった。黙って床を見つめ、胸のガムテープをいじっていた。タングの肩に手を置き、抱き寄せようとしたら、タングは身をくねらせてそれを拒否した。僕はエイミーと目を見合わせた。彼女が目顔で〝心配しないで。あとは私に任せて〟と合図してくれたので、僕は立ち上がり、クライド先生の元へ行った。彼を脇に連れていき、今に至る経緯をざっと説明した。

「先生が早くに駆けつけてくださっていたとしても、手の施しようはなかったと思います。ネコの肺はかなりひどい状態でした。看護師がいてくれたら手術部位は見やすかったかもしれませんが、結果は変わらなかったでしょう。先生の腕をもってしても、今回は助けることは難しかったと思います。いや、違うかな。先生なら救えたのかな。ここに向かう途中で連絡すればよかったのかもしれない。僕は、うちの猫だから自分で何とかしたかっただけなのかもしれない」

喉を締めつける塊を無理やりのみ込んだ。クライド先生は理解を示すようにほほ笑み、僕の腕に手を添えた。

「そんなふうに自分を責めるもんじゃない。君はネコのために手を尽くした。それ以上のことなど誰にもできなかったはずだ。君の気持ちが楽になるなら、僕が解剖をして確かめてもいいが、勧めはしない」

僕はかぶりを振った。時がたてば、ネコを助ける術はあったのかもしれないという現実を受け入れられるようになるかもしれない。だが、クライド先生の解剖の結果、助けられた命だったとはっきりわかってしまったら……その事実と向き合う自信はない。

「ネコに会いたい」タングが僕たちを呼び、静かにそう言った。

僕はクライド先生と視線を交わした。ネコの体はまだタングに見せられる状態ではないと、互いに承知していた。

「僕が会わせられるようにしてこよう」クライド先生が言った。「タング、少し時間がかかるかもしれないが、もう少し辛抱して待っているんだよ」

タングは嫌だと抗議しそうな顔をしたものの、何も言わなかった。

「ありがとうございます」

ボニーの待つ手術室に向かうクライド先生に、僕は礼を言った。先生と入れ替わりにボニーは出てくると思ったが、どうやら娘には生きている動物の手術だけでなく、死んだ動物の処置に立ち会えるだけの度胸があるようだ。娘の中に見つけた闇が心配すべきものなのか否か、よくわからなかった。闇か、あるいは必要とあれば他のすべての感情を凌駕(りょうが)する実用主義か。時を経なければその答えは出ないだろう。

それはさておき、ふと気づくとイボタノキ男が皆の知らぬ間にそっと姿を消していた。ひょっとしたらまだいるかもしれないと、駐車場に出てみたが、そこにも姿はなかった。病院内に戻ろうときびすを返したその時、コンコンと何かを叩く音がした。エイミーの車からだった。

「ジャスミン！　しまった！」

車のトランクへと駆け寄った。ジャスミンがかろうじて生きていたことは飛び上がるほど嬉しかったが、彼女がまだ車内にいることをすっかり忘れていたことは申し訳なく、複雑な心境だった。家族全員がジャスミンは死んでしまったと思い込んでいたことを、一瞬、都合よく忘れかけていた自分も何だか恥ずかしかった。

状況を確かめようとリアウィンドウに両手を押し当てた。外からは、トランクの片隅でジャスミンの赤い光がかすかに光っていることしか見て取れなかったが、よい兆しではある。ジャスミンがハンガーの腕を伸ばし、僕が手を押し当てている場所を窓の内側から再びコンと叩いた。

「ジャスミン、待ってろよ！　今すぐ出してやるからな！」

そう叫んでトランクの取っ手を引いたが、エイミーの車は施錠されていた。ここから呼んでも、病院内にいるエイミーには聞こえないだろう。僕は彼女に電話をした。

「エイミー、外に来てくれ。ジャスミンが！」

数秒後、動物病院のドアが開く音がした。エイミーは表に出てきた段階ではことの緊急性に気づいていなかったが、車のリアウィンドウに顔を押し当てている僕を見て、状況を理解した。

「しまった！」と、僕と同じことを言った。「最悪。ジャスミンが車にいることを忘れてた。タングに何て説明すればいいの？」

「生きてる！」僕は言った。「ジャスミンは生きてる！　車から降ろして中に運ばないと。急いで！」

エイミーが車のキーを握るとトランクが開いた。危うく僕の頭に直撃するところだったが、そんなことはどうでもよかった。エイミーとふたりでジャスミンを院内に運び、僕たちの様子を気にして立ち上がっていたタングに道をあけろと怒鳴りながら、診察室に直行した。

「何が起きてるの？」タングが悲痛な声を上げた。

「ジャスミンは生きてる！」僕は診察室のドア越しに叫び返した。

一瞬ののち、そのドアが大きく開いてタングが入ってきた。僕たちがジャスミンを診察台に横たえる間に、飼い主用の椅子にガシャガシャと近づき、よじ登った。

「手術室に運んだ方がいいかしら？」エイミーの言葉に、僕はかぶりを振った。

「手術室はひとつしかなくて、今はネコがいるから無理だ！　ここでやるしかない」

「やるって何を？」エイミーの声は珍しくパニック気味だった。

「わからないよ、僕だって技術者じゃない！」

カトウに電話をかけたが、東京は深夜の時間帯で応答はなかった。僕は診察室内をせわしなく動き回り、使えそうなものを探した。何にと言われると……何かにとしか答えようはない。タングはその場に立って落ち着きなく足を踏み換えていた。その時、ふとひらめいた。クライド先生だ。僕は大声で彼を呼んだ。

「何事だ？」クライド先生がペーパータオルで手を拭きながら診察室に入ってきた。診察台に横たわるジャスミンの姿が答えだった。

「先生は車に詳しいですよね、何かできそうなことはありませんか？」

クライド先生は僕たち夫婦とタングを順番に見て、最後にジャスミンに視線を戻すと、救急治療の態勢に入った。スタッフルームにある、分電盤や掃除機が入っている戸棚から、やはりそこにしまってあるクライド先生の大きな工具箱を取ってくるようにと、僕たちに指示を出す。何をするつもりかはわからないし、知りたくもなかったが、指示を出してもらえてほっとした。

「もし会いたいなら、もうネコに会ってきても大丈夫だよ」

クライド先生がタングに声をかけた。エイミーがタングをドアの方へと促し、僕とクライド先生はジャスミンへの対応を始めた。診察室を出る間際、タングが僕を振り返って叫んだ。

「ベンがイボタノキを盗んだ！ベンがイボタノキを盗んだせいでネコは死んだんだ！ジャスミンだってきっと死んじゃう。全部ベンのせいだ！ベンなんか大嫌い！」

タングの言葉が胸に突き刺さって息ができず、僕はひと言の弁明もできなかった。エイミーが僕をかばってくれたが、タングの言葉自体をなかったことにできるわけではない。

「タング、やめなさい！」エイミーは叱った。「ベンを責めるのはお門違いだと、タングもわかってるはずよ！」

エイミーはタングを診察室の外に連れ出した。三十秒ほどして、悲しく泣き叫ぶ金属的な声が響いた。ネコの遺体と対面したのだろう。僕は涙を押し戻そうと目を固く閉じた。

「真に受けてはいけないよ」クライド先生が言った。「タングも本気であぁ思っているわけじゃない」

その言葉を信じつつも、あれがタングの本心だったらという恐怖が僕の心を苛んだ。しかし、今は何よりジャスミンを救うことが先決だ。

僕たちはジャスミンの体の表面を調べ、開口部を探した。ハッチか何かがあれば、内部で何が起きているのか、また、僕たちに対処ができそうかを確かめられる。もっとも、対処できるとすれば〝僕たち〟ではなく〝クライド先生〟なのだが。ジャスミンの体の表面にはそれらしいものは見当たらず、僕は、普段動物の目を見るのに使っているペンライトを、ジャスミンの赤い光が発せられている場所に当ててみた。そして、弱々しく断続的にしか点灯しない発光部に、ジャスミンの体を上部三分の一と下部三分の二とに隔てるわずかな隙間を発見した。

「どうしましょう？」と、僕は言った。「単純に頭を引っ張って外すわけにもいかないし」

クライド先生が僕を見た。

「そうするしかないかもしれない」

「でも、それで元に戻せなくなったらどうするんです？」

「だからと言って何もしなかったら？　どうなる？　このまま放っておけばジャスミ

ンは死んでしまう」

「そうとも限らないのでは？　一度は死んだと思ったけれど、ジャスミンは生きていた。それならば、時間とともに回復するかもしれません」

「ベン、目の前にいるのが動物なら、君は何と言う？」

僕は肩を落とした。

「開腹なり開頭なりして調べましょうと言うでしょうね」

「そして、これが車なら、僕もやはり開けて調べようと言う。ジャスミンを開ける方法は不明だが、それでもやらなければならない」

僕はうなずいた。

「わかりました。でも、くれぐれも慎重にお願いします。ジャスミンに損傷を与えたくはありません」

「もちろんだ」

クライド先生はジャスミンの頭と胴体の間に爪を入れ、頭部をこじ開けようとしたが、うまくいかなかった。すると、先生はこちらに背を向けて工具箱からマイナスドライバーを取り出し、ペンキの蓋を開ける要領でそれを隙間に差し込んだ。

「何するんですか！」僕は叫んだ。「全然慎重じゃないじゃないですか！」

「他にいい方法があるか？」

クライド先生はいら立ち、僕に向かってドライバーを振りかざした。僕がかぶりを振ると、先生はドライバーを再びジャスミンの体の隙間に差し込んだ。はじめはびくともしなかったが、クライド先生がドライバーの持ち手を押し下げる力を強めると、ジャスミンの頭部がぱっと外れた。そのまま診察室の向こう側に飛んでいき、壁にぶつかり、派手な音を立てて床に落下した。途中でハンガーが一本、折れた。ジャスミンの頭は数秒間、テントウムシのブレイクダンスみたいに回転し、やがてぐらぐらと揺れて止まった。僕たちは顔を見合わせた。先生の表情ははっきりとは読み取れなかったが、〝しまった〟をもっと強めた焦りの色がどこかに隠れていたのは間違いない。

赤い光が消えた。僕は動転し、慌ててジャスミンの頭を拾い上げたが、次の瞬間、状況を冷静に俯瞰している感覚になった。複雑な外科的手技を行っている時と同じだ。ネコの治療の際も、救うことは叶わなかったが、その感覚が助けとなった。ジャスミンを治すにも、やはりこの感覚が僕を支えてくれるはずだ。手術では時に思いがけない事態に直面する。起きたことは変えられない。何かが起きたら、その都度対応していくしかない。

クライド先生が折れたハンガーを拾う間、僕はジャスミンの頭を両手に抱えてぐるぐると回しながら、傷ができていないか確かめたが、車と衝突した際にできたひっかき傷以外には見当たらなかった。そのひっかき傷にしても最小限の数に留まっており、大半は胴体に集中していた。今僕が手にしているのが本当にジャスミンの頭なのだとしたら、脳に当たるものが無事である可能性もわずかながら出てきた。

僕はジャスミンの頭を上下逆さまにして診察台に置くと、クライド先生とともにジャスミンの首に当たる部位をじっと観察した。頭の中央に一部薄く盛り上がっている場所がある。もっとよく見ようと頭部を傾けたら、その盛り上がった場所に僕の金属製の腕時計がくっついた。クライド先生と再び目を見合わせた。先生がドライバーを近づけると、やはりくっついた。クライド先生はそれを引きはがし、今度は胴体側の頭部との接合部に近づけ、振った。

「押し戻される」先生が言った。

「磁石」と、僕は言った。「ジャスミンの頭は磁石で胴体にくっついているってことですか？」

「そのようだね」

クライド先生はジャスミンの頭部を持ち上げ、胴体に近づけた。カチッという音とともに頭と胴体が元どおりにくっついた。弱々しい赤い光が再びちらちらと点滅した。

「よかった、ちゃんとくっついた」

僕はそう言ったものの、ジャスミンの様子はおかしいままだ。光の具合がいつもとまったく違う。僕は呼びかけた。

「ジャスミン？ 僕の声が聞こえるか？ 話すことはできるか？」

ジャスミンはラジオの放送局を替える時のような音を立てるばかりで、意味のある言葉はひとつも聞き取れなかったが、少なくとも会話をしようとはしていた。やがて、〝頸部（けいぶ）〟というような単語を発したので僕は何だ何だと大騒ぎしたが、ジャスミンはその後も〝頸部〟と繰り返すばかりだった。しばらくして、〝頸部〟ではなく〝ケーブル〟と言っているらしいとわかった。

「どこだ、ジャスミン？」僕は尋ねた。「ケーブルがどこにあるのか、教えてくれ」

ジャスミンがハンガーを頼りなく揺らし、すべてのハンガーを頭の側面に沿って下に向けた。

「胴体？ 胴体の中にケーブルがあるのか？」

「ど……」ジャスミンの声が一気に何オクターブも低くなった。

「胴体を開けないと」と、クライド先生が言った。

「ちょっと我慢してくれな、ジャスミン」僕はそう声をかけた。

クライド先生がドライバーをてこのように使ってジャスミンの頭をもう一度外した。今回は僕があらかじめ頭を受けとめられる位置に立っていた。キャッチした頭を上下逆さまにして椅子に置いた。クライド先生が胴体の開口部を探す。頭との接合面は一見するとただの平らな面だったが、先生が手で触って確かめていたら、ふとした拍子に表面の板が偶然に回り、そのまま回し続けると外れた。単純なねじ込み式の構造だった。

ジャスミンの胴体の内部を見て、『スター・ウォーズ』の宇宙ステーション、デス・スターのサーバールームはきっとこんな感じなのでないかと思った。無数にあるケーブルが複数の束に整然とまとめられている。その束の一方の端はねじ込み式の板の裏側の、何らかの回路基板とおぼしきものに接続されていた。僕はふいに、爆弾を前にしてどのコードを切ればいいのか皆目見当もつかない、パニック映画のアクションヒーローにでもなった気がした。

「何をどうしたらいいんだ？　頭を外している間はジャスミンに訊くこともできない！」

そう言う僕を尻目に、クライド先生は早くも腕まくりをして内部を探っていた。書類キャビネットのファイルを繰るようにケーブルに指を這わせていく。

「何を探しているんですか？」

「わからない、こうして探りながら、これだという何かを見つけるしかない」

やや不安を覚えるひと言だった。ペンライトの光を当てながら、やはりジャスミンを手術室に運ぶべきだったかもしれないと思った。あそこなら角度の調整が可能な照明がある。それでも今はペンライトで頑張るしかない。クライド先生はひとつ目のケーブルの束をくまなく調べたが、欠陥は見当たらず、切れたり折れたりしているケーブルはなかった。しかし、クライド先生が別の束を調べようとジャスミンの胴体を少し回転させたその時、僕はあるものに気づいた。

「待って」と片手を出すと、「見てください」と言った。ケーブルの束をひとつ、脇に寄せて視野を確保し、その下に隠れていたものを指差した。場所は、ジャスミンが宙に浮いている際には胴体の底に当たる部分だ。クライド先生は自身のペンライトを取り出し、僕の示す先を照らした。違う角度からのぞき込み、眉根を寄せる。

「車のバッテリーみたいだ」そう言って、クライド先生がケーブルの束をそっと引っ張ると、底にある物体もろとも胴体の外に出てきた。ケーブルとともに胴体の内部にあったものは、紛れもなく車のバッテリーだった。

「ここを見てごらん」と、クライド先生が指摘する。「プラス端子の接続が今にも切れそうだ。ケーブルが一本、断線しかけている」

「事故でケーブルが切れたってことですか?」

「見る限りでは、以前からすり切れかけていたようだ。衝撃が加われば、いつ切れてもおかしくない状態だった。今まで断線せずにすんでいたのは、むしろ幸いだった」

「となると、ケーブルの交換が必要になるんですか?」

「そうかもしれない。応急処置としてケーブルの外側の被覆（ひふく）をむいて、プラス端子につなぎ直すことはできる。まずはそれで様子を見るしかない」

ケーブルの被覆をむいてつなぎ直すということは、その一本だけ他のケーブルより短くなるということで、バッテリーの位置を上げる方法を考える必要があった。そうでなければ、ジャスミンの体を起こした瞬間に、バッテリーとそのケーブルの接続がバッテリーの重量に耐えきれずに切れかねない。

ジャスミンの胴体の中身を診察台に取り出したことで、内部をより詳しく観察できるようになった。その結果、胴体の底に平らな台のようなものを見つけた。固定されているのかどうか、胴体をわずかに傾けて確かめたら、その物体は意外にもあっさりと目の前の診察台に落下した。新たなバッテリーだった。

「これは何のためにあるんだろう?」僕は半ば独り言のようにつぶやいた。

クライド先生が両手にバッテリーを持ち、上下をひっくり返した。「よくわからないな。予備バッテリーかもしれない」

僕は眉をひそめた。

「でも、機能しませんでしたね」

「たしかに」

クライド先生はふたつ目のバッテリーを診察台の上に戻すと、診察台に置いた手の指先に体重をかけるようにして前のめりになった。人差し指でコツコツと診察台を叩きながら思案している。

「ケーブルの接続を保つには、ひとつ目のバッテリーの位置を高くしなくてはならない。ひとまず、このふたつ目のバッテリーは中に戻そう。少なくとも台にはなる」

僕はうなずき、診察室内を見回した。シンクの上の棚に置かれた使い捨てのゴム手袋の箱が目に留まった。僕はそれを手に取り、クライド先生に見せた。

「これをふたつ目のバッテリーの下に入れて高さを出してはどうでしょう？　一生、胴体の底に入れっぱなしというわけにはいきませんが、応急処置として……」

クライド先生がうなずき、僕から箱を受け取った。ジャスミンの胴体を少し持ち上げ、箱を底に落としてから、その上にふたつ目のバッテリーを重ねる。クライド先生は肩をすくめた。

「さて、ジャスミンの体を元に戻そう」

その言葉に僕がジャスミンの主要と思われる方のバッテリーに手を伸ばしかけたら、クライド先生に止められた。

「まずはバッテリーを充電してジャスミンを起動できるようにしないと」

クライド先生はいったん診察室を出ていき、二本のブースターケーブルとポータブル電源を抱えて戻ってきた。

「バッテリーの上がった車に別のバッテリーをつないでエンジンをかける、いわゆるジャンプスタートをした経験はあるかい？」クライド先生が訊いてきた。

「もちろんですよ」と答えたものの、思い返すこと数秒、僕は言い直した。「いや、恥ずかしながらないです、たぶん今日が初めてです」

クライド先生はジャスミンを指差した。

「だとしたら、覚えた方がいいね」


動物病院に到着して以降、診察室を出て待合室にいるタングに話をしにいくのはこれが二度目だ。一度目のネコの時には、僕を見たタングの顔には希望があったが、僕はそれを打ち砕いてしまった。今回は、飼い猫の遺体と対面したばかりのタングはこちらを見上げもしなかった。そこに座って打ちひしがれ、ガムテープをいじっていた。僕はエイミーの目を見た。彼女の瞳に浮かぶ不安が、僕の表情を見て安堵に変わった。僕はエイミーにうなずきかけると、タングの前にかがみ、彼の脚に手を載せた。

「タング？」

「何？」タングは相変わらず僕を見ようとしない。

「ジャスミンのことなんだけどね。助かりそうだよ」

タングが顔を上げた。そして、何も言わずに身を乗り出すと、僕の首に両手を回して抱きしめた。

二十一　向き合い方

翌日、自宅の庭の、初めてジャスミンを見つけた場所にネコを埋葬した。我が家にジャスミンがやって来たこととネコがやって来たことを記念する場所は、同じであることがふさわしい気がした。それに、そこに埋めるというのはタングの希望だったので、素直に従う方が楽でもあった。

僕は鋤（すき）を持ち、自ら穴を掘った。途中でエイミーが紅茶を淹れたマグカップを持ってきてくれた。春とは思えない寒い日で、おまけに地面が岩のように固く、作業が遅々として進まなかったからだ。金属の塊でも取り除こうとしている気分だった。猫という存在は時にこちらの生活をかき回してくれるが、どうやらそれは生きている間だけのことではないらしい。ちなみにネコの死から数週間は、家のそこここに彼女の毛が落ちていた。それはさておき、タングとボニーがフランス窓にぺったりと張りつき、家の中から僕の作業を見張っているものだから、やりにくかった。土が固すぎるとキレることさえできない。

「この大きさでいけるかな？」僕は園芸用のフォークを地面に突き刺し、マグカップを受け取りながらエイミーに尋ねた。

「何のための大きさ？」

僕はえっという顔でエイミーを見た。もしもーし、起きてるか？

「ネコのための穴だってことは、もちろんわかってるわよ。ただ、大きさを決める具体的な基準は何なのかなって思っただけ」

「当然、猫の遺体がきちんと収まる大きさが必要だし、狐に掘り起こされないだけの深さもいる」

「なるほど。でも、そんなことってあるの？　狐には猫の遺体を掘り起こす習性があるの？」

「わからないけど、用心するに越したことはないだろう」

「それもそうね」

「巻き尺を取ってくるよ」と言って、僕はエイミーにマグカップを渡した。

「何に使うの？」

「ネコの体のサイズを測って穴の大きさを決めるために決まってるじゃないか」

「でも」と、エイミーは僕のあとから室内に入ってきた。「単純に……ネコをぎゅっと丸めたりするのではだめなの？」

「今は体の側面を下にして横になっているけど、その体勢のままにしておかなくてもいいわけでしょう？　丸まって寝ているみたいにしてあげてもいいじゃない。それなら穴をそこまで大きくする必要もなくなる。違う？」

エイミーの言葉を家族全員が聞いていた。そして、全員が愕然と彼女を見つめた。

「ママってば、どうかしてるんじゃない？」と、ボニーが言った。小さな子どもが大人みたいな物言いをするのはいつ聞いてもおかしなものだが、今笑うのはまずい。

「よかれと思って言っただけじゃないの！」エイミーはそう言うと、それ以上誰からも突っ込まれないうちにキッチンに引っ込んだ。

僕はネコの大きさを測ると、庭に戻ってもう少し穴を掘り進めてから、準備ができたと皆に告げた。

僕はネコをタオルにくるんで庭に運んだ。結婚祝いにもらった趣味の悪いそのタオルの上で、ネコはポムポムとそのきょうだいを生んだのだ。家族も僕に続いて庭に出ると、穴を取り囲み、僕がそこにネコを横たえるのを見守った。僕は下手な祈りを捧げ、タングが見つめる中、ボニーと一緒に穴を埋め戻した。ネコは厳密にはタングのペットだったが、タングは土をかける手伝いはしたくないと言った。やけに張りきっていたのはボニーの方で、不思議なほどだったが、おかげで穴はあっという間に埋まった。

埋葬がすんでしまえば、あとはネコのいない日々を生きていくしかない。僕自身は、もっとしてやれることがあったのではないかという深い後悔を抱えながら。

そんな状況の中でせめてもの救いとなったのは、ジャスミンに回復の兆しが見えたことだ。クライド先生とともにジャスミンを蘇生させた方法については、タングにすべてを話す必要はない気がしたし、タングが知らなければならないことでもないと思ったが、エイミーには話した。もっとも、白状するなら彼女にもすべてを伝えたわけではない。

「とりあえず、今後はうっかり駐車灯をつけっぱなしにしちゃったらクライド先生を頼ることにするわ」

僕はにやりとした。

「クライド先生には、今後またジャスミンをジャンプスタートさせなきゃならなくなった時のために、やり方をしっかり覚えておけとしつこく言われたよ。念のためにって」

「もっともなアドバイスだわ」エイミーがうなずく。「バッテリーが上がるたびに動物病院に運び込まないとならないんじゃ困るものね」

「うん。まあ、個人的には次に何かあったら本職の技術者に頼もうかとは思うけど」

「移動ロボットを専門としている技術者なら直せるものなのよね？」

「たぶんね。少なくとも、ジャスミンが動く仕組みは論理的で明快だったし。タングと違ってさ」

「論理的で明快。いかにもジャスミンらしいわ」

「うん」

「それで、ジャスミンをジャンプスタートさせたらどうなったの？　単純にぱっと生き返ったの？」

「まあ、そうとも言えなくはないかな」

「どういうこと？」

あの日の診察室の光景が脳裏によみがえる。ジャスミンが〝目覚めた〟瞬間だ。クライド先生はブースターケーブルをすべてつなぎ終えると、ポータブル電源のスイッチを入れた。その後すぐにジャスミンの赤い光が点灯したのを見て、クライド先生も僕も胸を撫（な）で下ろした。赤い光は混乱したように左右に揺れ、やがて僕の目をとらえた。

「ベン？」あの時、ジャスミンはそう呼びかけてきた。「何が起きているのですか？」

僕はジャスミンの頭に手を置き、ほほ笑むと、事故のことを話した。ジャスミンはネコをレンジローバーの前からどかそうとしたこと以外、何も覚えていなかった。そんな彼女に、その場でネコの死を伝えることは僕にはできなかった。

「ベンが私を救ってくれたのですか?」

ジャスミンの声音の何かに、僕の頭の中で警報ベルが鳴り響いた。自分のおかげだと思わせてはいけない気がした。

「救ってくれたのはクライド先生だよ。僕は手伝っただけだ」

「ありがとうございます」ジャスミンはそう言った。僕は
僕の言葉を正しく理解しているだろうかと、僕は訝った。訝った。ジャスミンはクライド先生に光を向けると、彼にも礼を述べた。

一連の会話については、何となくエイミーには黙っていた。かわりに僕はこう言った。

「彼女、世界が横向きに見えるのはどうしてかと言ってた」

「横向き?」

「うん、ほら、横になっていたからさ」

「そっか、そうだったわね」エイミーが納得する。

「それでクライド先生とジャスミンの体を起こしたんだけど、体が宙に浮かなくて、なぜ浮かないのかとジャスミンに訊かれたから、僕たちにもわからないと答えた。ク

ライド先生は、〝むしろ君に教えてもらいたい〟と言ってたよ」僕はそう言うと、その後の会話の内容をエイミーに伝えた。

あの日、体を起こしてやったあと、ジャスミンはおもりをつけたヘリウムガス入りの風船みたいにゆらゆらしていた。「バッテリーはふたつとも正常に働いていますか?」

「ふたつとも?」クライド先生と僕は同時に訊き返した。「底にあった方も予備バッテリーではないってことか?」

「そっちはおそらく電磁石の電力源で、電磁石が地球の磁場に反発する力を利用して体を浮上させているのです」

クライド先生が底のバッテリーをジャンプスタートさせた。もう少し違う言い方ができればいいのだが、他に適切な表現がない。ジャスミンは数秒間宙に浮き、コンと音を立てて診察台の上に落ちた。

「今度は何がいけないんですか?」僕は尋ねた。

「もう少し充電が必要なのかもしれない」クライド先生は答えた。

ジャスミンが赤い光を揺らして同意した。「体がとても重いです」

「疲れているんだよ、ジャスミン」クライド先生が言った。「安静にしてバッテリーを十分に蓄電しないと」

「どれくらいかかりますかね？」僕は尋ねたが、ジャスミンにもクライド先生にもわからなかった。

「まあ、いいや」僕は言った。「大丈夫だよ、ジャスミン、何とかなるさ。今はとにかく家に帰ろう」

タングはジャスミンが生きて帰ってきたことは喜んだが、それから数日間はろくに口もきかず、姿さえほとんど見せなかった。時折、悲痛な泣き声を上げるので、そのたびにジャスミンの容態が急変したのかと、僕とエイミーのいずれかが走って二階に様子を見にいった。しかし、そうではなく、僕が駆けつけてもタングに追い払われるばかりなので、途中からはエイミーに行ってもらった。

ジャスミンが浮くことができない間、タングは自分のフトンベッドを彼女に譲った。つき添ってしっかり様子を見たいから、当面は自分の部屋にいてもらうんだと言ってきかなかった。そして、言葉どおりに二十四時間の寝ずの看病を続けた。タングもちゃんと寝た方がいいと諭すことさえできなかった。本来、彼に眠りは必要ないからだ。タングが睡眠を取りたがるのは僕たちがそうするからでしかなく、自動巻き発電式電池で動くタングは、動いてこそ蓄電できる。

そして、それこそが問題だった。つきっきりで看病する姿には胸を打たれたが、タングがジャスミンにしてやれることはなく、身じろぎもせずに座っている時間が長くなればなるほど、タング自身のシステムが停止する危険性も高まる。

ボニーについてはタングほど心配する必要はなさそうだったが、遊び相手のタングがそんな調子なので、ソファで過ごす時間がかなり長くなっていた。健全な休暇の過ごし方とは言えず、僕は気になった。同じく遊び相手を失ったポムポムは、ボニーの隣で体の半分をボニーに乗っけるようにして丸くなっていた。ひとりと一匹がネコがいないことをどう感じているのかはうかがい知れなかった。

このままではよくない。僕はボニーに靴を履いてコートを着るように伝え、出かけるぞと言った。

「どこに?」ボニーは訝しげに尋ねた。

「公園だよ。ボニーもちょっとは体を動かさないと。タングもだけどな。ほら、立って」

僕がパンパンと手を叩くと、ボニーはのろのろと立ち上がった。床に放り出される格好になったポムポムが、ニャーと鋭い声を上げた。

僕は二階に上がりタングを呼んだが、返事はなかった。彼の部屋のドアをノックし、返事を待たずに顔をのぞかせた。

「何?」タングがゆっくりとこちらを振り返り、僕を見た。

「一緒に公園の遊具広場に行くよ」

「行かない」タングはジャスミンの方に顔を戻した。

「今のは提案じゃなくて命令だ、タング。ほら、立って」

ボニーの時と同様に手を叩いたが、ボニーと違い、タングはその場を動かなかった。

「ジャスミンを置いていくなんてできない」

「だめだ、一緒に来なさい。ジャスミンはどこにも行かないし、ジャスミンの回復を待っている間にタングが動けなくなってしまうことは、ジャスミンだって望まないよ。彼女が起きて動けるようになったらタングの助けが必要になるんだから、その時のためにパワーを蓄えておかないと」

それでもタングはぐずぐず言い、数秒間ジャスミンを見つめていたが、最後には立ち上がった。僕とタングが一階に下りていくと、驚いたことにボニーはすでにコートを着て、靴も履き、玄関に続く廊下で待っていた。これなら比較的すんなり家を出られそうだ。そう思った次の瞬間、戸棚の下からはみ出た、猫が喜ぶキャットニップ入りのネズミのおもちゃをタングが見つけてしまった。とたんにタングは大声で泣き出し、床を踏み鳴らした。

「何でまたこうなっちゃったの?」ボニーが声を張り上げ、両手で耳を塞いだ。「タングは他のことは全然しなくなっちゃった。何で？」

「うん、うん、そうだよな。でも……我慢してあげよう。な？」

ボニーはため息をつくと、その場に座って下唇を突き出した。そのうちにコートの裾を噛み始めた。普段なら注意するところだが、大目に見た方がいい時もある。

「タング」僕は呼びかけた。「そんなに泣かないで。大丈夫、ネズミは片づけるから」

そのままタングを抱きしめようとしたら、タングは後ずさりをしてまたしても僕を拒絶した。どうすればいいのかわからず、心配といら立ちからつい口調がきつくなった。

「わかったよ。勝手に泣いていればいい。それでも公園には行くからな」

タングは細めた目で鋭く僕を睨むと、わめいた。

「ネコが死んだのは全部ベンのせいだ！　ベンなんか大嫌い！　大嫌い！」

そして、僕を押しのけ、階段を上っていった。ボニーも立ち上がり、タングの背中に叫んだ。

「パパのせいじゃないもん！　違うもん！」

そして、やはり僕を睨んだ。口ではパパのせいではないと言いながらも、本心ではそう思っていないのだ。ボニーは肩をすくめるようにしてコートを床に脱ぎ捨て、靴も廊下の向こうに蹴るように脱ぐと、大股でナナフシのところに行ってしまった。

遊具広場へのお出かけはもうやめだ。

帰宅したエイミーが目にしたのは、それぞれ別の部屋にこもり、かれこれ三時間も互いに口をきいていない僕たちの姿だった。僕は書斎で、読むでもなくぼんやりとウェブサイトを眺めており、タングとボニーは互いを無視したまま、それぞれがそれぞれの理由で僕に腹を立てていた。

エイミーは僕とボニー、そしてタングを居間に集め、言った。

「こういうのはよくない。家族なんだし、誰かを責めてもネコは生き返らないわ」

「どうしたらネコは生き返るの？」タングが尋ねた。

うつ伏せになってソファの肘掛けに上体をだらしなく預けながら、エイミーのスマートフォンをいじっていたボニーが、容赦なく言い放った。

「生き返らないよ。ネコは死んだんだから」

タングがまたもや声を上げて泣き出した。

「ボニー！」エイミーと僕は同時に注意した。

エイミーが先を続ける。「どうしてそんな無神経な言い方をするの。ものを言う時には、お願いだからもう少し相手の気持ちを考えてちょうだい！」

ボニーは僕たち全員を見回すと、エイミーのスマートフォンを床に投げ捨て、二階に駆け上がった。

「僕が行くよ」ため息とともにそう言った。

普段から、ボニーが物事にどう反応するかは読めないことが多い。これほど精神的にたくましい子は見たことがないと感じる時もある。そんな時は、伯母に似て心臓に毛が生えているのかと思う。その反面、些細なことで傷つくこともある。僕もエイミーも、ネコに関する発言を注意されたくらいで娘がショックを受けるとは思っていなかった。それでも本人が傷ついている以上、理由を知る必要があった。

「ボニー?」

僕は閉められていた子ども部屋のドアをノックした。ドアを開けると、その裏側に吊されていた、ボニーがクリスマスにいとこたちからもらったフクロウのモビールが涼やかな音を立てた。

「あっち行って!」

ボニーがわめくことは想定していた。そのまま部屋に入っていくと、ボニーはベッドに突っ伏していた。ヒトデみたいに広げた、まだ短い脚が、ベッドからはみ出ていた。僕はボニーの傍らに腰かけると、彼女の背中に手を置いた。ボニーはその手を払いのけた。

「何を怒ってるんだ?」

「私のこと怒鳴った！　パパもママも怒鳴った！」

〝そんなの、いつものことじゃないか〟と言いたいのをこらえ、かわりにこう言った。

「怒鳴ったせいでびっくりさせちゃったなら、ごめんな。でも、ママの言うとおりだ。何かを言う時には、口に出す前にもう少しよく考えないといけない。ボニーの言葉がタングを悲しい気持ちにさせたのは事実なんだから」

ボニーはのろのろと体を起こして座ると、泣いて赤くなった目で僕を睨んだ。

「みんな、訊いてくれなかった。ボニーはネコが死んで悲しい？って。タングのことばっかり悲しんでるって言って、私には訊いてくれない」

ボニーの言葉ににじむ強い憤りに、本当にそうだっただろうかと、僕は慌ててこれまでの言動を思い返した。罪悪感に胃が締めつけられた。ボニーの言うとおりだった。

「ごめん、ボニー、本当にごめん。パパもママもおまえの気持ちに気づいてやらなくちゃいけなかったのに。ボニーだってネコが死んで悲しいに決まっているよな。ネコはタングの猫だったけど、それでも家族みんながネコのことを大好きだった。それにボニーは……やっぱりボニーにいろいろと手伝わせたのは間違いだったのかもしれない」

「手伝いたかったんだもん」

「それはわかってるけど……」

「どうしてネコは生き返らなかったの？」

「えっ？」

「ネコは聖金曜日に死んだ。フィンチ先生、言ってたよ。イエス様は聖金曜日に死んで、日曜日に生き返ったって。だから待ってたのに、日曜日になっても生き返らなかった」

「ああ、ボニー。生き返ることは誰にもできないんだよ。イエス様はまた別なんだ……特別なんだ」

「ネコも特別だよ」

「そうだね。でも、ネコが特別なのとイエス様が特別なのとは同じことじゃないんだ」

教会にまったく通わない両親を持ち、自身も一度も教会に足を踏み入れたことのない四歳児に、キリスト教の根本的な教理をどう説けばいいのか。僕は説明するのはやめ、かわりにボニーを抱き寄せようとしたが、拒まれた。ボニーは服で目と鼻を拭いた。注意はしないでおいた。

「ぎゅってしないで」ボニーは言った。「あっち行って」

我が子にそういう言葉を投げつけられると、頬を叩かれたような気になるが、娘も冷たく当たるつもりではないのだ。死に直面しての深い悲しみも心の傷も、ボニーにとっては生まれて初めて味わうもので、彼女なりのやり方で向き合おうとしている。そのやり方がタングと同様に家族を遠ざけて過ごすことなら、親としては受け入れるしかない。

ボニーが再びぱたんとベッドに突っ伏した。僕は立ち上がると、娘にパパは怒って飛び出していったと感じさせないよう、できるだけ静かにそばを離れた。

「何かあったら、パパは下にいるからね」僕は声をかけた。「みんな、いるからね」

「ネコはいない」

「うん……ネコはいないな」

それ以外に答えようもなく、僕はボニーをひとりにしてやった。

二十二　すっきりしない日々

「タングは？」一階に戻ると、僕は尋ねた。「二階か？」

エイミーは両脚をソファの座面に上げて座り、スマートフォンの画面をスクロールしていたが、本当は読んでなどいないことは見ればわかった。エイミーがうなずく。

「ちらっと下りてきたけど、すぐに部屋に戻った。ジャスミンを放っておけないからって」

僕もうなずき、エイミーの隣に腰を下ろしたら、彼女は僕の肩に頭を預けてきた。エイミーの手を取り、指を絡ませて手をつないだ。

「あの子を失望させちゃったよ、エイミー」

「ジャスミンのこと？」

「いや、ボニーだ」

エイミーがうなずくのを肩で感じた。

「ジャスミンのことであってほしかったけど、そうじゃない気がしてた。ボニーは大丈夫?」

「大丈夫ではないな。いずれは立ち直るだろう。元気になる。ただ……目に見えて嘆き悲しんでいたのがタングだったから、僕たちもそっちに気を取られてた。ボニーは落ち着いているから平気なのだろうと勘違いした。あの子の気持ちに寄り添ってやれずに傷つけてしまった。ボニーだってあの日、とてもつらい思いをしたのに。どうして気づいてやれなかったんだろう?」

「ボニーは自分の気持ちを教えてはくれなかった……」

「エイミー、あの子はまだ四歳だよ。きっと自分でも自分の気持ちがわからないんだ。それにブライオニーに似て、胸のうちを絶対に明かさない」

「だとしたら、こっちがちゃんと気づいてあげられるようにならないとね」

「うん」

エイミーはため息をつき、僕の肩に頭を預けたまま、片手で顔を拭うようにした。

僕はボニーのイースター・サンデーの誤解については黙っていることにした。エイミーは宗教の話はあまりしないし、したがらない。今その話題を出せば、エイミーは学校に乗り込んで先生方を責めかねない。ただでさえ我が家は何かと目立っているのだ。おとなしくしていた方がいい時もある。だから、僕はエイミーとただ無言で座っていた。

次にエイミーが口を開いた時、その声は喉が詰まったような涙声になっていた。

「気づいてあげなきゃいけなかったのに。どうしてわかってあげられなかったんだろう？　母親なのに。母親なら気づいて当然なのに」

「さっき自分でも言ってたじゃないか、ボニーも僕たちに伝えようとはしなかった。次に何かあった時にはちゃんと気づいてあげられるよ」

「そうだけど……」

そのまま延々と同じ会話を繰り返しかねなかった僕たちを一気に現実に引き戻したのは、玄関を静かに叩く音だった。まあ、〝一気に引き戻した〟というよりは、誰かがノックしていることに徐々に気づいたというのが実際のところだ。ふたりとも応対に出ようと動きかけたが、先に立ち上がった僕が玄関に出た。

玄関先に立っていたのはイボタノキ男だった。片手に丈夫そうな買い物袋をさげている。反対側には麻袋を運搬するための台車が置かれ、その上にイボタノキの大きな鉢植えが載せられていた。男が買い物袋を僕に差し出した。

「これを」男の声はただただ悔恨の念に満ちていた。「これしかできることが思い浮かびませんでした。猫のこと、本当に申し訳ありませんでした。それからあの……何かはわかりませんが、あの黒い物体のことも。でも、何より猫のことは取り返しのつかないことをしてしまいました」

「お気遣いいただき、恐縮です」僕は答えた。気まずい間があく。「よければ上がっていかれますか？」

男はかぶりを振った。

「いいえ。けっこうです。お気持ちだけで。これをお渡ししたかっただけなので」と、買い物袋と運搬用の台車を示す。少しためらってから、男は続けた。「私の妻は……このところ、私はかなりのストレスを抱えていました。妻からは、あなたは日ごとに怒りっぽくなっている、このままではいつか怒りのあまり死んでしまうか、他人を傷つけてしまいそうで、これ以上見ていられないと言われました。でも、私は耳を貸さなかった。妻の言うとおりでした。翌日……その、あの日の翌日、病院に行きました。医者からはとんでもない高血圧だ、よくこれまで心臓発作を起こさなかったものだと言われました。錠剤を処方され、休職が適当との診断書も出ました。あとで妻が様子を見にきてくれることになっています。何が言いたいかと言うと、ある意味であなたは私の命の恩人だということです。そして、もしかしたら私の結婚生活の。それなのに、私はあなた方から奪うことしかしなかった。本当に申し訳ありませんでした。とにかくこれを……」

男は台車に載せたイボタノキの低木を今一度示すと、きびすを返し、私道を戻っていった。レンジローバーはどこにも見当たらない。ここまで歩いてきたようだ。僕はあとを追いかけ、男の腕を取った。

「ベンと言います」そう言って、握手を求めて手を差し出した。

「アランです」張りつめていた表情が少しだけ和らぎ、彼は控えめにほほ笑んだ。

「私に他に何ができるか、見当もつきませんが、何か必要な時は……うちはおわかりですね」

アランの苗字を知ったのは、それから何年もしてからだ。ずいぶんたって、この時の話ができるようになってからも、彼のことはつねにアラン・イボタノキと呼んでいた。そして、そのたびに僕とエイミーはボニーに、人が過ちを犯した時に大事なのは過ちそのものではなく、過ちを正すために何をするかだと伝えた。アランにはネコを生き返らせることはできなかったが、彼なりに誠意を尽くしてくれた。相手を恨んだところで誰も救われない。僕たち家族にできることは、アランを許し、彼が差し出したものを受け取り、もう一度前を向いて頑張って生きていくことだけだ。人生はその流れに乗ろうが抗(あらが)おうが、進んでいくのだから。

アランはイボタノキとともに台車も置いていった。これが療養中のジャスミンを運ぶのにたいそう便利だった。ジャスミンは少しずつ宙に浮く元気も出てきたものの、いまだに疲れやすく、あまり無理をすると、体を浮かすための電磁石の電力消費量にバッテリーの蓄電が追いつかなくなった。宙に浮けなければジャスミンは動くことができない。そこで、ジャスミンが部屋の景色に飽きた時には台車に乗せて庭に連れ出すようになった。

タングはイースター休暇の残りの日々を、ジャスミンの傍らで自分の殻（から）に閉じこもったまま過ごした。家族の誰とも、とりわけ僕とは話したがらず、僕がどんなにタングと向き合おうとしても、ネコの死もジャスミンの怪我もベンのせいだと僕を責めた。

結局、休みが終わるまでタングはいかなる誘いにも乗らなかった。そして、何ものもボニーの傷ついた心を慰めることはできなかった。ゆっくりと過ぎゆく時間の中で、心の傷に徐々にかさぶたができ、ネコが生きていた日々が少しずつ過去になっていくのを待つしかなかった。ネコが眠る地面は土の盛り上がりが目立たなくなり、一日、また一日と日は過ぎていった。僕はイースター休暇の二週目から仕事に戻り、入れ替わりにエイミーが休暇を取った。そして、気づけば復活祭の翌週の日曜日になっており、僕たちは再び制服にアイロンをかけるなどして翌日の登校の準備をしていた。

「学校が始まればタングも徐々に元気を取り戻すわ」エイミーはそう言って僕を慰めた。「気も紛れるだろうし」

そうであってほしい。きっとそうだと自分に言い聞かせた。ところがその夜、夕食の席でタングがこう言い出した。

「学校に行きたくない」

「私も」

ボニーも同調したが、それについては驚きはしなかった。気がかりなのはタングの心境の変化だ。エイミーはパスタボウルの縁にフォークの先を載せると、言った。

「そういうわけにはいかないのよ、ボニー。ところで、タングはどうして行きたくないの？ 学校、好きなんじゃなかったの？」

「好きだよ。でも……みんなが出かけちゃったら、誰がジャスミンのお世話をするの？ 誰もいないんだよ。フトンベッドから落っこちて戻れなくなったらどうするの？ 頭を打ったらどうするの？ 僕、お家でジャスミンのそばにいる」

エイミーの顔を見たら、彼女が僕と同じことを考えているのがわかった。タングが学校に戻らなければ、ボニーも戻らないと言い張るだろう。だが、ボニーは学校に行かないわけにはいかないのだ。

「僕が何日か休みを取って、ジャスミンについていたら安心か？」

僕の提案にエイミーは眉をひそめたが、何も言わなかった。一方のタングは大きく目を見張り、事故以来、初めてまっすぐに僕の顔を見た。

「うん、それなら安心。ジャスミンの具合が悪いのはベンのせいだから、僕がそばにいられない時は、ベンが一緒にいるべき」

今年のイースター休暇はいろいろなことがありすぎて、ひどく長く感じたので、終わってくれて皆せいせいしていた。翌日、僕とエイミーはボニーとタングを学校に送っていった。ナナフシも持っていった。ボニーは返したくなさそうだったが、タングは教室に向かう途中でピアス先生を見つけて走っていき、半ば投げつけるようにしてナナフシの飼育ケースを渡した。僕はタングを呼び戻そうとしたが、聞こえなかったようだ。いや、あえて聞こえないふりをしたのだろう。タングは僕を無視こそしなくなったものの、けっして許してくれたわけではなかった。

久しぶりにナナフシも子どもたちもいない、そして数日間は仕事もないという自由を得た僕は、家に帰るとコーヒーを淹れ、朝食を作り、パソコンの前に座ってニュースに目を通した。だが、これと言って気になる記事もなかったので、ジャスミンの様子を見にいった。

ジャスミンは、先ほどタングが「ベンがいるから大丈夫だからね、行ってくるね」と、なかなか終わらない行ってきますの挨拶をした時と変わらず、フトンベッドの上に横になっていた。壁に映るジャスミンの赤い光が動かないところを見ると、休んでいるのだろう。そう思って部屋を出ようとしたら、ジャスミンの方から声をかけてきた。

「タングが学校に行ってくれてよかったです。私につきっきりで、ずっと座ったままというのは、タングにとっていいことではありませんでしたから」

「うん、僕もそう思う」

「それに……私にとってもいいことなのかどうか、微妙なところです。タングは……本当に片時もそばを離れない、献身的な看護師みたいです」

ジャスミンの口調はタングへの優しい眼差しを感じさせると同時に、ユーモアも含んでいた。僕は笑った。

「そうだな。あいつはいったんこうと決めたら、僕たちが何を言おうと曲げないところがあるからな」

「でも、ベンがそばにいてくれるのは嬉しいです。少し休みますが、もしよかったら、あとで庭に連れていってもらえますか？」

「もちろん。ジャスミンの都合のいい時に連れていくよ」

「ありがとうございます」

ジャスミンの光がまた壁の方を向いたので、僕は部屋をあとにした。

それからしばらくして、僕は療養中で思うように動けないジャスミンを台車に乗せて庭に出た。ジャスミンはタングがよくそうしていたように、庭からノースウッド厩舎の馬たちを眺めた。一緒にいてほしいと頼まれたので、僕はビールの栓を開け、庭用の椅子を引っ張ってくると、ジャスミンのそばにいてやった。春半ばの暖かな日で、そんな陽気にぴったりのそよ風に運ばれて、雲が流れ、我が家の庭の奥の木陰に咲くブルーベルや隣家の遅咲きの木蓮が香った。時折、一陣の風に乗って馬糞の臭いもかすかに漂ってきたが、気にならなかった。

ジャスミンと僕は心地よい沈黙の中、長い間座っていた。聞こえるものは庭の物音と馬が時折鼻を鳴らす音だけだ。しばらくして、ジャスミンが言った。

「ベン？　ナナフシが生きている意味って何なんでしょう？」

二十三　ポムポムに九生あり

ジャスミンは快方に向かってはいたものの、気がかりなこともあった。宙に浮くというよりは、持ち手つきのバランスボールに乗ってピョンピョンしている子どもみたいに、跳ねるような動きをするのだ。それに、時折奇妙な発言もしていた。

しばらくは心配の日々が続いた。と言うのも、数年前のタングも、当時の電力源だった超小型の原子炉がメルトダウンを起こしそうになった際におかしな言葉を発していたのだ。タングが抱えている問題に気づいたきっかけは、トゥレット症候群のチックを思わせる症状が出始めたことだった。カトウの助けがなかったなら、僕たちはタングを失い、おそらく僕たちの暮らすハーリー・ウィントナムとその周辺一帯も爆発で消滅していただろう。

だが、今回はタングの時とは違う。ジャスミンがたまに意味不明な言葉を発するようになった原因はわかっていたし、彼女には放射性の心臓部は埋め込まれていないことも、胴体内部をのぞいた際に確認した。僕にはよくわからないが、接続の甘いケーブルが残っていたり、配線の状態が変わったことで思いがけない干渉が起きていたりするのかもしれない。いずれにせよ、自然と治りつつはあった。

それでもジャスミンがくれる簡潔な報告などからは、肝心なところがうまく伝わってこないこともあった。

学校のある、とある平日の朝、ナイトテーブルに置いていたスマートフォンがメッセージを受信して震えた。熟睡していたところを起こされた僕は、隣に目をやったが、エイミーの姿はなかった。別に彼女が僕のかわりにメッセージを確認してくれると期待したわけではない。エイミーが起床しているかどうかで時間の見当をつける癖がついているだけだ。昔から僕よりエイミーの方が朝に強い。

僕は顔をしかめ、両目をこすりながらスマートフォンを手に取った。メッセージは一階のエイミーからだった。

――ボニーが、学校に持っていくお菓子の瓶と緑のものを準備してくれたかって言うんだけど。

何だ、それ？　そう思い、〝何それ？〟と返信した。

――私もボニーの鞄に入ってた再通知のお便りを読んだとこ。メールも来てたみたい。届いてる？　私には来てない。

僕は受信メールを確認した。

——来てない……。

——そう。

——で、便りには何て？

　そう尋ねつつ、僕は本当にメールが届いていないか、念のため画面をスクロールした。途中でふとひらめき、迷惑メールフォルダを開けてみた。やはり、ここか。

——ごめん、迷惑メールフォルダにあった。読むから待って。

　そう打ったら、間髪入れずに返信があった。僕がメールを探している間にすばやく打ったのだろう。

——大型バスケットに入れるための緑色のものと、飾りつけをした空き瓶にお菓子を詰めたものがいるみたい。

——何で緑？

——クラスごとに虹の七色のいずれかがつけられてて、ボニーたちは緑なの。

——でも、七クラスもないよな……。

——それ、今ツッコむところ？

——ごめん。バスケットにはどんなものを入れることになってるんだ？

——食べ物とか？　知らないけど。

——参考にならないな。

――私がお便りを書いたわけじゃないもの。文句ならPTAに言って。

――君、PTAの役員じゃないか。

返信がないので、その話は流して本題に戻った。

――いつまでに持ってかなきゃならないの?

――月曜。

今日は木曜日だ。

――わかった、週末に準備する。

――違う、今週の月曜。もう過ぎてる。

くそっ、最悪だ。

――悪いけど何とかしてくれる? こっちはボニーの着替えがまだで、もう時間がない。

僕は枕にボフッと頭を戻すと、悪態をついた。今日は遅番の日で動物病院に出勤するのも遅い。つまり、起きて子どもたちを学校へ送り、よいお父さんをしなければならない日ということだ。僕はパジャマのズボンをはいてナイトガウンを羽織ると、重い足取りで一階に下りた。

キッチンに行くと誰もおらず、戸棚がすべて開けっぱなしになっていた。家族は皆、居間に集まっていた。そのためキッチンには打ち捨てられたような雰囲気が漂い、ポルターガイストでも起きたかのようだった。

「使えそうなものを出しといたわ」

居間からエイミーが声をかけてきた。たしかにキッチンカウンターには緑色のものがいくつか置いてあった。バジルペーストの瓶詰めがひとつ、賞味期限ぎりぎりのパーティサイズのオニオンリング味コーンスナックがひと袋、クリスマス用クラッカーが一個、そしてミントビスケットがひと袋。

「しょぼいな」

ひとりぼやいていたら、ガシャガシャと音がして、キッチンの入口にタングが現れた。

「うん、エイミーもそう言ってた」と、タングが言う。

僕は目をぱちくりさせてタングを見つめた。ふいにまた僕と口をきく気になったらしい。一瞬、わけを訊いてみようかと思ったが、とにかくほっとしたというのが正直な気持ちで、余計なことを訊いてもう一度傷口を開くようなリスクは冒したくなかった。口をきいてくれる程度には僕を許してくれたのなら、それで十分だ。過程を問うのはよそう。

「エイミーが何て言ったって?」

「しょぼい」

まあ、言うだろうな。タングがさらに続ける。

「あと、私たちの魔法使い（ウィザード・オブ・アス）がどうのって言ってた」

「えっ、私たちの何って？」

「緑のものだなんて、私たちの魔法使い（ウィザード・オブ・アス）みたいだって。でも、その時エイミーは棚に頭を突っ込んでたから、僕、ちゃんと聞き取れなかったのかも」

「ああ。オズだよ、タング。エイミーが言いたかったのは……まあ、いいや。それはまた今度説明するよ。この中から選ぶなら、どれを持っていったらいいと思う？」

タングは僕の隣に来ると、もっとよく見ようと、キッチンカウンターの端を両手で摑んで体を引き上げた。僕がタング専用の踏み台を持ってきてやると、タングはその上に立ち、候補の品を無表情のまま無言で順番に突いた。

「クラッカー」

最終的にそう言うと、タングは踏み台から下りた。訊いた僕がばかだった。

「学校の虹色バスケット・チャリティへの寄付が、クリスマス用のクラッカー一個でいいって言うのか？」

そう指摘したら、タングは僕を見上げ、肩をすくめるみたいに体を上げ下げした。

「ベンが意見を訊いたから答えた」

僕はため息をついた。「こうなったら全部持っていこう」

僕は適当な袋に手持ちの緑の品々をガサッと入れると、廊下の靴の並びに置いた。タングが僕の後ろをついてくる。

「よし。次は空き瓶を飾りつけてお菓子を詰めるぞ」

居間に行くと、エイミーが床に座って片手でレスリングみたいにボニーを押さえ、もう一方の手でタイツをはかせようと奮闘していた。

「緑の方は準備できた」そう報告したが、返事は期待していなかった。「うちに空き瓶ってあったっけ?」

「あるとしたらシンクの下よ」エイミーの口調は、この状況にしてはそこまできつくはなかった。

僕はキッチンに戻った。タングは、ボニーを着替えさせているエイミーを眺めている方がはるかに面白いと思ったらしく、今度はついてこなかった。

シンクの下には洗剤類とともに空き瓶がなぜか五個も六個もしまってあった。その中にひとつ、蓋が赤と白のチェック柄という、飾りつけをする前からかわいらしい、今回の用途にぴったりな小さめの瓶があった。ラベルは貼られていない。少なくとも読める状態のものはない。以前誰かがはがそうとしたらしく、一部が白くぎざぎざになって残っているだけだ。

瓶の〝飾りつけ〟と言われても、どのようなものを求められているのかがわからず、僕は車庫にしまってあったクリスマス関連の雑貨からカーリングリボンとリボン飾りを取ってくると、瓶の蓋にテープで留めた。そして、ふと思いついて大きな袋から猫の首輪用の鈴をひとつ取り出すと（なぜうちに山ほど猫用の鈴があるのかは謎だ）、カーリングリボンに通した。

飾りつけを終えると、ハロウィーンの残りものの菓子の入ったバケツ型容器とイースター用の卵型チョコレートをいくつか取ってきて、賞味期限を確かめ、カボチャやお化けやうさぎの模様がないものを十個余り選んで瓶に詰めた。

「よし、完璧」僕はひとりつぶやいた。

「できたよ」

そう言いながら、僕は居間に入っていった。ボニーをなだめすかしつつ制服を着せるエイミーの戦いも最終局面を迎えており、カーディガンの下のボタンを留めているところだった。

「これでいいかな？」

僕の努力の結晶を見てボニーは唇を突き出したが、それは無視した。エイミーは瓶を二度見すると、目を見張った。

「そんな顔するなよ。こっちは工芸が得意だなんてひと言も言ってないんだし、時間も五分しかなかったんだからさ」

「そうじゃなくて」と、エイミーは僕から瓶を取り上げた。「これ、隣のミスター・パークスが、うちの前庭のバラが少し弱っているようだからと、肥料を分けてくれた時の入れ物よ。これは使えないわ！」

僕は洗ってあるかもしれないという一縷の望みを抱きつつ、瓶の中をのぞいた。だが、無情にも瓶の底には白っぽい粉があり、菓子の包装にも付着していた。僕はげんなりして目をぐるりとさせた。

危ない瓶は飾りを外して台所のシンクに置き、あまりすてきではないが、幼い子どもを死なせる危険だけは絶対にない瓶につけ直した。詰められそうな菓子を選び直すのにばたばたしていたら、エイミーがやって来た。そして、僕の頬に行ってきますのキスをすると、慌ただしく仕事に出かけていった。

あとから思えば想定すべきことだった。動物の行動は理解しているし、ポムポムのしそうなことくらいは想像がつく。ポムポムを見ていると、死んだネコも自分の娘を見て、〝ほんとに私の娘かしら〟と呆れたことがあったのではないかと思えてくる。ネコ自身は（道路に出てしまった、あの不運な一回を除けば）抜け目がなく賢かった。まだ子猫の頃に捨てられ妊娠した時も、ロボットを味方につけて生き延びた。だが、ポムポムはネコとは正反対で、ネコ科の動物史上最もおばかな、まん丸な毛の塊だった。少なくとも僕にはそう見えた。

ポムポムは子猫がやりがちなことはすべてやった。意味もなくカーテンを登ったり、壁に頭から突っ込んだりした。そして、それを大人になっても続けた。人間のトイレの便器に落ちるのは日常茶飯事だし、一度などビニール袋が体に引っかかり、それをスーパーヒーローのマントよろしくたなびかせながら、家中を走り回っていたこともある。

それなのに、中身を取り出した瓶をシンクに放り出した時、僕はポムポムが調理台に飛び乗る可能性について考えなかった。いろいろやらかす猫ではあるが、調理台に乗ったことだけは一度もなかったからだ。ポムポムがシンクに登って蛇口から滴る水を飲もうとするとも想像しなかった。瓶の底に残った埃みたいな肥料に食欲をそそられ、匂いを嗅ぎ、ましてや味まで確かめるとは思いも寄らなかった。だが……。

どうやら猫たちの守護天使となる定めらしいジャスミンからメッセージが届いたのは、職場での昼休みの頃だった。

——ポムポムが死んでいます。

——ネコのことか？

僕は、ジャスミンの内部ではいまだにちょっとした回路間の干渉が起きていて、そのために記憶に多少の混乱を来しているのかと思ったのだが、そうではなかった。

――いいえ。ポムポムのことです。

――嘘だろ？

――あ、待ってください、死んでいません。ポムポムが白い泡状のもので顔を覆われた状態でキッチンに倒れていて、ぴくりとも動かなかったので、電気ショックを与えたんです。今、ぴくぴくと動き出しました。大丈夫そうです。お仕事中にお邪魔してすみませんでした。

　僕は仕事を早退して自宅に直行した。獣医師であることの大きな利点は、ペットの具合が悪いから早退すると言うと、同僚が理解と同情を示してくれることだ。つい最近、一匹を亡くしたばかりとなれば余計にそうだ。だが、エイミーは、うちの猫が〝好奇心は猫を殺す〟（訳注：過ぎた好奇心は身を滅ぼすの意味）を地で行きかけたので帰りますと言って法廷を抜けられるはずもない。

　帰宅すると、ポムポムは一見すると死んでいるみたいにキッチンの床に横たわっていた。ポムポムの傍らで浮いていたジャスミンが、こちらに気づいて赤い光を僕の顔に向けた。体では安堵を表しようがないジャスミンだが、ほっとしたのが伝わってきた。

　僕は一瞬たじろぎ、既視感を拭い去ろうとした。ポムポムはネコではないと自分に言い聞かせ、膝をついてポムポムの顔に自分の顔を近づけた。呼吸はあり、体に触れると温かかった。よい兆候だ。ポムポムの傍らには泡状の吐瀉物があり、同様のものがキッチンカウンターから戸棚の扉を伝い落ちていた。あとから思い返すとうんざりする光景だが、その時点では吐瀉物があることも明るい材料だった。ポムポムもさすがに毒物を自ら吐き戻す方法くらいは知っていたらしい。

「あれ以降電気ショックは与えていません」と、ジャスミンが言った。「必要がなさそうだったので」

よかった。いつもなら、ジャスミンが人や動物に電気ショックを与えても、必ず望む結果を得られると信頼している。過去の、エイミーの元彼を追い払うための攻撃的な電気ショックや、ボニーを窒息死の危険から救うための電気ショックがいい例だ。しかし、ジャスミン自身がまだ回復途上の今は……状況が違う。ひとつ間違えればポムポムも母親のネコの隣で眠るという最悪の事態になりかねない。それは免れたとしても、電気ショックのせいでひどく個性的なヘアスタイルになってしまうかもしれない。

僕は立ち上がってシンク内を確かめた。汚い足跡が複数あり、肥料の瓶の縁には小さな舌で舐めた跡が見て取れた。ただし、瓶内に残っていた白い粉を舐めた痕跡はない。ポムポムもそこまで愚かではないのかもしれない。

僕は再び床にしゃがむと、ポムポムの足を確認した。一本だけ、少量の粉がついている足があり、ポムポムはその粉も舐め取ろうとしたに違いなかった。それでも摂取量としては多くはなく、意識を失っている理由がわからなかった。半ば自分に問いかけるように声に出してそう言ったら、ジャスミンがこう返してきた。

「頭を打ったせいかもしれません」

僕はジャスミンを見つめた。

「何だって？」

「ポムポムが鳴いていたので様子を見にきたら、消化途中の食べ物を口から吐き出していたんです。そのあとに調理台から落下しました。その際、戸棚の取っ手で頭を打ったのですが、ちゃんと足で着地していました。倒れたのはそのあとです」

「ジャスミン、どうしてそれをもっと早く教えてくれないんだ？」

「関係があるとは思わなかったんです」

今回の情報伝達の遅れが、事故の影響でジャスミンがいまだに本調子ではないために起きたのか、それとも単に彼女が人間を理解できていないために起きたのかは謎だ。それでも、何があったにせよ、自分が対処しようとしている相手が重篤な中毒症状を呈した猫ではなく、軽度の脳震盪を起こしている猫だとわかり、ほっとした。それにしても嘔吐した拍子に調理台から落ちてしまうとは、いかにも間抜けなポムポムらしい。僕はポムポムを撫でて抱き上げると、ソファに寝かせて回復を待つことにした。

目を覚ましたポムポムが、欠伸をして体を舐め始めた。

「やめろ!」僕は叫んでポムポムの脚を摑んだ。

「ジャスミン、赤ちゃん用のウェットティッシュを取ってきてくれ!」

ジャスミンは僕の大声に驚き、ハンガーを左右に揺らしたが、すぐにダイニングルームにならウェットティッシュがあるはずだと判断し、全速力で取りに向かった。まだスピードは出ず、途中で肘掛け椅子にぶつかっていたが、ジャスミンが自力で動く姿を再び見られるのは嬉しいことだった。

二十四　しっちゃかめっちゃか

それからの数日間、僕はポムポムの様子を注意深く観察し、その後も数週間にわたって経過を観察した。主に心配したのは頭部損傷による長期的な影響だが、肥料の影響が出ていないかも見ていく必要があった。疾患の中には一定の期間をおいて発現するものもあり、食べてはいけないものを口にした猫が、数週間はけろっとして過ごしていたのに、飼い主が誤食の事実を忘れかけた頃になって急に具合が悪くなり、死んでしまう例も珍しくない。

ポムポムにしても最大の懸念は頭部の損傷だが、有毒物を摂取した事実も気がかりだった。案の定、いつもどおりの愚かな日常が数週間続いたあとで、ポムポムが急におかしな行動を取るようになった。猛烈な勢いであちこちにぶつかりながら走り回ったかと思えば、次の瞬間にはソファにごろりと横になり、そのまま何時間も、眠るでもなく、ただ一点を見つめていたりする。子猫にはよくある行動かもしれないが、四歳の猫としては異常だ。そのうちに咳が出始めた。ボニーも、ポムポムがいつもより小さい気がすると言い出し、ちゃんと食べているのかなと心配した。

僕はポムポムの腹部を触診し、猫用のトイレも確認したが、取り立てて心配すべき点は見つからなかった。それでも念のためにポムポムを動物病院に連れていき、血液検査を行った。やって正解だった。軽度ながらヒストプラズマ症を発症しているとわかったのだ。英国ではあまり一般的な感染症ではなく、どちらかというと犬に多く見られる。犬は地中に骨を埋めたがるし、それを掘り返して食べるのが好きだ。そして、ヒストプラズマ症は土壌中の真菌の胞子を吸入して感染する例が多い。しかし、ご存じの方もおられるだろうが、肥料には鳥やコウモリの糞がよく使われており、そこにも原因菌は潜んでいる。〝真菌感染〟と聞くと爪の水虫を連想してぎょっとする人も多いので、あまりその言葉は使いたくないが、状態としてはそういうことだ。まあ、うちのおばかな猫が真菌感染を起こしても驚きはしない。

僕は抗真菌薬を処方してポムポムを連れ帰ると、この子は少し体調が悪いから、しばらくは錠剤を飲ませなくてはならないと家族に告げた。

「しばらくってどれくらい？」と、エイミーが鼻にしわを寄せた。期間を気にするのも無理はない。動物に薬を飲ませるのは容易ではない。

「そうだな……」いったん言葉を切り、うまい伝え方を探した。答えを聞いたらエイミーはうんざりするに違いない。「二カ月くらいかな？　あるいは三カ月か。最長で六ヵ月だけど、たぶんそこまで長くはならないよ」

「六ヵ月？」エイミーの声が跳ね上がる。「六ヵ月もの間、どうやって毎日ポムポムに薬を飲ませろって言うの？」

「正確には一日二回なんだけどさ。でも、今言ったとおり、六ヵ月も飲ませることにはならないと思う。治るのに少し時間がかかる種類の疾患ってだけのことだ。ただ、軽度とは言え治療は必要だ。でないと、将来的にさまざまな感染症を発症しかねないし、最悪の場合は死に至ることもある」

「まったく世話が焼けるったらありゃしない」エイミーはぼやいたが、むろん本心ではない。彼女も他の家族と同じくらいポムポムが大好きなのだ。我が家に残った唯一の猫となった今ではなおさらだ。エイミーはけっしてポムポムを蔑ろ（ないがし）にはしない。


ポムポムへの投薬は、粉砕した錠剤を餌に混ぜて与える方法で始めたが、うまくいかず、結局は一錠をそのまま与えることになった。エイミーは何度か挑戦すると、ポムポムが肥料を舐めたのは僕が肥料の入っていた瓶を出しっぱなしにしたせいなのだから、投薬も僕がやるべきだと言い出した。その理屈はいささか厳しすぎる気がしたが、僕がやるべきだという言い分も理解できた。動物への投薬経験は僕の方が豊富だ。ポムポムのそもそもの病気の責任をどこまで認めるかは別問題だが。

そんな中、タングが手伝いを申し出てくれた。ただし、これがまた予想どおり、まったくもって手伝いにならなかった。はじめこそやらせてみようと思った僕も、ポムポムの動きを制しようとしたタングが、万力(まんりき)で挟むかのごとく両手でポムポムの首を押さえているのを見て、やはり無理だと考え直した。ポムポムはタングをめちゃくちゃに引っかいていた。タングの金属の体には人間の皮膚と違って痛覚はなかったが、体を大きくひねって暴れるポムポムにタングもパニックを起こしていた。それだから、タングには投薬は難しいと思うと告げると、僕もやっぱり手伝いたくないと言った。

投薬にはボニーも挑戦し、母親譲りの現実的な問題解決能力を発揮して、ポムポムを枕カバーに押し込み、歯や爪で抵抗されないようにしようとした。これは実際によく使われる手だ。ただ、ポムポムを押さえ込むにはいかんせんボニーはまだ体が小さすぎた。傍目(はため)には調教師がミニチュアのライオン相手に格闘しているみたいで、しまいにはボニーも諦めざるを得なかったが、敗北を認めるのは悔しかったに違いない。

僕はジャスミンにも挑戦してみるかと声をかけたが、彼女は他の家族よりいくらか優雅に辞退した。

「お望みならやってみますが、私の身体能力ではこの作業を実行するのは難しいように思います。ごめんなさい」

ジャスミンが赤い光を床へとうつむけるのを見て、僕は彼女の頭をぽんぽんと叩いて笑った。

「謝らなくていいんだよ、ジャスミン。今のは冗談だ」

「あっ、そうでしたか。私ときたら、またしても冗談を真に受けてしまったんですね。ごめんなさい。失礼して、部屋に戻って今の会話についてよく考えてみます」

あとになり、皆でキッチンテーブルを囲んで夕食を取っていたら、ジャスミンがいきなり声を上げて短く笑ったので僕たちはびくっとした。ジャスミンはまた笑い、さらに笑い、そのまま笑いが止まらなくなった。つられて僕も笑い出し、いったい何がおかしいのと問うエイミーに事情を説明し、最後には家族全員で大笑いした。ジャスミンが笑うのを聞いたのはその時が初めてで、嬉しくて心が温かくなった。

ポムポムへの一日二回の投薬を始めて一週間後、僕は喉の奥に錠剤を直接押し出せる、注射器状の投薬器を動物病院から買った。薬をきちんと飲ませたつもりでも、あとになって勝手口のドアのそばや椅子の下から吐き出された薬を発見することが続き、うんざりしたからだ。一度など、僕のスリッパの中に吐き出してあった。投薬器を使い始めてからは、試練だった投薬作業も日課の一部となった。電話面接の最中に投薬に挑むはめになったあの日までは。

僕は、イースター休暇のイボタノキ事件の間は転職活動を休止していた。だが、ポムポムの治療は継続中ながら、他の家族はそれなりに日常を取り戻しつつあった。だから僕も転職活動を再開し、近隣の動物病院の院長との電話による一次面接のために一日休みを取った。

その日の午前中はポムポムが雲隠れしてしまい、薬を飲ませ損ねていた。室内のどこか、よもやそんなところにいるとは思いも寄らない場所に隠れているのか、はたまたポムポムがこっそり出ていってしまうと気づいて僕が猫用のドアを閉めるより先に、外に逃げてしまったのか。仕方がないので、僕は午前中は面接の準備をしつつ、机の傍らに錠剤を入れた投薬器を置き、ポムポムがふらりとそばを通ったらすぐに捕まえられる態勢を整えていたのだが、ポムポムは姿を見せなかった。

約束の面接時間の五分前になり、僕はキッチンでグラスに水を注いだ。ポケットの中のスマートフォンが震え出した。僕は電話を取り出し、院長と和やかに挨拶をかわしながら書斎へ戻りかけた。

その時だ。廊下にポムポムの姿を見つけた。

通話を続けながらも、僕はポムポムに向かって突進した。ポムポムもとっさに逃げようとしたが、僕が片方の後ろ脚を摑む方が早かった。ポムポムがうなり声を上げて暴れ出す。考えてみれば、この時に潔く手を離し、あとで改めて探せばよかったのだ。しかし、その場では僕の思考はそうは働かなかった。

院長は院内で使用しているソフトウェアについて話しており、僕の経歴書には記載がないが、使用経験はあるかと尋ねてきた。少なくとも、僕はそう問われたのだと思った。

「えー、そうですね。大丈夫です」僕はヘッドセットを用意しておかなかった自分を呪いつつ、スマートフォンを頬と肩の間に挟むと、自由になった手をポムポムの胸部に当てがい、床から抱き上げた。ポムポムが僕から逃れようと脚をじたばたさせる中、電話口から院長の声が聞こえてきた。

「そうですか。ええっと、すみません、大丈夫というのは使用経験があるという意味でしょうか、それとも今後慣れていくつもりだということでしょうか？」

「両方です。いてっ……く……」ポムポムに腕に爪を立てられ、電話口で危うく罵り(ののし)かけた。悪態そのものはすんでのところでのみ込んだものの、ドタバタしていることまでは隠せなかった。

「大丈夫ですか？」院長が尋ねる。「お取り込み中のようですが。よろしければ、もう少しあとにかけ直しますが……」

それがいい！　あとでかけ直してもらえ！

頭の中ではそう考えていたのに、口が勝手に「いえ、大丈夫です。本当に」と答えていた。書斎に着いた。

「まあ、そうおっしゃるなら……」彼女は言った。

「もちろんです。質問の続きをどうぞ」

「……わかりました……それではこのまま進めますね。獣医師を目指して勉強していらした間に、そこそこ長い空白期間がありますよね。数年間ですか。差し支えなければ理由をお聞かせいただけますか？」

僕はポムポムを脇に抱くと、事務椅子に座り、両親の死やタングとの出会い、ボニーの誕生等、大学に復学するまでの出来事について説明した。答えに詰まるような質問ではなかった。面接では必ず訊かれることだったし、僕が面接する立場でもやはり同じ質問をするだろう。そういうわけで、考えずとも口が勝手に動くのに任せて院長に経緯を説明しながら、僕は投薬器を手に持ち、ポムポムの口にすばやく突っ込んだ。ポムポムがもの悲しい声を上げ、僕に嚙みつき、引っかき、腕の中から逃げ出した。猫の唾液にまみれた注射器状の投薬器の先端には、白い錠剤が残ったままだった。

きっとエイミーは、面接はどうだったかと尋ねたあと、笑うまいとこらえてくれたのだと思う。だが、結局はこらえきれずに笑い出し、お詫びに戦いの最前線から戻った重傷の兵士を手当するかのように、ポムポムに嚙まれたり引っかかれたりした傷に殺菌消毒用の軟膏(なんこう)を塗ってくれた。そして、ワインを注(つ)いでくれた。

「彼女に向かってくそと叫びさえしなければ、うまくいったかもしれなかったのになぁ」

「彼女って院長のこと？」エイミーが笑う。

「違うよ、ポムポムに決まってるじゃないか！」

「ごめん、ごめん。まあ、その病院とはご縁がなかったってことなんじゃない？　きっとあなたが行くべき場所ではなかったのよ。また別の病院が見つかるわ」

「本当は今の病院を辞めたくはないんだ。ただ、あそこにはもう僕の居場所はない。クライド先生は彼以外の上級獣医師を求めてはいないし、必要ともしていない。彼に必要なのは研修中の獣医だ。あそこにいてもこれ以上のキャリアは築けない」

「そうね」エイミーは持っていたワイングラスを置き、僕の手からもグラスを取って置くと、僕の首に腕を回してキスをした。「でも、落ち込むことはないわ。必ず道は開ける」

二十五　ボニー問題

一カ月後、ポムポムはヒストプラズマ症から解放され、僕は投薬の日々から解放された。だが、一難去ってまた一難、学校の保護者面談の夜が再びやって来た。

「まずはタングの話からしましょうか」

ミセス・フィンチの言葉に僕は驚いた。どうせタングの話はしたがらないだろうと思っていたからだ。そもそもバーンズ校長は試験的にタングを受け入れてくれたのであり、児童としてではない。だから、保護者面談でタングのことも取り上げてもらえるとは期待していなかった。もっともタングにしてみれば、自分はボニーのきょうだいで、ボニーと同じ内容を同じ同級生たちと学んでいるのだから、自分の学校での様子についても保護者面談で報告があるはずだと、期待している可能性は高かった。

「当然のことながら、タングと他の子どもたちの能力を単純に比較することはできません」ミセス・フィンチはそう続けた。「それでも、クリスマス休暇明けの鞄の一件を除けば、問題という問題もなく過ごしていますよ」

「タングらしくないなぁ」

ついぽろっと、冗談のつもりでそう言ったら、エイミーに〝余計なことを言わないで〟という目で睨まれた。僕は、今のは痰が出ただけで何も言っていませんよとばかりに、咳をしてごまかした。ミセス・フィンチも僕のひと言は受け流すことにしたようだ。

「タングはクラスの人気者です。正直なところ、タングがあそこまで人に対して繊細で優しいとは思っていませんでした。何しろタングは……その、あれでしょう」

「いいんですよ、ロボットとおっしゃっていただいて」僕は言った。「僕たちもあの子がロボットではないふりなど、したいと思ったことはありません。ただ、タングにも可能な限りボニーと同じ機会を与えてやりたいだけです」

ミセス・フィンチがうなずく。

「申し上げたとおり、タングはクラスの皆から好かれています。誰かが怪我をしたり、助けを必要としていたりすると、真っ先に駆けつけて手を差し伸べるのはタングです。助けようとするのを止めるのに苦労することもあるくらいです」

エイミーも僕も笑った。

「いかにもタングらしいですね」と、僕は言った。

「苦手なのは体育ですね」ミセス・フィンチは言った。「唯一、タングにとって不利な科目かもしれません」

「不利とは具体的にはどういうことでしょう？」

「原因はあの子の……身体的な特徴、ということになるでしょうね。すみません、どう言葉を選んでも差別的に聞こえてしまいますね。私は特別な支援を必要とする児童の親御さんと話をする機会も多いのですが、タングもそれに近いところがあります。実際に特別な支援を必要とする場面もありますしね。ジャンプやスキップといった類いのことは、他の子どもと同じようにはできません。それでもタングは挑戦することを楽しんでいるので、これからも楽しみながら挑戦していってくれたらと思います」

ミセス・フィンチはいったん言葉を切ってほほ笑むと、先を続けた。「精神面や知能面の発達については、他の児童と同等の成長が見られます。何の心配もありません」

「ボニーはどうですか？」エイミーが尋ねた。

それまではにこにこしていたミセス・フィンチが、ふいにうろたえた。

「ボニーについてお尋ねしたいことがあります」と、彼女は言った。

「お尋ねしたいこと？　僕はすっと血の気が引くのを感じた。ミセス・フィンチは次に何を言うのだろう。

「それはどのようなことでしょう？」エイミーが尋ねた。

「ボニーは非常に……熱心なお子さんです。創作活動においては、ということですが

「……」

「それはいいことですよね？」僕は言った。

「そうですね、通常はいいことだと思います。ただ、ボニーが描いている絵の内容が気がかりなんです」

僕は小さな椅子に座ったまま、少し身構えた。きっと我が子の描いた不穏な絵を見せられるのだ。たとえばぎざぎざの何かが描かれている以外は真っ黒に塗り潰された絵や、ナイフが突き刺さった人の絵。しかも、ナイフが刺さっているのは親で、親が殺されているのを笑って見ている子ども本人まで描かれているのだ。

「ボニーがお絵描きしているところは、ご自宅でもご覧になったことがあると思いますが……」

ミセス・フィンチの前置きに、僕たちはちらりと視線を交わした。実のところ、見たことはなかった。少なくとも最近はない。学校に入学してからクリスマスの頃までは、描いたものを見せてとしつこく言ったりもしていたが、本人はけっして乗り気ではなかった。だから、イースター休暇にいろいろなことがあり、家の中がぎくしゃくし出したあたりから、僕もエイミーもあの手この手で見せてもらおうとする気力を失ってしまった。

「こちらが学校でボニーが描いた絵です。かなりの枚数になりますが……」

そう言って、ミセス・フィンチはそのうちの数枚を僕たちの前に並べた。一見して子どもの描いた絵だとわかるが、エイミーにも僕にもない才能がはっきりと見て取れた。ボニーはそれぞれの絵に説明書きも添えていたが、絵と比べると字はまだそこまで上手に書けないようで、少なくとも僕には内容は解読できなかった。ミセス・フィンチが何を懸念しているかは、すぐにわかった。描かれていたのは、どれも皮を剥がされたとおぼしき動物の絵だった。エイミーの顔をちらっと見て、三人とも同じ懸念を抱いているのだと確信した。

「ネコの処置を手伝わせるべきじゃなかったのよ」

エイミーが大股で車へと戻りながら言った。僕はボニーの不穏な絵を握りしめ、あとを追いかけた。

「エイミー、あの子は自分も手伝うと決めていたんだ。ボニーの性格は君だってよく知ってるだろう。いったんこうと決めたら、僕だけじゃなく、君にも止められない」

「でも、あの日動物病院に向かう時、あなたがボニーに私と一緒に行くように毅然と言い渡したら、言うことを聞いたじゃない。動物病院に着いてからも同じようにすべきだったのよ」

「あの日のこと、イースターの頃からずっと不満に思ってたのか？　それとも今になって急に納得がいかなくなったのか？」

エイミーは車にたどり着くと、運転席側に回り、必要以上の力でドアのハンドルを引っ張った。

「あの時のことがボニーにどんな影響を与えるかなんて、さっきまでは知る由もなかった」

そう言うと、エイミーは運転席に乗り込み、ドアを乱暴に閉めた。僕は助手席に座り、そっとドアを閉めた。そんな自分を子どもみたいだと思った。

「とにかくまずはボニーと話をしてみよう」僕は持っていた絵を振るようにして掲げた。「ボニーがどういうつもりでこのような絵を描いたのか、まだわからない。僕たちが勝手に悪い想像を膨らませているだけかもしれない」

ボニーは居間でタングやジャスミンと一緒にいた。うつ伏せに寝転び、タングがゲーム機で遊ぶ様子を眺めている。僕はボニーに声をかけ、ダイニングルームに来るように手招きした。一分後にやって来たボニーは、見るからに訝しげな顔をしていた。無理もない。僕がボニーの立場でも同じだっただろう。テーブルに広げられた自分の絵を見て、ボニーは眉をひそめた。そして、目の前のテーブルの塗装がはげた場所を指でいじり出した。

「そんな不安そうな顔をしなくてもいいのよ、ボニー」エイミーが声をかけた。「ここにある絵について、詳しく説明してもらいたいだけだから」

ボニーは、ばかなのというような顔でエイミーを見ると、答えた。

「動物の絵だよ」

「うん、それはわかるよ。だけど、どうして全部……赤いのかな?」僕は咳払いをして、〝なぜ、殺された残酷な姿を描いたのか?〟という問いをもう少し柔らかに表現しようと、言葉を探した。

「どうして毛や皮がないの?」エイミーが助け船を出してくれた。

ボニーは再度、何をわかりきったことをという顔をした。

「本の動物にも皮がなかったから」

「本って?」

ボニーが僕を見て、またもや顔をしかめた。

「パパの本。机に置いてあるやつ」

僕は机の上のものを片っ端から思い浮かべ、何となく出しっぱなしにしていた生理学の参考書があったことを思い出した。

「パパの参考書を見てたのか。どうして?」

ボニーは肩をすくめた。

「知りたかったから。病院で見た、ネコの体のいろんなとこ。パパの本のはじめのところに骨の動物の絵があるでしょ。だから、本を見たらわかるかなって思った」

「実際に見てみて、何かわかったかい？」

「何て書いてあるかわからなかったけど、ジャスミンが読んでくれた。絵は真似したの」

「学校で？」エイミーは尋ねながら、ボニーの絵を一枚、手に取った。「思い出して描いたの？」

「うん。何でそんなこと訊くの？」

どうやらいろいろと整理すべきことがありそうだ。まず、ボニーには単に父親を手伝って飼い猫の命を救いたいというだけに留まらない、動物学への興味があるという発見があった。また、絵の才能があることもわかった。そのうえ、どうやら優れた映像記憶もあるらしい。少なくとも相当な記憶力の持ち主であることは間違いない。エイミーを見たら、ぽかんと口を開けていた。

「私、悪いことしたの？」ボニーが言った。

「いや」と、僕は答えた。「悪いことなんて全然してないよ。つまり、こういうことかな……ボニーは手術室で見たものについてもっとよく知りたくて、パパの机の上にあった本で調べた。それが動物の本だとわかったから。で、ロボットに内容を読んでもらって、本で見た絵を学校で思い出して描けるようにした」

「うん」

「血を流して死んでいる動物を想像したりしているわけじゃないんだね？　怖い夢を見たりもしていないんだね？」

「うん。体のいろいろな名前とか、どこにあるかとか、知りたかったの」

　エイミーがわっと泣き出すのを見て、ボニーが怯えた顔をした。滅多にないことだ。エイミーはボニーを引き寄せ、ぎゅっと抱きしめた。

「いたっ、ママ、痛いよ。やめてよ！」ボニーは身をよじってエイミーの腕の中から逃げた。

「ごめんね」と、エイミーは謝った。「ママ、何だかほっとしちゃったの」

「もう、あっち行っていい？」ボニーは僕に尋ねた。母親は頭が少しおかしくなってしまって、もはや正常な返答は期待できないと判断したらしい。

「あー……うん、そうだな、もう行っていいよ」

　僕が答えると、ボニーは逃げるようにタングの元へ戻っていった。

　僕とエイミーはミセス・フィンチとボニーの絵について話し合うため、再度学校に出向いた。娘が学校で大量殺戮（さつりく）や大惨事を引き起こす心配はないことがはっきりしたので、娘の考えや視点をミセス・フィンチにも理解してもらおうとした。だが、あまりうまくいかなかった。

「この学校では何かを〝普通〟と考えることはしません。何をどう表現するかは人それぞれです」

ミセス・フィンチの言葉に、わかってもらえそうだと期待した。しかし、彼女はこう続けた。

「ですが……」

「ですが？」

「ですが、ボニーの表現したものがクラスの他の児童たちに与える影響についても考えなくてはなりません。むろん、あなたたちのロボットへの影響もです。言うまでもありませんが、これはタングにも影響することなのです」

「お言葉ですが、娘はただ、自分が目にしたものに興味を持っているだけです」僕は反論した。

「それはそうですが、もしボニーが自動車事故を目撃したとしたら、その場面を描かせたいと思われますか？　お宅では、児童にとって不適切な番組の放送が禁じられている時間帯以降にも、テレビを見せたりするのですか？」

「むろん、見せません」と、エイミーは答えた。「それでも自然番組は見せています。たとえばライオンがレイヨウの脚を食いちぎる場面が出てくるようなものです。家族向け番組に分類され、週末の午後に放送されているような番組です」

「それはまた種類が別でしょう」ミセス・フィンチがふっと笑った。

「なぜですか？　出てくるのが動物だからですか？」

「そのとおりです」言ってしまってから自分の言葉の矛盾に気づき、ミセス・フィンチは発言を修正した。「なぜなら……危害を加えられているのは人間ではないからです」

「ボニーにしてみれば人間でも動物でも、大きな違いはないのだと思います」僕は説明した。「ひょっとすると、絵はあの子なりの健全で建設的な向き合い方なのかもしれません、あの日のことへの……」

僕ははたと口をつぐんだ。手術台の上で飼い猫が死んでいくさまを娘に見せたことは説明したくなかった。エイミーでさえ、あまりいいことではなかったと考えているのだ。ミセス・フィンチがいい顔をするはずがない。僕の考えを読んだエイミーがあとを引き取ってくれた。

「ボニーの父親は獣医ですから、家には参考書もそれなりに置いてあります。娘は興味を持っているだけなんです。教師なら不穏だと騒ぎ立てるのではなく、あの子の絵や文字を書く能力を伸ばすべきではないですか？」

ミセス・フィンチはひとつ大きく息をした。

「私としては、学校で絵を描く時にはもう少しよく考えるよう、ボニーに話してみてもいいのではないかと、そう考えているだけです」

「ここにはボニーを任せられないわ」校舎を出ながら、エイミーが言った。

「ここって？　学校か？」

「そう。少なくともこの学校には」

「だけど、他にどんな選択肢がある？」

「学校なら他にいくらでもあるじゃない！」

「ボニーにとって他の学校の方がここよりもいいという保証はないよ、エイミー」

「タングをだしにするなんて信じられない。ロボットの生徒は受け入れたのに、四歳の子どもが描いた絵におろおろしてパニックに陥るなんて、あり得ない」

「だけど、どうするんだ？　校長と話をするのか？」

「その方がいいかもね」

「で、何て言うんだ、具体的には？　お宅の学校のとある教師が、ひとりの生徒の健康と幸福、ひいてはその生徒が関わるその他の生徒の健康と幸福を案じていますと訴えるのか？」

エイミーは黙り、僕を見つめると、両手をポケットに突っ込んだ。

「あなたの言うことは正しい。そんなことはわかってる。でも、私はボニーには自分を押し殺してほしくないし、あの子がなりたい自分になるのを……もしくはどんな自分になりたいかを見つけようとするのを妨げたくないの」

「ボニーはちゃんとなりたい自分を見つけるよ。君が言ったように、あの子はまだ四つだ。僕なんか、なりたい自分を見つけるのに三十年もかかったんだよ。それでも今の自分にたどり着いたんだからさ」

会話を明るくするための冗談のつもりだったのだが、エイミーの表情を見る限り、通じなかったようだ。それどころか、エイミーは一瞬、懐疑的な目をした。本心では僕がなりたい自分になれたとは思っていないのではないか。そんな疑問がふと頭をもたげた。それはともかく、早計に転校を決めることが今のボニーにとってよいことなのか、僕にはわからない。その思いを正直に伝えた。エイミーはため息をついた。

「多少の制約を設けることもボニーには必要なのかもしれないわね。一時期、あることを制限されたからって、それでボニーの一生がだめになるわけじゃないものね」

「そうだよ。せめて今の学年の終わりまでは様子を見てみよう」

それから家に着くまでの数分間、僕たちは無言で歩いた。やがて、玄関ドアの取っ手に手を伸ばしたエイミーが沈黙を破った。

「ボニーには私みたいになってほしくない、それだけよ」

「君みたいになってほしくない?」僕は少しだけ傷ついた。「とても優秀な法廷弁護士で、すばらしい家族と明るい未来のある君みたいに? ああ、そうだな、たしかに最悪だ」

「そういうことじゃない」エイミーの表情は硬かった。「ことあるごとに家族と対立し、何をしても認めてもらえず、学校でも浮いてばかりで、誰にも助けてもらえずに、皆を見返してやるんだという強い意志だけを支えに過ごす、そんな私みたいなつらい子ども時代は過ごしてほしくないってこと。人生の始まりがそんなふうであってはいけない。そういう意味なのは、あなたもよくわかってるはずよ」

そう言うと、エイミーは玄関を開けて家族にただいまと呼びかけ、子ども時代に受けた心の傷に今一度蓋をした。

二十六 仕事の依頼

「カトウからメールをもらったの」

ある夜帰宅したらエイミーにそう告げられた。僕は眉をひそめた。カトウがエイミーに連絡したことが気に入らないのではない。ただ、何の用件なのか見当がつかなかった。カトウは以前、ロボット工学界で、『指輪物語』などに登場するガンダルフ的な役目を果たした。そのためか、予期せぬ連絡を受けるたびに背筋がひやりとする。

「何のメール？」

「来年新たな製品ラインを立ち上げるから、法律面での助言がほしいと頼まれたの」

「へえ、いいじゃないか」僕はそう言うと、「ボニー、夕食だよ、タブレットの電源を落としてこっちにおいで」と娘に呼びかけた。まだ夕食の用意はすんでいなかったが、ボニーには事前の声がけが必要だ。一度で来させようとせず、何度かチャンスをあげるのだ。

エイミーが調理台の縁を指先でいじる。

「何か問題でもあるの？」僕は尋ねた。

「カトウからは一カ月のコンサルティングをお願いされてるの……」

「ボニー、夕食の時間だよ！　それっていい話じゃないか。カトウのプロジェクトなら面白いだろうし」僕はキュウリを薄切りにし、一枚を口に放り込んだ。

「場所が東京なのよ」

「えっ、そうなのか。期間は一カ月だっけ？」

「そう。どうしたものか、迷っちゃって」

「カトウはいつから来てほしいって？」

「夏よ。学期中ならまだよかったんだけど、ボニーもタングも初めての夏休みでしょ。その状況でふたりの世話をあなたひとりに押しつけて東京に行くわけにはいかない」

「ブライオニーがいるよ。それにジャスミンも。僕ひとりじゃないから大丈夫だよ」

今度はエイミーが眉をひそめた。

「ねぇ、気づいてる？　私たち、ジャスミンのことはずっと自分たちの子どものように思ってきたけど、近頃の彼女はどんどん大人になってる」

「どういうところが？」

「やっぱりいい。気にしないで」

僕がなおも説明を求めようとしたところへ、ボニーが小走りでやって来て、キッチンテーブルの椅子に座った。

「パパ、夕食はどこ？」

「パパ、夕食を出してください、でしょう？」

エイミーがボニーに向かって片方の眉を上げながら、訂正した。ボニーはエイミーを見つめ返したが、何も言わなかった。今からこれでは、ボニーがティーンエージャーになったらどうなることやら。手を焼く自分たちが早くも目に浮かぶ。

「どう思う？」エイミーが尋ねる。

「どうって？」

「東京行きよ！」

「そうだった。ごめん。そりゃ当然だ」

「当然って、どういう意味？　東京行きの話のことに決まってるってこと？　それとも行くべきだってこと？」

「両方だよ……というか……エイミーは行きたいの？」

「わからない。一カ月も留守にしたくはない。と、思う。でも、やっぱりそれもいいのかな。ごめん、この話はあとにしましょう」

何だか不安になる言い方だった。

〝あと〟はすぐにやって来た。ふたりきりの時だった。僕の心は乱れた。エイミーの考えを知り、できることなら助けになりたい。その反面、何か悪い話をされるなら聞きたくなかった。

「あなたと離れて過ごすのは嫌」エイミーはそう切り出した。

「でも……?」

「どうして〝でも〟と続くとわかるの?」

「違うのか?」

エイミーはため息をついた。

「違わない。当たりよ。去年、私がもやもやするって話したの、覚えてる?」

その言葉がまた出てきた。僕はうなずいた。

「あの時は、たまたまその週は仕事で悩むことが多かっただけなのかもしれないとも考えたけど、半年たっても、もやもやしたままなの。カトウのプロジェクトに参加することは、今の私にとって必要なことなのかもしれない。通常の業務から少し離れてみること。変化が必要なのかもしれない」

「だったら行った方がいい」と、僕は言った。環境を変えることが時として一番の薬になることは、僕も人並みに知っている。エイミーのいないひと夏を、家のことを一手に引き受けて過ごすと想像すると気が滅入ったが、行くなと言うつもりはなかった。

二十七　気ままな誕生日会

誕生日会といった子どものパーティにも、遊具広場の場合と同様に一連の決まりごとがある。まず、パーティは二時間より短くても長くてもいけない。そして、親も子どももともに参加し、望むと望まざるとにかかわらず他の親たちと談笑しながら、我が子の様子に目を光らせなければならない。そして、我が子がよその子どもの顔をグーで殴ったなら、これは大変だと慌てた様子で割って入らなければならない。最後のひとつは僕にしか当てはまらないかもしれないが。

第一学期である秋学期には、ボニー宛ての招待状をたくさんもらった。その後タングも学校に通うようになると、宛名はすぐに〝ボニーとタング〟になった。そして、次第に〝タングとボニー〟宛てに変わっていった。礼儀上、宛先にはボニーの名も含まれていたが、夏学期を迎える頃にはボニーは明らかについでに呼ばれるようになっていた。

当たり前のように人気者になる子どももいる。誰の誕生日会にも必ず招かれ、教師もその子どもの話をする時には表情が自然と明るくなる。そして、そんな子は、誕生日会を盛り上げてくれる出張バルーンパフォーマーに妙なバルーンアートを作ってくれなどとはお願いしない。だが、ボニーはそういう子どもではなかった。

レセプションクラスの学年も終わりに差しかかり、ボニーの誕生日が迫ってくると、僕もエイミーもボニーはどんな誕生日会を望むだろうかと落ち着かない気持ちになった。娘はパーティ自体があまり好きではなさそうで、そのことをレセプション学年の間に幾度となく感じた僕たちは、ボニーにとって負担の大きいことを無理にはさせず、誕生日会の大半は欠席させてきた。

案の定、ボニーの誕生日会をやらないかと持ちかけたら、ボニーは嫌そうな顔をした。

「お誕生日会って、しないとだめなの?」

「だめってことはないわ、ボニーがやりたくないならやらなくてもいい」エイミーが答えた。「イアンだけを呼んで、ケーキでお祝いしてもいい」

「ケーキはいらない」

「ケーキ、大好きじゃないか」僕は言った。

「ろうそくのケーキは嫌い。ろうそくが嫌い。歌も嫌い」

「今までだって、お友達にハッピーバースデーの歌を歌ったことはあるだろう?」

「歌ってもらうのは嫌い」

その時点でケーキで祝うことは諦め、かわりに何をしたいかと娘に尋ねた。返ってきた答えは、イアンと庭で〝二時間三十分〟遊びたい、だった。最初の一時間が過ぎたら、チーズのサンドイッチとポテトチップスと短冊状の白身魚のフライ（フィッシュフィンガーズ）を出してほしいと言う。

「あとね、イアンと私が食べてる間にビニールプールを出してほしい」

「雨が降っていたらどうするんだ？」僕は尋ねた。

「七月だから降らないよ」ボニーは顔をしかめた。

「七月でも時々は雨が降るよ」

「ジャスミンに訊いたもん。私の誕生日に雨が降るかくりつは三十パーセントくらいって、ジャスミンが言ってた。だから、ビニールプールを出しても大丈夫だよ」

僕はにやりとしそうになるのをこらえた。エイミーもだ。

「それに」と、ボニーが続ける。「雨が降ったって平気だよ。ビニールプールだもん。どうせ濡れるよ」

そういうわけで、僕たちはボニーの望みどおりの誕生日会を開いた。ボニーとイアンは一時間、庭を掘り返していた。ミミズを見つけてはバケツに入れていく。もっとも、ジャスミンの予報どおり雨は降らなかったので、それほど多くは見つからなかったようだ。僕とエイミーは、なぜ雨が降らないことを知っていたのかとジャスミンに尋ねた。

「知っていたわけではありません。ボニーに訊かれている間に天気予報を調べ、情報をそのまま伝えただけです」

「三十パーセントと書いてあったのか？」

「いいえ。確率については適当な数字を言いました。三十パーセントならボニーが不安になるほど高くもなく、かと言っていい加減な数字を言っていると疑われるほど低くもない気がしたので」

さすがはジャスミンだ。

二十八　ゆっくり着実に

学年度の終わりが近づき、僕たちは間もなく開かれる運動会の案内を受け取った。むろん、運動会があることは事前にエイミーから聞いていたが、開催されるということ以外、今回の便りにも詳細はほとんど載っていなかった。ボニーに運動会があることを伝えると、予想どおり、まったく関心を示さなかった。

「何で?」と、ボニーは言った。

「何が何でなんだ?」

「何で運動会に出ないとだめなの?」

「楽しいからさ」僕は答えた。「運動会に参加するのはいいことだよ」

「何で?」

「もし勝てたら、やったーっていう達成感を感じられるだろう」言ってしまってから、くだらない答えだと気づいた。

「勝てなかったらどうなるの?」当然、娘はそう訊いてきた。

「勝てなくても、参加するのはすばらしいことだよ。気の進まないことなら、なおさらだ。やりたくないことでも挑戦することで、頑張ってみてよかったと思えるんだよ」

ボニーは顔をしかめたが、僕は説得を続けた。

「ひとつでいいから、何かの種目に出てごらん。パパのためだと思って」

ボニーは盛大なため息をついたが、それでもタングと二人三脚をやると言ってくれた。タング自身は、僕たちが運動会への意気込みを尋ねると、ボニーとは正反対の反応を示した。

タングの身体的な特徴に対するミセス・フィンチの懸念をよそに、いや、むしろその特徴があるからこそなのか、タングは運動会の準備に余念がなかった。オリンピックにでも出るのかと思うほどの熱の入れようだった。純粋に速さを競う競技では勝ち目がないので、タングは自分にもできそうな種目に絞って特訓を始めた。ボニーとの二人三脚に卵運び競走、長靴投げ、そして綱引きだ。

綱引きはまさにタングにうってつけの種目だった。タングはチームの一員として何かに取り組むことが好きだったし、人間の子どもと違って筋肉の疲労を覚えることもない。そのため、綱引きへの参加はすんなり認められた。長靴投げも同様だった。タングにすばやい動きは無理だから、砲丸投げの回転投法の才能などは開花のしようもないが、その腕力と、やはり筋肉疲労を知らない体をもってすれば、他の子と同じように長靴を投げられるはずだと誰もが思った。

しかし、卵運び競走となると話はまったく違ってくる。最終的にはタングの粘り勝ちで参加が認められたが、僕たち夫婦を含め、皆が卵運び競走はやめておいた方がいいと説得した。レースに出たところで、他の子どもたちから一時間半も遅れてようやくゴールするはめになるのは目に見えている、それなら他の種目で頑張った方がいいと（もう少しタングを傷つけない言い方をしたつもりだが）。しかし、タングは出ると言って譲らなかった。学校側も、タングの筋金入りのしつこさには大人も太刀打ちできないと、一年とたたずに学んでいた。

そんなわけで、運動会当日までの日々をタングは庭で過ごした。芝に紐を置いて直線を引き、まずはタングなりに精一杯の速さで端から端までをひたすら往復した。速く歩く練習を卒業すると、今度はスプーンを持ちながら速く歩く練習に進み、最後はスプーンにボールを載せて特訓した。

「上達してきている気がします」

本番前夜、タングの特訓の様子をフランス窓から眺めていたジャスミンが言った。

太陽が沈みかけていた。僕はフランス窓を開け放ち、大声で呼びかけた。

「タング！　あと二分で寝る時間だぞ！」

「わかった！」

返事とは裏腹に、タングはボールを載せたスプーンを手に、レーンを歩き続けた。

僕は窓を閉めた。

「本当に上達していると思うかい？」と、ジャスミンに尋ねた。

彼女は少し考えてから答えた。

「はい。その……たぶん。こんなに一生懸命に練習してきたのですから、レースには出してあげるべきです」

「負けてもあいつががっかりしないといいんだけどな」

その時エイミーの足音がして、背後から抱きしめられた。ジャスミンが僕たちの邪魔にならないように後ろに下がる。エイミーはタングを見て言った。

「あれじゃだめね」

エイミーは間違ってはいなかった。運動会でのタングはどう見てもどんくさかった。ただし、僕たちが予想していたどんくささとは違った。皆がタングには驚かされた。ボニーだけは例外だったかもしれないが、彼女は基本的に自分の気持ちを見せないので、実際のところはよくわからなかった。

タングの最初の種目は長靴投げだった。結果はさんざんだった。てっきり山なりに投げると思っていたし、腕力も相当なものだと予想していたが、実際には全然そうではなかった。タングはひとつ目の長靴を手に持つと、狙いを定めて投げた。ラインからの距離は驚愕の九十センチだった。長靴は落下地点で一瞬ぐらつくと、横向きに倒れた。敗北の悲哀が漂っていた。二投目も同様の結果で、三投目でかろうじて打ち立てた自己ベストは一メートル五センチだった。僕たちを振り返って満面の笑みを浮かべるタングに、僕たちも笑顔で拍手喝采を送った。それが親としてのあるべき姿だからだ。僕はエイミーに向き直った。

「このあとの種目が不安になってきた」

エイミーはため息をつくとタングの元に駆けていき、大げさなまでに褒めちぎった。

続く種目は二人三脚だった。早くも運動会が楽しくて仕方がなくなっていたタングは、気乗りしない様子のボニーをほとんど引きずるようにしてスタートラインに連れていくと、競技の始まりが待ちきれずに脚を交互にぴょこぴょこと踏み換えた。

「タング、じっとして！」僕はふたりの脚を結ぼうとした。

「二人三脚なんてどうやればいいの？」ボニーは泣き言を言った。

「お互いの背中に腕を回して」と、僕は説明した。「そうしたら、あとはゴールを目指してできるだけ速く進むだけだ。どっちの足から前に出すかを決めておくといいかもな」

「左！」

タングとボニーは声を揃えた。幸先がいい気がした。だが、それは気のせいだった。スタートの笛が鳴ると同時に、ふたりはたしかに同じ足を前に出した――あらかじめ決めていた左足だ。しかし、二人三脚ではひとりの左足ともうひとりの右足が結ばれている。つまり、ふたりして左足を踏み出そうとすると顔から転ぶはめになる。僕もそこまでは考えていなかった。そして、それが実際に起きたことだった。

慌てて起き上がったボニーが笑い声に気づく。笑ったのは一部の人のみだったが、恥ずかしさ半分、怒り半分で、ボニーの顔全体がビーツみたいに真っ赤になった。ボニーは体の両側で拳を握ると、タングと自分とを結ぶ紐から足を引き抜こうとし始めた。一方のタングは相変わらず地面にうつ伏せに倒れたまま、腕を振り回し、助けを求めてわめいていた。僕とエイミーはふたりの元へ駆けつけ、タングとボニーを互いから自由にしてやった。今さらふたりの汚れを払い、諦めずに頑張ってごらんと励ましても仕方がない。レースはほぼ終わっていた。

エイミーはボニーを抱きしめようとしたが、ボニーはそれを押しのけた。

「イアンを探してくる！」

僕たちに向かってそう叫ぶと、地面を踏み鳴らすようにして行ってしまった。僕とエイミーはそんな娘の後ろ姿を見送り、彼女がイアンを見つける様子を見守った。それ以降も運動会が終わるまで娘から目を離さないようにしていたが、競技に参加するという億劫な義務から解放されたボニーは、僕たちがいなくてもいたって平気に過ごしていた。

一方のタングは、立ち上がってしまえばあとはけろっとして、何事もなかったかのように次の種目に気持ちを切り替えた。

だが、綱引きの出来も、それまでの二種目と比べれば多少はましという程度だった。数日前に降った雨のせいで地面はまだ少しぬかるんでいた。タングがかかとを地面に文字どおり埋め込むと、それが味方にとっての輪留めとなった。相手チームがどんなに引っ張っても、びくともしない。タングは自分への歓声や大きな声援に酔いしれた。しかし、数分もすると、タングが防御面では味方に大きく貢献しつつも、チームの勝利を阻んでいる状況が明らかになった。輪留めの役割を果たしている足は、味方が相手の陣地に引っ張られるのを防ぐ一方で、相手チームを自陣に引き込む邪魔にもなっていたのだ。人々がその事実に気づくにつれて声援や歓声はおざなりになり、そのうちに見物する家族たちの間にくすくす笑いがさざ波のように広がった。綱引き担当の教師はそれを機に笛を吹いて引き分けを宣言し、児童と彼らを見守る人々を不毛な戦いから解放した。ただし、タングだけはチームに貢献できたことがよほど嬉しかったらしく、何が問題だったのか、まるで気づいていなかった。もっとも、競技終了を告げる笛の音にタングが綱からぱっと手を離したせいで、両チームの児童が全員、泥に尻餅をついた責任は多少は感じていたようだ。

「僕の活躍見た？　ねえ、見た？」タングが得意げに尋ねてくる。

「見たよ！　すごく……力強かったね」と、僕は答えた。

「うん、そうでしょ。次は卵運び競走の準備をしないとね。ほら、行くよ。早く」

タングがガシャガシャと歩いていく。エイミーと僕はやれやれと顔を見合わせると、ピエロになる運命へと突き進んでいくタングを追いかけた。

ところが、待っていたのは予想外の展開だった。

他の児童たちと並んでスタートラインに立ったタングは、短距離走の選手さながらに腕をぐるぐる回したり、体を左右に倒して脇を伸ばしたり、脚を揺すったりした。卵運び競走を担当するバーンズ校長が、位置についた子どもたちに拡声器で競技のルールを説明した。

「いいですか、皆さん、必ず自分のレーンを進んでくださいね。お友達を押したり、突いたり、脚を引っかけたり、怒鳴り合ったりしてはいけません。あ、これは保護者の皆さんも同じですからね、ふふ！」

僕は顔をしかめた。校長は構わず説明を続けた。

「それから、卵を落としてしまったら、スタート位置まで戻ってやり直すこと。卵を落とさずに一番にゴールにたどり着いた人が一等賞です。ちなみに競技に使うのはゴム製の卵でアレルギーの心配はありませんので、保護者の皆さんはご安心くださいね」

「今時の運動会は大変だな」僕の後ろにいた保護者がつぶやいた。

僕は振り返り、苦笑いを交わした。

「皆さん、準備はいいですか？」

バーンズ校長のかけ声に、一列に並んだ子どもたちが声を揃えて元気に答える。

「はーい！」

「それでは位置について、よーい……どん！」

子どもたちがスタートを切った。ゴールまでは百メートルもなかったが、開始からわずか数秒で、この競技が我慢比べになることがはっきりした。応援する側にとってもだ。むしろ、応援する保護者の方がつらいかもしれない。皆、我が子に〝じれったいな、さっさと進めー！〟と叫んだり、駆け寄って自分がかわりに卵を運んだりしたいのを、ぐっとこらえていた。ふと見回すと、拳を握ってその場に踏みとどまっている親はひとりやふたりではなかった。騒がしい声援が飛ぶ。

女の子がひとり、十メートルほど進んだところでレースを放棄した。地団駄を踏み、卵をレーンの外に放り投げ、のしのしと去っていく。追いかける両親に、女の子はスプーンを投げつけた。他の子どもたちは癇癪は起こさずに頑張っていたが、見事なまでに卵を運ぶのが下手だった。ゴム製の卵を使うのは妥当な判断だったのかもしれない。本物を使っていたなら、今頃地元の養鶏場は需要と供給のバランスが崩れて困っていたに違いない。

ところがだ。あちこちで卵が落下する悲惨なレースにあって、ひとり、小さな箱型ロボットが視線をしっかりと卵に据え、自分のレーンを優雅に進んでいくではないか。卵は揺れも落ちもしない。僕はエイミーを肘で突いた。

「見て。タングがすごい！　行け、タング！　その調子だ！」

僕の声にタングの頭がわずかにこちらを向きかけた。しかし、タングはこちらを振り返るのをやめ、やるべきことに集中し直した。何が起きているかに気づき始めた観衆がざわめき、自分の子どもを差し置いてタングを応援する親まで出てきた。ありがたい話だが、さすがにそれはまずい気がした。七十五メートル地点で、タングは先頭に立っていた小さな少年とほぼ並んだ。この少年もまた、物事を成功させる唯一にして最善の道はウサギとカメのカメ方式を取ることだと心得ていた。ふたりが八十メートル地点に達する頃には、皆が少年とタングのいずれか、または両方に声援を送っていた。これでようやくレースが終わるかもしれない。ふいに見えてきたその希望のために応援している人も少なくなさそうだった。

大接戦の九十メートル地点で、タングの卵がぐらりと不吉に揺れ、タングの足が一瞬止まった。観衆が息をのむ。その気配に少年が顔を横に向け、タングが立ち止まっているのを見て、歩くスピードを上げた。

致命的な判断ミスだった。

少年の手ががくんと揺れた。スプーンがぐらつき、少年が立ち止まる。観衆が固唾(かたず)をのんで見守る中、少年は落ち着きを取り戻すと再び歩き出した。だが、その前に少年を追い抜いていたタングが、ひと足早く、卵とスプーンの完璧なバランスを保ったままゴールテープを切った。少年も僅差(きんさ)でゴールしたが、皆の予想を覆し、一等賞を手にしたのはタングだった。

タングはメダルをなかなか首から外そうとしなかった。学校もやるもので、プラスチック製のいかにも安っぽいメダルではなく、れっきとした金属製のメダルを用意していた。子どもたちが知ることはないだろうが、これはＰＴＡのおかげで、さらに言うならエイミーのおかげだった。と言うのも、彼女は当初ＰＴＡが提案していた安物のメダルをひと目見るなり却下したのだ。僕の家族は、頑固で言い出したら聞かないともっぱらの評判になっている。個人的にはたまには譲歩も必要だと思っているのだが。

それはともかく、エイミーの選択は正しく、メダルはとても立派に見えた。メダルの授与の瞬間、タングは瞼が奥に引っ込んで見えなくなりそうなほどに目を大きく見開いていた。表彰台の一番高い場所に堂々と立ち、バーンズ校長にメダルをかけてもらうのを待つ。だが、タングの頭を通すにはどう考えても首掛けリボンの長さが足りない。それに気づいた校長は、いったんマジックテープを外してリボンの両端をタングの首の後ろへ回してから、テープを留め直した。皆がタングを祝福した。土壇場で追い抜かれて二位に終わった少年も、それほど落胆することもなく、学校通信用の写真撮影ではタングに腕を回してポーズを取った。写真には三位の子も一緒に収まった。タングのゴールから一分三十秒遅れてのゴールではあったが、正真正銘の銅メダリストだ。

タングの首元のメダルは彼が歩くたびに金属の体に当たって音を立て、さながら猫の鈴みたいだった。運動会の日に卵運び競走で優勝したロボットと、いつもは左右に揺れながら歩き、滑らかな動きとは無縁のロボットとが同じとは、何だか嘘みたいだった。結局、タングにメダルを外させるまでに一週間ほどかかった。それも、タングの部屋の、フトンベッドから眺められる場所にメダルを飾るためのフックを取りつけてやると約束してようやくだった。

二十九　次のステージへ

「東京行きのこと、ずっと考えてたんだけどね」と、エイミーが切り出した。

僕は顔を上げて彼女を見たが、何と返事をしていいかわからなかった。僕の沈黙を、エイミーは話を続けてという意味に解釈した。

「やっぱり行きたくない」

「本当に？」

「うーん、本当は行きたい……でも、行きたくない。要するに、行きたいけど、ひとりでは行きたくないの」

「ひとりじゃないよ、カトウもリジーもいる。ふたりが面倒を見てくれるよ。いいなぁ、僕もふたりに会いたいよ」

「そう、私が言いたいのはそれなのよ」

「それって？」

「つまりね、あなたにも一緒に来てほしいの。あなただけじゃない。ボニーにも、タングにも。それからジャスミンにも」

僕は笑った。「ポムポムにも？」

エイミーがほほ笑む。「まあ、ポムポムは別としても、家族みんなで行きたいの。考えてみて。ちょうど夏休みだから、ボニーもタングも学校を休まずにすむ。ジャスミンは、体はすっかりよくなって、ちゃんと浮けるようにもなったけど、読書会の一件から完全には立ち直れずにいる。元気がないわ。タングも元気がない。ボニーも元気がない。家族が日々していることに満足しているのはあなただけだと思う」

「つまり、君は家族全員で一カ月間、東京に行こうと、こう言いたいのか？」

「まあ、簡単に言えばそういうことね」

僕が思案したのはほんの一瞬だった。

「わかった。みんなで行こう」

「えっ？」

「みんなで行こうって言ったんだ」

僕はエイミーの手を取り、抱き寄せたが、エイミーはそれを押し戻して僕の顔をまじまじと見た。

「でも……動物病院の仕事は？　みんなで行きたいだなんてばかげた考えだし、てっきり断られると思ったのに」

「君との東京行きを僕が断ると思ったの？　何でそう思ったんだ？」

「だって……あなたは獣医の仕事が好きだもの。ようやく自信もついてきたところなのに。ここで一カ月も休んだら、獣医としてのキャリアに傷がついてしまうかもしれない」

僕はエイミーにキスをした。

「第一に、仕事は好きだよ。でも、君の方が大事だ。第二に、僕の仕事は君の仕事とは違う。獣医師の世界は弱肉強食の熾烈な競争社会とは違う。クライド先生と僕とで患者の取り合いをしているわけではない。病院の方は大丈夫。クライド先生ならひとりでも何とかするだろうし、そうでなければ代診の獣医を立てるよ。どのみち休暇は取れと言われているから、数週間多めにもらっても問題ないさ」

「本当に？」

「本当に。無給休暇になるとしても、休みは取る。君が僕に――僕たちに――一緒に来てほしいと言うのなら、何を置いても一緒に行くよ」

予想どおり、どこまでも親切で優秀で万能で気のいいクライド先生は、僕が診療を彼ひとりに任せて一カ月も休み、地球の反対側に行ってきたいと相談すると、どうぞどうぞと快く許してくれた。ただし、ひとつだけ条件をつけた。

「よかったじゃないか」と、クライド先生は言った。「エイミーが君に一緒に行ってほしがっていると聞いて、嬉しいよ」

「ありがとうございます、僕もです」

「こまかいことは改めて詰めるとして、君が不在の間にひとりで診療するかわりに、君に頼みたいことがある」

「何なりとおっしゃってください」

「僕も歳を取った。近頃では大ごとにならないうちに犬からリモコンを取り上げることにさえ苦労する始末でね。引退しようと思う」

僕はうなずいた。自分の今後を考えると不安になったが、クライド先生の決断を尊重したかった。それを伝えようとしたら、先生はこう続けた。

「そこで、来年から君にこの動物病院を引き継いでもらいたい」

「僕に⁉」

「僕のかわりに誰かを雇うつもりはない。君にここの上級獣医師を引き継いでもらいたい。君が望むならこの病院を買い取ってくれてもいい。君に譲るよ」

「クライド先生がそんなことを？」

電話でこのニュースを伝えると、エイミーはそう言った。「すばらしい話じゃない。

ただ、そうなると東京行きはどうなるの？　急遽、上級獣医師になるとなれば、一緒になんて来られないわよね？」

「そこがまたありがたくてさ。クライド先生の出した条件は、僕が病院を引き継ぐと約束すれば一ヵ月の休暇をくれるというものなんだ。僕が望むすべてを与えてくれたんだよ、エイミー！」

スマートフォン越しに数秒の沈黙が流れ、僕は通話が途切れてしまったのかと思った。だが、次の瞬間、向こうで歓声が上がり、興奮の言葉があふれ出て、僕はヒーローになったかのような気分になった。何年もかかったけれど、今度こそ本当に、エイミーが僕ならなれると信じてくれた男になれた気がした。

「クライド先生は他には何か言ってた？」

「動物病院用に日本からロボットを持ち帰ってほしいって」

その夜、エイミーはシャンパンを一本抱えて帰ってきた。それはかつて結婚四周年の記念に姉からもらったものの、エイミーが家を出ていってしまい、僕ひとりで飲んだシャンパンと同じ銘柄だった。ずいぶん昔のことのように感じるし、実際、一緒に過ごしてきた六年はけっして短い時間ではないのだろうが、シャンパンの話は今やふたりの間では定番の冗談になっている。毎年の結婚記念日はもちろんのこと、ふたりで何かを成し遂げたり、何か祝いたいことがあったりすると、必ずシャンパンで乾杯した。つねに同じ銘柄で、差し出す時にはにやりと笑ってキスをするのがお決まりだった。

コルクをポンと抜いたら、数秒後にはガシャガシャとか、ドタドタとか、ウィーンという音がして、家族がキッチンに勢揃いした。

「それ、何で買ってきたの?」

ボニーの単刀直入な問いかけに、エイミーと僕は顔を見合わせ、肩をすくめた。家族にはいずれ打ち明けることだが、僕の獣医師としての成功より、東京行きのニュースの方が、少なくとも子どもたちにとってははるかに重大だろう。

「実はな、ママは来月のお仕事にひとりでは行きたくはないんだ。だから、パパは今日、クライド先生にしばらくお休みをもらえないかとお願いをしてみた。そうしたら、先生はいいと言ってくれた。だから、もしみんなが賛成なら、ママひとりで東京に行くんじゃなくて、みんなで行こうかと思うんだ」

「どう思う?」エイミーも尋ねた。

タングは大喜びで、両手を叩いてキッチンの中をぐるぐる回り始めた。僕やエイミーと同様、タングもカトウのことが大好きで、東京の街も気に入っていたから、また行けるとなれば喜ぶことはわかっていた。ジャスミンもその場で上下にぴょこぴょこすると、言った。

「私もぜひ行きたいです、一緒に。ありがとうございます」

ジャスミンにしてみればこれは最大限の感情表現で、彼女が喜んでくれて僕も嬉しかった。僕とエイミーはボニーに向き直った。娘は大きな瞳で僕を見上げた。

「ザ・パンに行くの？」

「ジャパンだよ」と、僕は訂正した。「ジャパンに行くんだ。ボニーはどう思う？」

「ポムポムはどうするの？」

「どうするかは考えるから。心配しないで」エイミーが答えた。

ボニーは〝ママは何にもわかってない〟としか解釈しようのない眼差しをエイミーに向けると、僕に向き直った。

「パパ？　ポムポムはどうするの？」

僕はその場にしゃがんで娘と目の高さを合わせた。

「ママが言うようにどうするかは考える。留守中もポムポムは元気にしているさ」

「何でわかるの？」

痛いところを突いてくる。わかるわけではない。

「ペットのことが心配だからと言って、あれもしない、これもしないというふうに生きていくことはできないんだよ、ボニー。僕たちにも僕たちの暮らしがあるからね」

「でもさ、大切にしないんだったら、何でペットを飼うの？　それにパパの病院の動物たちはどうなるの？　ミセス・ノースウッドのお馬さんたちは？　パパがいなかったら、みんなどうするの？」

「もう、いい加減にしなさい」

エイミーがいら立った。僕は彼女を制するように片手を上げ、僕が話をするからと合図したが、本音を言うと、僕の楽しい気分に水を差したボニーにも、そんな娘に我慢できずにいらつくエイミーにも少し腹が立った。エイミーとボニーは揃って腕組みをした。タングとジャスミンが視線を交わす。さすがのタングも空気を読んで黙っていた。

「ボニー」と、僕は語りかけた。「ポムポムのことは誰かにちゃんとお世話をしてもらえるようにしていくから。動物病院の動物たちのことは、いつもどおりクライド先生や他のスタッフが診てくれる。だから、パパがいなくても大丈夫。本当だよ。それから、ノースウッドの馬たちのことは、今だってもう一カ月以上診ていないから、僕たちが留守にしていても向こうは気づきもしないと思うよ」

ボニーは鼻をシュンと鳴らし、床をじっと見つめた。しばらくして、ようやく納得してくれた。

「わかった。行く。ポムポムが楽しくお留守番できるなら。絶対に楽しくお留守番できるようにしてね」

僕はボニーにキスをした。

「もちろんだよ」

僕は動物の健康と幸福を案じるボニーを安心させようとして、今年はすでに一度、窃盗という極端な行動に走ってしまっている。パニック状態で下した判断が結果として家族の事故死を招くような事態は二度とごめんだ。しかし、一日の終わりごとにポムポムのことはどうなったかとボニーにせっつかれながら、三日間考え続けた僕は、留守中のポムポムの世話の問題は予想以上に難題だと認めざるを得なかった。

当初考えていたのは、誰かに家に来てもらい、餌やりをしてもらうことだった。過去に家族で旅行をした際は姉のブライオニーが餌やりをしてくれたし、一泊二日の留守であれば隣人のミスター・パークスも世話を引き受けてくれていた。頼むとぶつぶつぼやきはするが、本気で渋っているわけではない。ひと晩のことであれば、むしろ僕たちが他の人に頼むことをよしとしなかった。

しかし、夏の間、一カ月もとなると話は別で、世話をしてくれる人を探すのは容易ではなかった。ペットホテルには預けたくなかった。今年はポムポムも大変なことが続いたのに、そのうえホテルに一カ月も預けるというのはあまりにも酷だ。だから、その選択肢は真っ先に捨てた。しかし、ブライオニーに毎日、それもできれば日に二回、猫の世話をしに来てほしいと頼むのも過大な要求だ。仮に姉が承諾してくれても、そんな頼みごとをするのは心苦しい。エイミーも同じ気持ちだった。

最終的にはそのブライオニーが、僕たちの想定とは違う形で解決策を示してくれた。

「お願いがあるの」姉は僕に電話してくると、挨拶をすっ飛ばしてそう言った。

「何？」

「夏の間、一ヵ月家を空けるのよね？」

「まあ、その予定だけど。ポムポムの世話の問題を解決するまでは、どこにも行けない。いい方法が見つからなくてまいってる」

「何で私に訊かないのよ？　てっきり相談してくると思ってたのに」

「僕もエイミーも、さすがにブライオニーの負担が大きすぎる気がしてさ。それとも、ポムポムの餌やり、やってもいいと思ってくれてるの？」

「一ヵ月も？　まあ、正直、気は進まないわね」

「やっぱりそうだろう？　だから訊かなかったんだ」

ブライオニーは少し間をおき、言った。

「まあいいわ、とにかく夏の間、一ヵ月家を空ける予定なのよね？　私にひとつ、提案があるんだけど」

「提案？」

「アナベルが夏休みになっても帰省したくないって言ってるの。実家で過ごすのは嫌だって。私としては家に帰ってきてほしいけど、無理強いもできない。でも、もし実家に近いけど実家じゃない場所に泊まれるなら、ちょうどいい妥協案になると思うの」

「アナベルに留守番をしてもらうってことか？」

「そう。あの子はしっかりしてるし、分別もある。ポムポムの世話も庭の草木の水やりもちゃんとするわ。友達とどんちゃん騒ぎをすることもたぶんないと思うし……」

「ブライオニー、アナベルは僕の姪だよ。そんなふうに売り込まなくても、どんな子かはよくわかってるよ」

「じゃあ、あの子に留守番を任せてもらえる？」

ブライオニーにはエイミーに相談すると伝えたが、相談するまでもなかった。エイミーは僕の話の皆まで聞かずに賛成し、ボニーに伝えてくるから、その間にブライオニーに電話で返事をしておいてと言った。僕は、頼むから、僕たちにとって好都合だからというだけでなく、ポムポムにとってもこれが一番いい方法なのだという伝え方をしてくれよと願った。まあ、しかし、伝え方がまずかったとしてもボニーには受け入れてもらうしかない。

全員で東京に行くことで家族の意見がまとまったところで、僕は屋根裏部屋からバックパックを引っ張り出した。埃も落としたいし、中に何かが勝手に入り込んで住処にしているかもしれないので、庭に持ち出してバタバタと振った。丸く縮こまって死んでいる大きなクモがポケットから落下したのを見て軽い吐き気を覚えたが、こらえた。前回、しばらく家を空けたのはタングと世界を旅した時だが、あれから何年もたち、状況も変わった。必要な持ち物を書き出すうちに、三十九歳ともなると荷物も増え、バックパックでは用をなさないことに気づいた。ポーチだけでも、僕のビタミン剤を入れるためのものを含め、複数必要だ。エイミーの荷物がどの程度になるかは知らないが、バックパックに収まらないことだけはたしかだ。少なくともスーツの持ち運び用のガーメントバッグはいるだろう。そういうわけで、僕はバックパックを手に室内に戻ると、タングに渡した。

「これ、よかったら東京に行く時に使うか?」

「ポニーの鞄を使わなくてもいいの?」タングが用心深く訊き返す。

「今回の旅には、ポニーの鞄より大きなものが必要だと思うよ、タング」

タングはありがとうの言葉のかわりに僕のふくらはぎに両手を回して抱きつくと、お下がりのバックパックを大事そうに抱きしめた。部屋の隅にいたジャスミンが、赤い光を上下させてバックパックを上から下まで眺めた。それを見て、僕は彼女にも声をかけた。

「よかったらジャスミンにも鞄を買おうか？　本を入れるのにさ」

ジャスミンがこちらを見上げる。僕はふと、ジャスミンにはぴかぴかの新品を買ってやりながら、タングには僕のお古で我慢させては、タングは自分だけ邪険に扱われたと傷つくだろうかと心配になった。だが、タングはそうは受け取らなかった。

「ベンの鞄、大好き！」と言って、ぎこちなく左右に揺れながら自室を歩いて回り、持っていくものを選び始めた。

「まだ荷物を詰めるには早いよ、タング」僕は言った。「出発まで四週間もあるし、それまでにやらなきゃならないこともいろいろ残ってる」

タングは体の両脇に腕をだらりと垂らしてうつむいた。本人がせっかくうきうきしていたのに、悪いことを言ってしまった。

「まあ、でも」と、僕は慌てて続けた。「早めに準備するに越したことはないよな」

三十　空へ

まだ比較的新しい技術ながら、機械学習の機能を搭載しているロボットは今やタングやジャスミンに限らず存在するので、ふたりとも以前ほど人目を引くことはなくなっていた。とは言え、僕はタングとのふたり旅やそれ以降の家族旅行での経験から、ロボットを飛行機に乗せるのは野生動物を国外に持ち出すのと同じくらい大変だと知っていた。お役所的で煩雑な手続きは避けられず、好奇の目で見られることも多い。

それでも、以前よりは苦労の度合いは減ってきている。個人秘書として働くロボットが普及し、外に出ることが珍しくなるとともに、公共交通機関でロボットを目にする機会も増えた。飛行機の便によっては、ＡＩを搭載したロボットと一緒に搭乗することを希望する人のために専用の区画が設けられ、予約できるようになっている。僕がタングと初めて飛行機に乗った頃とは大違いだ。

ただし、多くの航空会社ではそういったサービスは長距離便でのみ提供している。そのためにこれまではその恩恵にあずかる機会もなかったのだが、今回の東京行きは家族での移動としては最も距離が長く、僕たちはロボット専用の席がある便を選んだ。専用の席と言っても、単に座席を取っ払ってロボットを固定するためのベルトを用意しただけのもので、あてがわれた席を目にした瞬間は、これは隔離かと思わずにはいられなかった。それでも、タングとジャスミンにとっては専用席の方が勝手がいいのはたしかだ。

僕たちの席は飛行機の最後尾の、トイレや出入口のすぐ近くだったが、それは構わなかった。五歳児を連れていると、トイレが近くにあることはむしろありがたい。ただし、タングは不満げだった。長距離便のプレミアムクラスに乗ったことのあるタングは、何かと騒がしい飛行機の最後尾に追いやられてふてくされていた。トイレが近いのも気に入らないらしく、誰かが出てくるたびに〝臭い！〟と叫んだ。その人がどの程度の時間トイレに入っていたかも、時刻が何時であるかもお構いなしに叫ぶものだから、客室乗務員から一度ならず、何かお困りですかと慇懃に訊かれてしまった。

そんなタングと比べると、ジャスミンは天使のようだった。指定された場所にベルトで固定されたまま、そわそわするでも文句を言うでもなくおとなしくしていた。ボニーはと言うと、ポムポムの心配をしつつも、今では東京行きをすっかり受け入れ、初めての飛行機に興奮して、十二時間のフライトの間はほとんど寝なかった。少なくとも僕の感覚ではほぼ起きていたように思う。

東京での宿泊先は、カトウの会社が家具や家電つきのマンションを手配してくれていた。英国の自宅と比べたら狭く感じるだろうが、ホテルよりは広いし、長い滞在期間を考えるとマンションの方がいいだろうというカトウの判断だった。エイミーは東京に家族も同伴したいとカトウに伝えた際、宿は自分で探すと申し出たのだが、カトウはこちらで手配するからと譲らず、皆に会えるのが楽しみだし、タングをもう一度東京に迎えられることも嬉しいと言ってくれた。

　東京での宿探しをカトウに任せたのは正解だった。何しろオンライン予約をしようにも、ロボットの数を入力する項目がないサイトばかりなのだ。大人の人数の選択ボタンはある。子どももある。ペットさえある。だが、ロボットはない。ロボットをペットとして数えるべきなのか、子どもとして数えるべきなのか、それともロボットの数は予約に含める必要がないのか、さっぱりわからない。だから、滞在先を手配してもらえることになり、ほっとしたというのが正直なところだ。

　カトウが用意してくれたのは、東京の中心部よりも少し西にある地域の外れの、ショッキングピンクのマンションだった。カトウの会社からは多少離れていたが、東京だと特段それで不都合もない。タングも僕も馴染みのない地域だったが、家族全員にとって初めての場所だと思えば、それも悪くない気がした。

英国をたつ数日前、リジーが連絡をくれ、旅の無事を祈るとともに僕たちが滞在する地域の情報をくれた。リジー曰く、カトウは外国人に人気のある地区を選ぼうとしていたのだが、家族向けの閑静な場所の方がいいとリジーが説得して、今回のマンションに決めたとのことだった。

エイミーは事前に日本について下調べをし、日本語の言葉もいくつか覚えていた。弁護士として多くの会議に出てきた彼女は、礼儀作法の重要性をよく理解していた。タングと僕が初めて東京を訪れた時とは大違いだ。あの時の僕は傷心を抱いており、初日の夜はホテルの部屋に引きこもりかねない状態だったが、なぜかその真逆の行動を取り、カラオケバーで醜態をさらした。そこにたまたま居合わせたのがカトウだった。会いたかったたったひとりの人物に東京で偶然出くわす確率など、九百万分の一にも満たないだろう。もっともあのカラオケバーはカトウの職場の近くにあったので、その分多少は確率が上がったかもしれないが。

空港にはカトウの会社から迎えの車が来ていた。自律型の自動運転機能を搭載したボックス型マイクロバスは、空気で膨らませたビニール玩具みたいだった。大人二名、子ども一名、ロボット二体に荷物まで載せられる大きさの社用車となると、それしかなかったのだろう。自動運転車ながらアンドロイドの秘書が乗ってきていて、僕たちを出迎えてくれた。胸元のディスプレイに僕たちの名前が大きく表示されている。

「お迎えにあがれず申し訳ありませんと、カトウ・オーバジンが申しておりました。かわりにマンションまでお送りするように言いつかっております」

「ありがとう」

エイミーと僕が声を揃えて礼を言うと、アンドロイドの秘書は上体を四十五度傾けてお辞儀をした。アンドロイドの声は滑らかで、外見と同様に性別を感じさせる要素はいっさいなかった。タングやジャスミンと暮らしている僕にとって、それは不思議な感覚だった。ふたりは作られた当初から性別を明確に与えられていた。何のためかは謎だが。

アンドロイドの秘書がこちらに背を向けると、エイミーが僕を肘で小突き、アンドロイドの背中を指差した。そこにはカトウの会社のロゴがあった。なるほど、このアンドロイドは僕たち家族を空港からマンションまで送り届ける役目だけでなく、カトウの会社の製品の性能を宣伝する目的も担っているわけだ。アンドロイドに案内されてマイクロバスまで歩いていくと、車体にも会社のロゴがあり、宣伝も兼ねていることはいっそう明白になった。もっとも、車体のロゴに気づくまでには短いタイムラグがあった。空調の効いた快適な空港の建物から一歩外に出た瞬間に、熱い空気の壁にぶつかり、くらくらしていたからだ。僕が暑さを感じてとっさにタングを見たら、彼も暗い顔でこちらを見上げてきた。金属でできているタングは、以前、パラオの酷暑で日射病になり、危険な状態に陥ったことがあるので、極端な暑さに対してはつらい記憶しかない。僕にしても、旅の目的地を決める際には必ずあの時の強い不安が頭をよぎる。自宅でなら、外が暑すぎると思えばタングは屋内で過ごすから心配はない。しかし、旅先では暑さはつねに懸念事項だ。それでも、東京でなら暑さに耐えられなくなっても空調の効いた場所はいくらでもある。

「これ、君が携わっているプロジェクトと関係があるの?」僕はアンドロイドの秘書やマイクロバスを指差しながら、小声でエイミーに尋ねた。なぜだか、声をひそめなくてはならない気がした。

「家族とはいえその質問には答えられないわ。秘密保持契約は秘密保持契約だから」

エイミーはそう言ったが、アンドロイドの秘書やマイクロバスが今回の仕事と関わりがあるのか、彼女が頭の中の手帳をすばやく繰って確認するのが僕にはわかった。

アンドロイドとは過去にいろいろあり、よい感情を持っていないタングは、おまえとはいっさい関わらないぞとばかりに目を鋭く細めてアンドロイドの秘書を睨んだ。それでも日本を再訪できたことは嬉しくて仕方がない様子で、マイクロバスの中では後部窓に顔を押しつけ、目に映る景色を延々と実況解説していた。ジャスミンが何を考えているかは、移動中ほとんど無言だったので謎だった。

飛行機が空港に着陸したのはまだ午前も半ばのことだったが、かわいそうに、ボニーは十二時間のフライトのあとで頭が混乱し、足元もおぼつかなかった。空港からマンションまでの一時間の移動中は、ぐずったり、うとうとしたりを繰り返し、到着五分前になって本格的に寝始めた。僕はそんな娘を抱きかかえ、車からエレベーター、そしてマンションの最上階の部屋へと運んだ。ボニーは僕の肩に頭を預けていた。

僕は娘を抱いたまま室内をさっと見て回ると、バルコニーを見つけて外に出ていたエイミーやロボットたちの方へ行った。

「エイミー」と、ボニーを起こさないよう、ぎりぎりまで声を落として妻を呼んだ。呼び寄せるように頭を傾げたら、エイミーが室内に戻ってきた。

「何？」

「ベッドがない」

そう伝えたら、エイミーは呆れ顔で目をぐるりとさせ、台所の隣のパネル状の引き戸を開けた。引き戸の先の床は畳張りで、奥の壁にさらに二枚の引き戸があった。エイミーがそれらの引き戸を指差す。

「その物入れを開けてみて」

僕が困惑して眉をしかめると、エイミーはまたもや目をぐるりとさせ、スリッパを脱いで物入れを開けにいった。中には敷き布団がふた組あり、いずれもシーツがすでにかけられていた。エイミーがそのうちの一枚を引っ張り出して畳の上に敷き、僕からボニーを抱き取って布団の上に寝かせた。ボニーはごろりと横向きになったが、目は覚まさなかった。入口に立っていた僕が脇にどくと、エイミーは和室を出て引き戸を閉めた。

「何であそこにあるとわかったの？」と尋ねたら、エイミーはかぶりを振った。

「むしろ、何でわからなかったのと訊きたいわ。日本に来たことがあるのはあなたの方なのに」

「あの時は普通のベッドがあるホテルに泊まったんだよ！」

そう答えたら、エイミーに訂正された。

「西洋式のベッドよ、ベン。さっきのも普通だわ。もう、てっきりあなたも下調べしていると思ってたのに」

ボニーはしばらく寝ているだろうからと、僕はもう一度、今度はじっくりと室内を見て回った。カトウの話から想像していたよりも広く、寝室が三部屋あったので、エイミーと僕、タングとジャスミン、そしてボニーで一室ずつ使うことにした。ただし、三部屋の中では今ボニーを寝かせている和室が一番広かったため、娘の部屋とはしないと早々に決めて、ボニーが起きてくると同時に、そこをエイミーと僕の部屋にした。

和室は玄関から続く廊下の左手にあり、玄関の正面にあたる廊下の突き当たりにもドアがあった。居間へと続くそのドアの手前、廊下の右手には、廊下より一段高いリノリウムの床の一画があり、三つの扉があった。ひとつはトイレ、ひとつは浴槽とシャワーのある浴室、そしてひとつは奥行きの深い洗濯機置き場の扉だった。洗濯乾燥機の上には作りつけの木製の棚もあった。段の手前にはスリッパが揃えて置かれ、一段高い床に、〝トイレ用スリッパ〟との英語の注意書きが、日本語の文字の下に併記されていた。

居間に入ると、左手すぐの場所に僕たちが使う和室の引き戸があり、そこから時計回りにまた別のドアがあり、独立型キッチンに続いていた。居間のドアから向かって正面には我が家と同じような引き戸式のガラス戸が二枚あり、数段上った先はルーフバルコニーになっていた。ガラス戸の右手にダイニングテーブルと六脚の椅子があり、部屋の隅にはさらに二脚、椅子が重ねて置かれていた。

居間のドアから向かって右側の壁には和室がもうふた部屋あり、タングは左側の和室をジャスミンとふたりで使うと宣言した。全体として、これからの一ヵ月を快適に過ごせそうなマンションだった。僕は家族がそれぞれの部屋で寝たりくつろいだりするのを見届けると、まっとうな大人らしく、マンション一階のエントランスにあった自動販売機でサッポロビールを買ってきて、この部屋専用のルーフバルコニーでのんびりすることにした。

三十一　トイレの洗礼

布団を知らなかった僕に呆れていたエイミーだが、彼女にもカルチャーショックは待ち受けていた。エイミーにとって日本との接点といえば、これまでは裁判所の近くにある贔屓の寿司屋くらいのものだった。だから、下調べはしていたものの、布団についてはたまたまインターネットで読んで知っていただけだと本人も認めた。エイミーの日本の知識はおそらくそこで始まり、そこで終わっている。

「緊張してきた」と、エイミーが言った。

荷物をしかるべき場所に片づけていた僕たちは、ルーフバルコニーに出て、僕が再度一階から買ってきたサッポロビールを飲みながら休憩していた。ビールの自動販売機があるという目新しさはそのうちに薄れるだろうが、当面は活用するつもりだった。

「仕事のことで？」僕は尋ねた。

「そう。ここで働くことに対して」エイミーも缶ビールをひと口飲んだ。

「緊張しているようには見えないけどな。やるべきことをしっかり把握しているって感じだ」

エイミーがほほ笑んだ。

「ありがとう。でも、そう見えるのは仕事モードに切り替わっているからだと思う。職場になじめるか、不安だわ」

「徹底的なリサーチを重ねてきたんだ、絶対にうまくやれるよ。僕なんか、前回日本に来た時は信じられないような醜態をさらしたけど、それでもこうしてまた歓迎してもらえた」僕は手を伸ばしてエイミーの前髪を耳にかけてやった。少しでも安心させたかった。

「ふーっ」エイミーが息を吐いて頭を振ると、耳にかけた前髪がまたはらりと垂れた。

「リサーチはあくまでリサーチ。インターネットで何かを調べることと、実際に現場で何かをすることはまったく別物よ。今の私は自分が何をわかっていないのかが、わからない。何も想定できない。何もかもがあまりに違う気がするの」

西洋人は往々にして、日本は自分の国とはまったく違うはずだと考えるし、たしかに違う。それでも僕が前回タングと日本を旅してひとつ学んだとすれば、それは自分が想像するほど人は違わないということだ。人は——意識や心を持つすべての命は——本質的に同じものを求めている。食べるものと住まいを求めている。それ以上に理解されることを求めている。誰かを迎え入れるために扉を開くことも、ひとりになるために扉を閉ざすこともできる家を求めている。そして、愛を求めている。家や愛と言っても人によって思い浮かべるものはまちまちで、扉は文字どおりの扉かもしれないし隠喩(いんゆ)かもしれないが、そういったものを求める感情は似ていると思う。だから、強いカルチャーショックを受けそうな時でも、相手と話をしてみると、表現方法にこそ大きな違いはあれども根っこの部分はそこまで違わないのだとすぐにわかる。

それをエイミーに伝えたら、彼女は僕にキスをした。彼女の心が軽くなっていることを願った。エイミーはお手洗いに行ってくると言った。それに対して僕は特に言葉を返さなかった。言うべきことがあったと気づいたのは、あとになってからだ。それを聞いて人が見せる反応はふたつに分かれる。僕の言葉に訳知り顔でにやりと笑うか、何のことだと眉根を寄せ、ただのトイレではないか、日本と他の国とでそう違うとも思えない、と考えるか。

ただのトイレ。そもそもその認識から間違っているのだ。日本のトイレはただのトイレではない。もちろん、中にはただの単純なトイレもあるが、概して日本の水洗トイレ体験は、トイレ版の日帰りスパリゾート体験に他ならない。ボタンをひとつ押すだけで、あるいはレバーをひとつ回すだけで、お尻のニーズをすべて満たしてくれる。

「何これ、どうなってるの?」

トイレにいるエイミーの声が、タングとジャスミンのいる居間を越え、ルーフバルコニーにいる僕のところまで聞こえてきた。タングと僕は顔を見合わせ、笑った。当然のことながらタング自身はトイレを使う機会などないが、そのすごさは前回東京を訪れた際にタングも目の当たりにしていた。今回にしても、家族が日本のトイレの使い方を覚える瞬間を見逃すつもりはないようだ。

僕は様子を見に室内に戻り、居間を抜けてトイレのドアの前に立った。そこへタングも合流した。

「大丈夫か？」僕は声をかけた。

「大丈夫に決まってるでしょ」エイミーがきっとなって答えた。「ひとりでできるわよ」

その言葉に続いて動作音や電子音がひとしきり聞こえてきた。エイミーが便器洗浄ボタンを探して、便器の傍らのパネルに並ぶボタンを片っ端から押しているのだろう。メロディまで流れ始めたところを見ると、ここのトイレは高機能モデルらしい。トイレの水が流れるまで、エイミーは教育上よろしくない言葉を吐き続けていた。

日本のトイレの洗礼はこの一度きりでは終わらず、僕たちは日本に到着してから数日のうちに再度トイレと格闘することになった。その時、僕は料理の最中でキッチンにおり、エイミーは翌日から始まるカトウの会社での仕事に備え、ルーフバルコニーで書類に目を通していた。ふと、廊下が騒がしいことにふたりして気づいた。僕は炒め物をしていたフライパンを火から外し、様子を見にいった。居間と廊下をつなぐドアの前でエイミーと一緒になると、僕はドアを開け、彼女を先に通してから廊下に出た。

タングがトイレのドアの前に立っていたので、視界が遮られてボニーの様子はすぐにはわからなかったが、確かめるまでもなかった。タングの表情とその場に響き渡るわめき声を考え合わせれば、恐ろしい光景が広がっていることは火を見るより明らかだった。

タングはびしょ濡れで、足元には水溜まりができていた。タングはボニーに負けない大声で叫びながら、その場で地団駄を踏んでいた。そのせいで足元の正体不明の水がそこら中に跳ね飛んでいた。ぞっとした。水の正体が洗面台からのきれいな水だとしても、十分にいら立つ状況ではあるが、そんな期待はするだけ無駄だろう。小さな子どもと小さなロボットと小さなトイレが揃ったら、その結末はたいていもっと……茶色い。

案の定、そばまで行って確かめたら、床の水溜まりがうっすらと黄色がかっていたうえに、タングも戸枠もタングの周囲の床も不快な迷彩柄になっていた。ボニーの状態にいたっては、もはや想像するのも恐ろしい。僕の心を読んだみたいに、タングが頭を回して視線を下げ、妹を見つめた。そして、再びゆっくりとこちらに顔を向けると、瞬きをした。

物事にはひとりで十分に対処できるものもあるが、今回のおぞましい糞尿まみれの状況がひとりではどうにもならないことは、これ以上一歩も近づかなくともわかった。エイミーも同感らしく、両手で顔を覆っている。

「何のボタンか、知りたかったの」タングが言った。

エイミーと僕は目を見合わせた。

ここまでの説明だけを聞くと、大惨事の発見に至るまでの過程がやけに長く感じられるかもしれない。しかし、現場に駆けつけた僕とエイミーが、ボニーが便座に座って大きい方を出していた、まさにその瞬間に、タングが魔法のトイレのビデボタンを押したらしいと把握するのに要した時間は、実際にはほんの一瞬だった。トイレの一帯はさながらごみの散乱した野外音楽祭の三日目みたいだった。

三十二　魂の帰る場所

人は一度痛い目に遭うと二度目からは用心するものらしいが、個人的には必ずしもそうではないと思う。人は学びもせずに何度でも同じ過ちを繰り返せる生き物だ。それでもこと日本のトイレに関してだけは、幸い僕の家族もすっかり懲りたようだ。茶色の津波も、トイレにまつわるいかなる事件も、あれが最後だった。これでようやく落ち着いて、一カ月間の日本での生活をスタートできる。

エイミーは日本到着の数日後から仕事を開始する予定だった。その頃にはひどい時差ぼけもなくなっていると見越してのことで、それまでの間、僕はエイミーが日本時間に早く適応できるように日中はなるべく彼女を寝させないようにした。ロボットたちは当然のことながら時差に適応する必要はなく、ボニーも日本に着いたその日に一度こてんと寝たあとは、けろりとしていた。子どもの適応力はすごい。変な時間にお腹をすかすことはあるが、それが時差のせいかというと、かなり怪しい。

僕たちがはじめにしたことは、マンション周辺の散策に出かけ、生活に欠かせないスーパーマーケットや駅などの場所を確かめることだった。スーパーマーケットはマンションのほぼ真向かいにあり——到着した時には誰も気づかなかったが——駅は玄関を出て徒歩約七分の場所にあった。ちなみにそれは家族全員で歩いた場合の時間だ。後日、初出勤を終えて帰宅したエイミーは、駅から四分で帰ってこられたと言っていた。

マンションの近くには地域の公園もあり、桜の木々が遊具広場に木陰を作っていた。春には一帯が柔らかな桜色や白色に包まれるのだろうが、今の時期の青々と茂る葉や木漏れ日もまた美しかった。タングは日差しの遮られた遊具広場を見つけて大喜びしたが、ボニーは嫌そうに鼻にしわを寄せた。それでも、順番待ちをすることもなく、のびのびと遊び回るタングをしばらく観察するうちに、ボニーもようやく遊びに加わった。そして、宣言した。

「おうちの遊具広場より、日本の方が好き。他の子がいないから」

僕もエイミーもボニーの発言の真意を掘り下げて聞き出しはしなかった。ベンチ——座り心地のいいベンチだ——に腰かけ、寝そうになるエイミーを時折肘で突きながら、タングとボニーが楽しげに駆け回る姿を眺めているだけで満足だった。

「とても静かね」と、エイミーが言った。「東京はもっとにぎやかな街だと思っていたけど、ここはとても平和だわ。ここまで子どもが少ないとは思っていなかったけど」

エイミーはボニーとタングが遊んでいる方を示すと、欠伸をし、伸ばしていた手を口元に当てた。僕は肩をすくめた。

「夏休みだからじゃないかな」

「そうかもね」エイミーはまた欠伸をすると、僕の肩に頭を預けた。僕はその頭にキスをして、彼女が寝ないうちに揺すって起こした。

翌日、カトウとリジー、そして息子のトモが僕たちに会いにマンションまで来てくれた。バスケット一杯の食料品の差し入れもありがたかったが、何より嬉しかったのは彼らが僕たちを笑顔で歓迎してくれたことだった。カトウには挨拶として抱擁を交わす習慣はなかったが、リジーは両手を広げて僕たちをひとりひとり抱きしめてくれた。タングのこともだ。タングも嬉しそうに抱きしめ返していた。ただ、ボニーはハグをしたがらず、ソファの向こうに隠れてしまった。無理もない。カトウ一家とは数年来のつき合いだが、距離があるためにめったに会えず、ビデオ通話をするにしても、たいていはボニーが寝たあとか不在の時だ。カトウとリジーに直接会うのはふたりの結婚式以来で、当時まだ赤ちゃんだったボニーが覚えているはずもなかった。ボニーにしてみれば今日が初対面に等しい。

僕はお茶を淹れながら、なぜこんなに静かなのかとカトウに訊いてみた。

「ゴーストタウンみたいだわ」

エイミーの言葉に、カトウとリジーは顔を見合わせて笑った。

「まさにゴーストタウンかもしれないね」と、カトウが言う。「あと数日でお盆だから。お盆というのは死者の魂を迎え、お寺の僧侶にお経をあげてもらったりして供養する行事でね。ご先祖様の霊を祀るために実家などに帰省している人が多いんだ」

「みんな、見えるの？」ボニーが出し抜けにそう尋ね、ソファの肘置きの向こうからひょいと出てきてリジーの隣に立った。

「みんなって、誰のことかな？」リジーが優しく問い返す。

「ご先祖様のいる人たち。みんな、死んだご先祖様が見えるの？」

リジーにかわってカトウが説明した。

「ご先祖様は魂なんだよ、ボニーちゃん。だから、姿は見えないことの方が多いんじゃないかな」

「ふうん。じゃあ、何でご先祖様がそこにいるってわかるの？」

カトウはリジーと目を見合わせると、にっこり笑った。

「はっきりわかるわけではないと思う。それでも、たとえそこにいるかどうかはわからなくても、お帰りなさいと言葉をかけるのはすてきなことだ。ご先祖様の魂も、自分たちに話しかけてくれているとわかるから」

「ご先祖様はお寺ってとこに住まないとだめなの?」

ボニーは普段、あまり長い会話はしないのだが、気になることがあるととことん追究しないと気がすまない。そういうところは少しタングに似ている。エイミーにも。三人とも嫌になるほどしぶといのだ。

「お寺に住まなくちゃいけないわけではないよ」カトウは答えた。「お寺は家族とご先祖様が集まって会える場所、と言ったらいいかな」

「おうちでは会えないの?」

「お家には帰ってきているよ、その一族の家、先祖代々の家にね」

「い、い、い、いいいいいいいいいいいいいいいいいいいい」


「せんぞだいだいじゃなくて、自分のお家で会えないの? 生きている人はいっぱいやることあるよ。でも、死んだ人はあんまりないでしょ。だからね、ご先祖様が生きている人のとこに来た方がいいんじゃない?」

やれやれ、子どもの理屈にはかなわない。

三十三　奈良の鹿

僕はボニーに新幹線の旅を約束していた。そこで、エイミーの予定が空いていた週末に家族で数日間の京都旅行に出かけることにした。

すると、カトウがその週末にジャスミンを預からせてもらえないかと訊いてきた。イボタノキ・スキャンダルのことはカトウも知っており、あの時ジャスミンの身に起きたことを考えると、もう少し彼女について調べたいのだと言う。それだけでなく、カトウはジャスミンの電気ショック機能にも関心を寄せていた。ジャスミンについて調べることは厳密にはカトウの仕事ではなかったが、こと科学技術に関しては、彼の中で仕事と趣味の間に線引きなどないも同然だった。

ジャスミンは東京に残ることを渋った。どうしても京都に行きたいわけではないことは本人も認めていたが、僕たち家族と離れて過ごすのが嫌な様子だった。そんなジャスミンの心を動かしたのは、図書館に連れていってあげるというカトウの言葉だった。そこは都内でも最大級の規模を誇る図書館で、カトウの住まいからもそう遠くないらしい。カトウは、家の近所にはすばらしい書店もいくつかあると言った。

「ジャスミンも日本の本を気に入ると思うよ。英国の本より小さくて軽いから、君にも持ちやすいんじゃないかな」

そのひと言が決め手となった。その週末はジャスミンはカトウ一家と過ごすことになり、僕たち家族は駅へと向かった。

カトウの助言で京都へはお盆の終わりを待って出かけたので、行きの新幹線を待つ間、自分たちだけ間違ったプラットホームにいるような気分になった。僕たちが東京を離れようとする間にも、何百、いや、下手をすれば何千という人たちが続々と東京に戻ってきていた。東京は一生いても飽きない街だろうし、その気になれば同じ道は二度と通らずに過ごすこともできるが、その時点で日本に来て十日がたっていた僕たちは、東京とは違う景色も見てみたくなっていた。

新幹線での長旅を、ボニーもタングも喜んだ。もっとも、ボニーは新幹線の眠気を誘う滑らかな走りに途中からは寝ていた。ボニー以外の家族は、富士山の頂上と裾野や(中腹は雲がフラフープみたいにかかっていて見えなかった)、車窓を流れていく田畑や村々の風景、そして、暑さに耐えきれず海に飛び込みたくなったかのように、森がところどころで海岸線ぎりぎりまで迫っている景色を楽しんだ。昼には温かい弁当を食べた。タングは弁当そのものは味わえなかったが、ボニーから空になった弁当箱をもらって大喜びした。木の弁当箱はデザインが美しく、駅弁用に大量生産されたとは思えないほど作りもしっかりしていて、再利用できそうだった。エイミーは感心し、タングに渡す前にウェットティッシュで中をきれいに拭きながら、ためつすがめつ眺めていた。

「ロンドンと英国南東部を結ぶサウスイースタン鉄道じゃ、こんなお弁当は買えないわよね？」

京都では、以前タングと僕が東京で泊まったホテルとは趣がまったく異なる宿を選んだ。前に泊まったのはガラス張りの高層ビルに入った高級ホテルで、大きなベッドやドリンクを楽しんだ結果、宿泊費は僕の自動車保険料の約一年分になった。当時は無職で将来の見通しも立っていなかったことを思うと、とんだ贅沢をしたものだ。だが、あの頃の僕は誤った選択ばかりしていた。タングと出会っていなかったら、僕はあのままずっと変われずにいたかもしれない……。それはさておき、今回は引き戸や中庭があり、杉の香りがして、床は畳敷きの伝統的な宿、いわゆる旅館に泊まってみた。旅館の表玄関は石畳の通りに面していて、道を挟んで反対側にある木造家屋の方へ乗り出すように建っていた。

佇(たたず)まいは慎ましやかでも高級な旅館で、僕は宿泊費が高すぎるとエイミーに少し文句を言ったのだが、彼女は僕をひと睨みすると構わず予約した。自分のことだけを心配していればよかった昔と違い、養う家族も増えた今、僕は財布の紐が堅くなっていたが、時には素直にエイミーの言うことを聞いてみるもので、この旅館には高いだけの価値があった。

実際のところ、宿代のことはつまらない愚痴で、宿が観光客の集中する京都の中心部ではなく郊外にあったおかげで、そこを拠点に隣接する奈良へも足を延ばせてとても便利だった。だが、奈良の話をする前に、まずは二条城に出かけた話をしよう。

日本を訪ねるまで、僕は日本の城について考えたことがなかった。仮にあったとしても、文化の違いに疎い僕は、自国の城とおおむね似たような外観を想像していたに違いない。当然のことながら両者は似ていない。むしろ、まるで違う。

僕たちが訪れたのは平屋の建物が何棟も建ち並ぶ城で、鋭い稜線みたいな頂上に向かって両側から均等な勾配を描く屋根は富士山のようだった。城の一部は、礎石に直に載せられた柱で支えられていた。日本家屋によく見られるこの構造は、断層の上に建つ不運から建物を守る免震の役割を果たすのだが、そんな柱も見た目には外周を囲むベランダの支柱にしか見えなかった。

城の中もやはり杉と、他にも蜜蝋のような匂いがした。城には靴を脱いで上がった。室内には必ず靴を脱いで上がる習慣に、僕たちも今やすっかり慣れていた。ただし、タングは例外で、もともと靴を履いていない彼のために僕たちは足袋を持ち歩き、建物内に入る際にはそれを履かせて床を傷つけないようにした。

二条城には観光客が騒ぎ回らないように目を光らせられるほど多くの係員はいなかったが、騒ぐ人などいなかったし、そんな観光客は過去にもいなかったのだと思う。きっと誰かが騒ぎそうな気配を察した瞬間、どこからともなく複数の警備員が現れ、対応後は再び背景に溶け込んで、誰の観光の邪魔にもならないようにしているのではないか。僕がタングに足袋を履かせていたら、ひとりの係員が驚いてこちらを二度見していた。城に傷でもつけられたらと心配してのことなのか、家族とのお出かけを楽しんでいるロボットが単に珍しかったからなのかはわからない。さすがの日本でも休暇を満喫するロボットはそうはいない。

「鶯（うぐいす）の床？」エイミーが段差の前にあった案内板を指差しながら言った。「どういうこと？」

「確かめてみよう」

僕はそう言うと、一段高くなっている廊下に上がって歩き出した。足元からキュッキュッキュッキュと、夕方の鳥のさえずりにも似た音が聞こえてきて、僕は家族を振り返ってにっこり笑った。エイミーとボニーも廊下に上がったが、誰より夢中になったのはタングだった。段差をよじ登り、廊下を目一杯の速さでガシャガシャと進んでいく。

ロボットが鶯張りの廊下を全力で〝走る〟と、鳥の歌うようなかわいらしいさえずりはかき消され、子どもの誕生日会の、ケーキを食べ終わったあとのどたばたにしか聞こえなくなる。おまけにタングは、長年にわたって無数の観光客が歩いてきた廊下はつるつるで、足袋を履いた足でなら、廊下の端から端までつーっと滑れることを発見してしまった。僕はタングを捕まえ、歴史的建造物は、ユネスコの世界遺産ともなればなおのこと、大事に扱わなくてはだめなのだと説教しようとしたが、タングは僕の話を右から左に聞き流した。

ふと気づくと、何人もの観光客がおかしそうにタングの動画を撮っていた。僕はタングの遊びをやめさせることは諦め、彼が飽きて先に進んでくれることを願った。そして、タングの動画が欧米人観光客の最低な行動の例としてインターネット上にさらされないことを祈った。

エイミーやカトウの同僚に勧められ、僕たちは関西にいる間に奈良にも足を延ばした。古（いにしえ）の都である奈良には足を運ぶ価値のある非常に名高い寺がいくつかあったが、同僚たちのイチ押しは公園だった。タングもボニーもきっと気に入るとのことで、まあ公園ならそうだろうなと思っていたのだが、同僚たちからはそれ以上の説明はなく、僕たちもそれ以上尋ねることがあるとは思っていなかった。

　とにもかくにも僕たちは日曜の朝早い電車で奈良に向かい、奈良公園へと足を運んだ。着いてすぐに、その場所を勧められた理由がわかった。公園の端の参道の入口に立つと、奥に大きな門が見えた。参道の片側には木々が茂り、反対側には木造の家屋が並んでいた。その前には露店がいくつも出ていて、多くが小さな白い袋を売っていた。

「パパ、あれ、なあに？」ボニーが尋ねてきた。

「確かめにいこうか」と言って、僕は一番近い露店に近づいた。英語ですみませんと話しかけ、知っている数少ない日本語の単語を総動員して、どうにか袋をひとつ、手に入れた。

「これ、鹿のね」

　そう言ってにこにこ笑う露店のおじいさんは四百歳くらいに見えた。おじいさんが僕たちの背後を指差す。振り返ると、タングやボニーの背丈と変わらない体高の鹿が一頭、そこに立って僕を見上げていた。いや、僕ではなく袋か。僕が露天商を見たら、彼はうなずき、もう一度鹿を指差したので、僕は鹿にせんべいをやった。

　とたんに、どこからともなく鹿が十頭ほど現れ、せんべいをもらおうと群がってきた。タングはパニックを起こして僕のふくらはぎにしがみつき、「怖い、怖い！」と叫んだ。一方、ボニーは僕から鹿せんべいの袋を取ると、すぐに夢中になって鹿の鼻を撫でたり、せんべいを分けてやったりし始めた。僕は露天商に礼を言い、もう三袋、せんべいを買い足した。だが、タングは袋を受け取ろうとはせず、僕も露店を離れて寺の門へと参道を歩く間に、タングに袋を渡すことは諦めた。早々に自分の鹿せんべいをあげ終わっていたボニーが、タングの袋も受け取った。エイミーと僕が自分たちの分もボニーに譲る頃には、ボニーは姿がほとんど見えなくなるほど、たくさんの鹿に囲まれていた。

「危なくないかしら？」エイミーが案じた。「隣にいてやるか、群れの中から連れ出すかした方がよくない？」

「鹿はお嬢さんを襲ったりしませんよ」

通りすがりの人が、僕たちの心配顔を見てそう言った。それを理解したかのように、ふいに鹿が群れの輪を解くと、その中心でボニーが嬉しそうに顔を輝かせていた。空になった四つの袋を手に、見たこともないほど顔一杯に笑っている。僕はエイミーを見て笑った。

「大丈夫みたいだよ」

三十四　ジャスミン・イン・ジ・オフィス

「週末を丸々みんなと離れて過ごすなんて、はじめは気が進みませんでした」

東京に戻った僕たちに、ジャスミンはそう言った。

「でも、ミスター・カトウもご家族の皆さんもとても優しくしてくれました。ミスター・カトウは約束どおり、図書館や書店に連れていってくれました。書店に並ぶ小さな本は必見ですよ。本当にすてきなんです。ミセス・リジーは本を三冊、買ってくれました。とても嬉しかったです」

「三冊？　日本語で書かれた本を？」エイミーが尋ねた。

「はい。しばらく前から日本語を学習していたんです」

「そうなのか？」と、僕は言った。「いつから？」

「みんなで日本に行くと決まった時からです。役に立つかもしれないと思って」

「そりゃおおいに役に立つよ。で、どれくらいわかるようになったの？　ちょっと話してみてごらんよ」

ジャスミンは口ごもり、まだ流暢には話せないし、そのせいで日本人をばかにしているような話し方に聞こえてしまうのも不本意なのでと、その場では話さなかった。それでも、カトウとの楽しい会話のおかげでいかにも観光客みたいな話し方は卒業できたと言った。日本語を理解し、僕の友人と彼の母語で話ができるジャスミンが、僕は少しうらやましかった。だが、嫉妬するのはお門(かど)違いかもしれない。僕自身がもっと日本語を学ぶ努力をしておけばよかったのだ。

「私たちがいない間、他には何をして過ごしたの?」エイミーが尋ねた。

「ミスター・カトウの会社に行って、何人か、同僚の方に会いました」

「土曜日に?」

「はい」ジャスミンはうつむくように赤い光を床に向けた。「皆さん、私に会って興奮しているようでした。その……理由はよくわからないのですけど」

エイミーは笑った。

「そりゃあ、あなたに会えて興奮しないはずがないわ、ジャスミン。考えてもみて。ボリンジャーによってタングの次に生み出されながら、それでも善良に生きる道を選んだロボットよ。黄金の心(ハート・オブ・ゴールド)と天才の科学技術を併せ持つロボットよ。興奮するなと言う方が無理だわ」

ジャスミンは光を床に向けたまま、視線を上下に泳がせた。褒(ほ)められて照れているのだ。

「〝黄金の心(ハート・オブ・ゴールド)〟の意味はよくわかりませんが、きっと人間なら理解できることだと思うので調べてみます」

「君は心優しいロボットだってことさ、それだけだよ」僕は言った。

「あっ、そうなんですね」ジャスミンは僕の言葉を咀嚼(そしゃく)するように少し黙ると、続けた。「それから、ミスター・カトウが少しの間、私の頭を外して……」

「外した？」

つい大声になった僕を、エイミーがちらりと見た。

「僕にはひと言の相談もなかったぞ！」

「いいんです」と、ジャスミンは言った。「私にいいかと訊いてくれましたから。ミスター・カトウのことは信頼していますし。ベンやクライド先生が見たものをミスター・カトウも直接見たいとおっしゃいました。私の仕組みを知りたいと」

「週末をジャスミンと過ごしたいのはそのためだと、たしかに言ってたわよ」エイミーも言った。「彼がジャスミンの内部を見たがるのも当然じゃない」

「そうだけどさ。それでも訊いてほしかったな」僕は腕組みをしたが、ジャスミンやエイミーの言うことはもっともだった。

「いろんなことがよくわかったと、ミスター・カトウはおっしゃいました」ジャスミンが言った。「それに見てのとおり、私は元気です。ミスター・カトウは私のことをとても慎重に扱ってくれました」

僕はうなずいた。カトウのことは僕も信頼している。彼はロボットの扱いをよく心得ていたし、僕たちの家族であるロボットを傷つけるような真似は絶対にしない。

「私の電気ショックの仕組みについても調べました」ジャスミンが続けた。「私自身、自分のこの力について理解が深まった気がします。ミスター・カトウも同じだそうです。今後の医療に幅広く応用できるとおっしゃっていました」

「そうなのか？」

「たとえばこの機能を家庭用ロボットに搭載すれば、親があの日のベンやエイミーみたいに、窒息しかけている我が子をただ見ているしかないという状況をなくせます」

「ボニーの一件を話したのかい？」

「はい。話の流れで」

「カトウは何て言ってた？」

「誰にでも起こり得ることだとおっしゃいました。だからこそ、研究を重ねて将来的には家庭用ロボットにこの機能を搭載したいのだそうです」

「すばらしいわ」エイミーが言った。

「窒息を防ぐ以外にも、たとえば除細動器などの医療機器の機能にも応用できたら、病院の負担も減らせるかもしれないとおっしゃっていました」

「しばらく前から考えていたみたいだな」僕は言った。

「そうだと思います」と言って、ジャスミンは僕たちの顔に赤い光を向けた。「ミスター・カトウの力になれて嬉しかったです。彼の今後の仕事の構想に関われたことも。皆さん、本当に親切にしてくださいました。私……私、人の役に立てた気がしました」

「君はロボットだぞ、ジャスミン、そりゃあ役に立つに決まってるさ」

僕は褒めたつもりだったのだが、ジャスミンはまた床に光を落としてしまった。僕の言葉の何がまずかったのだろう。

三十五　生き方を学ぶ場所

今回の東京滞在は家族全員にとって有意義なものとなった。とりわけエイミーにとってはそうで、コンサルティングを依頼したカトウの期待にしっかり応えた。そんなエイミーの東京での仕事も終わりが近づくと、彼女も僕も帰ってからのことを少しずつ考えるようになった。そして、それは僕たちだけではなかった。

ある夜、僕はボニーを寝かしつけようと、布団に入った娘の隣で畳にじかに寝そべりながら、頭を撫(な)でてやっていた。寝たかな、と思ったその時、ボニーが小さな声で言った。

「パパ、夏休みが終わっても学校に行きたくない」

僕の心は沈んだ。こうなる予感はしていた。

「学校には行かなくちゃならないんだよ、ボニー。そういう決まりなんだ」

「でも、学校嫌い」

僕は娘に腕を回し、頭のてっぺんに顎を載せて、抱きしめた。

「知ってる。かわいそうにな。でも、新しい学年になったら嫌いじゃなくなるかもしれないよ。新しい先生のことは好きになれるかもしれない」

「ならないよ」

「それはまだわからないだろう」

「わかるよ。私はタングとは違うもん。タングはみんなと仲よしになる。友達もいっぱいいる。私はいない」

「イアンがいるよ」

「うん。あと、タングも」

「な、そうだろう？　学校にはイアンとタングがいるんだから大丈夫、そう思わないか？」

ボニーは鼻をグスッとさせた。

「そうかも」

「大丈夫だよ、ボニー」そう言うと、僕はボニーだけでなく自分にも言い聞かせるように続けた。「絶対に大丈夫だ」

近頃は親になりたての人に助言を求められると、と言ってもしょっちゅうあることではないが、それでもたまに助言を求められた時に必ず言うのは、子どもには約束などしない方がいいということだ。ずいぶん冷たいじゃないかとか、最初から無理だと諦めるのかとお叱りを受けるかもしれない。普通は、できない約束はするなと言うものなのだろう。でも、自分のした約束を守れるかどうかなど、実際には誰にもわからないのではないか。人生とは時に意地悪で、よかれと思ってしたことさえも台無しにする。せっかくの約束を無意味なものにしてしまう。

ボニーの学校での教育についても、まさにそうだった。ボニーとこの会話をした直後にエイミーがスマートフォンを手に部屋に来て、ふたりで話したいから来てと僕に目配せをした。僕はボニーにキスをしておやすみと声をかけてから、部屋を出てエイミーのそばに行き、どうしたのと尋ねた。

「たった今、イアンのお母さんのマンディと話したの」

エイミーの声の調子から、何かあったのだとわかった。「それで?」

「イアンを学校に通わせるのをやめることにしたって。私たちには伝えておくべきだと思って連絡をくれたそうよ」

「えっ? 何で? スコットランドにでも戻るのか?」

「ううん、そういうことではないの。マンディたちの話では、イアンは学校生活が相当苦痛らしくてね。一年たっても全然なじめなくて、親の目から見てもいい方向に進んでいるとは思えないって。九月からまた学校が始まることを思って、イアンは日に日に自分の殻に閉じこもっていってるらしいわ」

僕はうなずいた。他人事ではなかった。

「だからって、単純に学校をやめさせるわけにはいかないだろう。就学は義務だろう？　今さっき、ボニーに学校には必ず行かなきゃならないと言い聞かせたばかりなのに。あの子に何て説明すればいい？　イアンの親は子どもの教育のことなどちっとも考えてないって言えばいいのか？」

「マンディたちだって真剣に考えてるわ」

「考えてないよ。だって、もう教育を受けさせないつもりなんだろう？　イアンがいなくなったら、ボニーはどうなる？　イアンをやめさせるなんて絶対にだめだ！」

「ちょっと待って」エイミーは両手を僕の胸に当て、落ち着かせようとした。「私は、マンディたちがイアンの教育そのものをやめるとはひと言も言ってないわ……」

「だからって、学校をやめさせていいってことにはならないだろう！　学校には通わせないと。義務なんだから！」

「それが義務ではないのよね」

「どういうことだ？」

「親には学齢期の子どもにフルタイムの教育を受けさせる法的責任がある。でも、学校に通わせる義務はないの」

僕は顔をしかめた。

「意味がわからない」

「マンディたちは、学校には通わずに家庭を拠点に学ぶ〝ホームエデュケーション〟という方法でイアンを教育すると決めたの。電話で知らせてくれたのは親切心からよ。自分たちの決断がボニーに及ぼす影響の大きさをわかってくれているから」

「ホームエデュケーション？　それって法的には認められるのか？」

「問題なく認められるわ」

「だけど、国が定める全国共通のナショナルカリキュラムはどうなるんだ？　試験やその評価として得られるグレードは？」

「ホームエデュケーションを受ける子どもが何らかのカリキュラムに従わなければばならないという法的な規定はないの。試験を受けなければならないという法律もない。資格を取得するに越したことはないけど、実際には、子どもが教育を受けられていないと地方自治体が判断するに足る正当な理由がない限り、カリキュラムに縛られる必要もなければ試験を受ける必要もないの」

衝撃的な話だった。イアンを家庭で教育するというマンディとアンディ夫妻の告白と、ホームエデュケーションに関するエイミーからの情報に、すべてが根底からひっくり返った。ボニーが心底恐れている、学校に通う苦痛から、あの子を救ってやれる道がふいに開けたのだ。あとは僕たちがそれを選択するかどうかだ。それからの数日間、エイミーと僕はボニーと話をする前に、まずはホームエデュケーションについて徹底的に調べた。マンディとアンディ夫妻ともビデオ通話をし、ふたりが知っている情報を共有させてもらい、ホームエデュケーションという選択肢を考えるに至った経緯や、どのように実行するつもりなのかを聞かせてもらった。

難しい決断ではなかった。ホームエデュケーションを行うにあたっては、学校の授業時間に合わせる必要も決まった時間に行う必要もないこと、また、ボニーが社会の生産的な一員となり、利己的な大人の世界でも自立して生きていけるだけの術を学び、成長できるなら、それはボニーにとって正しい教育なのだとわかったこと、これが大きかった。子どもの社会化についてもマンディとアンディの意見を訊いたら、反対にふたりから、ボニーは学校で他の子どもや先生方とうまくつき合えていると思うかと尋ねられた。もっともな指摘で、僕たちは懸念事項のリストから社会化に関する心配を消した。

イアンとボニーを家庭で教育するうえでの時間的な制約は、親四人で補い合うことにした。教育内容にしても、我々の獣医師、弁護士、そして小規模な会社の経営者という職業を考えれば、妥当な幅広さを確保できるだろう。その他の事柄についてはその都度考えていけばいい。

だった。あえてその日にしたわけではない。必要な情報が揃い、タイミングとしてもよかったのが、たまたま僕の誕生日だっただけだ。それでも、ボニーの反応は僕にとってはこれ以上ない誕生日プレゼントとなった。

「じゃあ、学校に行かなくてもいいの？」

「学校にはな。勉強はしなくちゃいけないぞ。たくさんのことを学ぶ必要があることに変わりはないからな」

ボニーはこくりとうなずいた。

「イアンと一緒に勉強できるの？」

「そうだよ」

「他の子たちとは会わなくていいの？」

「他の子どもたちとも会うのは大事なことだよ、ボニー。でも、もっとボニーに合った環境で会えるように、方法を考えてみるよ」

ホームエデュケーションの話を伝える間、ボニーの前にひざまずいていた僕とエイミーの首に、ボニーが左右の腕をそれぞれ回し、僕たちを抱きしめた。

「ママもパパも大好き」

一方、タングはホームエデュケーションという決断に難色を示した。

「僕は学校に行きたい」と言って、僕を、次いでエイミーを見ると、また僕に視線を戻した。

「ホームエデュケーションはすばらしいよ」と、僕は説明した。「タングとイアンとボニーの三人でいろいろなことを学べるし、学校みたいにいつ何をするときっちり時間を決められているわけではないから、きっともっと楽しいよ」

「でも、僕、いつ何をするかが決まってるの、好きだよ。金曜日はピザを食べるとかさ」

「タングは食べないじゃない」エイミーが指摘した。

「食べないけど、友達が食べるのを見てるもん。ピザの日はみんな嬉しそうなの。特別なの」

「それなら、うちでも金曜日はピザの日にするってのはどうだ？」僕はそう提案したが、タングが言っているのはそういうことではないと、本当はわかっていた。

「ピザがあっても友達はいないでしょ」タングは言った。「みんなが食べてるところは見られない。それに朝学校に行ったら、言葉の勉強の前にみんなで講堂に行ってぴょんぴょんジャンプするの。それも好きなんだよ」

「僕もエイミーもホームエデュケーションが一番いいと思うんだ、タング」僕はなおも説得した。「考えてごらん、もう誰もタングのポニーの鞄のことをからかったりしないよ」

「今だって誰もポニーの鞄のことをからかったりしないよ。ボニーがあの子にやめさせたから」

「間違ったやり方でね。ボニーにとっては、学校で勉強するより他の場所で勉強する方がずっと安心できるのよ」エイミーの言葉に、タングは彼女を睨んだ。

「僕は違うもん。ずっと学校に行きたくて、ベンとエイミーが行けるようにしてくれた。なのに、どうして今度は行っちゃだめって言うの？　ボニーは学校に行かないけど僕は行くのは、どうしてだめなの？」

それは考えていなかった。

「それだと大変だからだよ、タング。ボニーを連れていく必要がないのに、タングだけ学校に送っていくのは……」

僕ははたと口をつぐんだ。タングに学校に残るという選択肢を与えない、それどころか考慮さえしないのは、ボニーの教育上のニーズの方がタングのニーズより大切だと考えるに等しい。たとえそれが世間一般には普通の考えだとしても、僕もエイミーも子どもたちのことは分け隔てなく育てようと努めてきたし、人間かロボットかで天秤にかけるような真似だけはしないようにしてきたつもりだ。それなのに、無意識の差別という落とし穴にはまってしまった。僕はエイミーの目を見た。

「タングは学校に通わせたまま、ボニーを家庭で教育する方法がだめな理由ってあるか？」

「あなたが言ったように、ひとりは通わせてもうひとりは家庭でというのは、なかなか大変よ」と、エイミーは答えた。「でも……私たちの都合でタングとボニーの幸せを左右するのは間違っているわね」

エイミーが僕を見た。僕は小さくうなずいて、彼女が次に言おうとしていることへの賛同を示した。

「タング、あなたが学校に残りたいならそうしましょう」

タングは三十分足らず前のボニーとまったく同じことをした。腕を伸ばし、ありがとうと僕たちを抱きしめた。


僕自身は四十歳の誕生日をことさら大げさに祝う気はなかったのだが、エイミーは四十歳の節目としてではなくとも、この五年ほどの僕の大きな変化を振り返るためにもきちんと祝いたいと言った。

誕生日の過ごし方について、何日も前からふたりで、ああでもない、こうでもないと話し合った。エイミーに何をしたいかと問われ、わからないと答えておきながら、彼女の提案をことごとく却下しているうちに、自分はただ家族やカトウ一家と楽しく食事に出かけたいだけなのだと気づいた。そうと決まるとエイミーはさっそく調整に動き出し、祝いの席にふさわしく、それでいて子連れでも問題がなく、食事をしないロボットがふたり同席することも許してくれる店選びをカトウやリジーに手伝ってもらった。

ふたりはぴったりの店を見つけてくれた。東京の古きよき歓楽街、浅草の歩行者天国となっている通りに面した店だった。建物は古民家で、玄関を入ってすぐの天井には駕籠(かご)が吊り下げられ、席を仕切る木製のついたてには、京都で見たような景色の四季折々の様子が手描きで描かれていた。これまで目にしてきたのとはまるで違う東京の姿に、僕は不思議な気持ちになった。僕の知る東京はネオンとガラスと金属の街だったが、浅草では木造の家屋が軒を連ね、暖簾(のれん)が下がり、道を曲がるたびに神社が目に飛び込んでくる。

リジーの提案で、個別に料理を選ぶのではなくお任せコースをいただくことにした。リジーが僕の耳には流暢に聞こえる日本語でウェイトレスに注文する。彼女ははじめに子どもたちの方を示して注文してから、次に大人用にと、メニューにあるお任せコースを指差した。そのまま何やら話しながら、今度は僕の方を示したが、僕に聞き取れたのは〝サッポロ〟の一語だけだった。リジーとウェイトレスとカトウが揃って笑った。エイミーと僕は顔を見合わせた。さらにリジーが何か言うと、ウェイトレスはまあと息をのみ、くすくす笑って僕に向かってお辞儀をした。

「お店で一番大きなグラスにサッポロを注いできてねとお願いしたの。今日はベンの誕生日で、一番好きなビールはサッポロだからって。ついでに、今日で四十になって、もうすっかり歳なのよって教えておいたわ」

「何だよ、ひどいなあ！」口ではそう言ったが、ちっとも不快ではなかった。

僕はビールを飲みながら個室内を見回した。滞在中のマンションの部屋とけっこう似ている。畳の床と引き戸があり、他より奥まった一画には縦長の巻物みたいな絵がかけられ、生け花が飾られている。今はその奥まった場所の左右にタングとジャスミンが陣取っている。マンションの和室と違うのは、部屋の中央に置かれたテーブルの真下の床に穴が空いていて、椅子に座るみたいに床に座れるようになっている点だ。テーブルをしげしげと観察する僕を見て、カトウが言った。

「この方が床に普通に座るより膝が楽かと思ってね。君もすっかり歳だから」

「歳、歳、言うなよ。言っとくけどそっちの方がずっと年上なんだからな！」

「そうだよ、だから今日くらいはからかわせてもらわないと」カトウはそう言い、僕のグラスに自分のグラスをカチンと合わせた。

掘りごたつ式のテーブルは僕をからかう格好のネタになっただけでなく、ボニーが長時間、トモと潜って過ごせる場所にもなった。娘はその過ごし方がいたく気に入ったようだった。ボニーはカトウとリジーの息子のトモのことが大好きになっていた。年齢はトモの方がいくらか下だったが、通じ合うものがあるらしく、東京に来てからというもの、ふたりは会うたびにほぼ無言で仲よく遊んでいた。

「パパ、内緒のお話があるんだけど」と、ボニーがテーブルの下から僕の膝元にひょっこり顔を出した。

「何だい？」僕は声を潜めて尋ねた。

「私ね、トモと結婚する」ボニーはそう宣言した。

「そうなんだ」僕はささやき返した。「イアンじゃなくて？」

ボニーは、僕がたった今、ポムポムの顔を平手打ちしたかのような顔をした。

「そんなわけないでしょ、パパ」と、大きな声で言う。「イアンは友達だよ。そんなのわかってるでしょ」

僕は真顔を保つのに苦労した。

「そうか、そうだよな。ボニーはトモと結婚するのか。でも、トモの意見は聞かなくていいのか？」

ボニーがまた変な顔をした。眉間（みけん）に深いしわを寄せ、パパは英語ができなくなっちゃったのかと困惑している。

「何で聞かなきゃだめなの？　いいことなのに」

ボニーのこうと決めたら揺るがないところは尊敬する。

三十六　恋を知ったロボット

　聞いたこともない日本料理の数々を堪能し、すっかり満腹になったところで、皆で僕たちのマンションに戻った。ボニーを寝かせ、その隣に布団を敷いてトモも寝かせた。翌朝はカトウがマンションまでエイミーを迎えにきて一緒に会議に向かうことになっていたので、カトウは、このまま今晩はトモもマンションに泊め、翌朝自分が会社まで連れていくと言った。リジーが、それなら会社には私が引き取りにいくと請け合った。ロボットふたりは大人と一緒に起きていることにしたようで、僕たちも反対しなかった。

　酒をウィスキーに替えることにして、カトウとリジーが誕生日祝いにくれたボトルを開けた。僕はウィスキー通でも何でもないが、バランスの取れた繊細な味わいや熟成を経て生み出された白檀(びゃくだん)のような香りはわかった。ラベルにもそのように書かれていた。日本の味がした……僕にはそれ以外に説明する言葉が見当たらない。

　皆で僕の健康を祈って（〝いつまで続くかわからないけど。もう歳だから〟）乾杯すると、エイミーとリジーがカラオケをしたいと言い出した。前に日本に来た時の僕のカラオケの話を、カトウがさんざんしたせいだ。エイミーは早くも自分のスマートフォンにカラオケアプリをインストールし、収録曲に目を通し始めている。僕もそれなりに酒が入っていたから「よし、やるか」と応じたが、何曲か歌うと、次は他の人が歌ってよと促し、冷蔵庫に水を取りにいった。タングが立ち上がり、歌ってみると言っているのが聞こえた。

居間に戻り、皆が楽しそうに過ごしているのを見て、僕は少しの間バルコニーに出て外の空気を吸うことにした。バルコニーの柵にもたれて街を眺めた。深夜零時近いのに、まだまだ活気にあふれている。だが、街の喧噪もバルコニーまでは届かない。人の大勢いるプールで、水中から物音を聞いているみたいな感覚だ。最上階のバルコニーにいると、地上よりそよ風を感じられるのもいい。僕は東京の夏の湿度に少々まいっていた。それでも八月の下旬ともなると、日本でも英国と同様に季節は移ろい始めていて、待っていたそよ風が、何をしても額にかかる、僕の鬱陶(うっとう)しいくるくるの前髪を揺らした。僕は邪魔な髪をかき上げた。髪はすぐにまた額に落ちてきた。

僕はパーティでは皆の集まっている部屋の隣室にいるのが好きだ。静かだが、愛する人たちの楽しげな声は聞こえてくる。ほっとする。そう思って、自分は恵まれていると改めて実感した。両親が死んだ時に一度、その後エイミーが家を出ていってしまった時にもう一度、僕は人生のどん底を味わった……。そこから這い上がり、今こうしていることが何だか嘘みたいだった。今年はここまであまりよい年ではなかったが、環境を変えてみたことで僕たちはすぐに家族の絆を取り戻した。現実から逃げるだけが答えだとは思わないし、実際そうではない。かつて誰にも行き先を告げずに数ヵ月も世界をさまよった男が言うのも何だが。まあ、しかし、それはそれ、過去の話だ。もうあんな真似はしない。ただ、時には休むことも必要で、人生からも、人からさえも距離を置いた方がいい時もある。だからこそ休暇があるのだ。

僕たち家族も、日常の問題から少し距離を置く時間が必要だった。来週帰国したら、きっとすっきりとした頭と新たな気持ちで、中断していた現実の生活に戻れるだろう。

背後でウィーンと小さな音がして、肩越しに振り返ると、バルコニーに出る窓のところにジャスミンがいた。僕が笑いかけると、ジャスミンは隣にやって来て空中に静止した。

「気分はいかがですか?」ジャスミンが尋ねてきた。

「とってもいい気分だよ、ジャスミン。どうしてそんなことを訊くんだい?」

「ひとりでここにいらしたので……人はよく、悲しくなるとひとりになりますよね? でも、人が〝ひとりになりたい〟と言う時は、本心では〝気にかけて様子を見にきてほしい〟と思っている気がするんです」

僕はふっと鼻から息を吐くように短く笑った。

「君の洞察力はすごいな、ジャスミン」

ジャスミンが赤い光を床に向けた。はにかんだ時の仕草だ。

「ありがとうございます」

「でも、今は本当に気分がいいんだ。気にかけてくれてありがとうな」

ジャスミンを肘で優しく突いて感謝を伝えると、彼女は赤い光を上向かせ、僕の目を見つめた。

「今は悲しいどころか、幸せな気分だよ。外に出たのは景色や音を楽しみたかったからだ。それに部屋の中は少し暑かったから、外の空気が吸いたくなったんだ」

「明かりがとてもきれいですね」

ジャスミンの口調がほとんど問いかけるようだったので、僕はこう返した。

「そうだね。美しい夜景を求めて、わざわざ高いところに上る人も多いんだよ」

ジャスミンは自分の気持ちを自信を持って表現することがいまだに苦手だ。だから、彼女が思っていることを口にした時にはできる限り共感を示してやりたい。

それからしばらくは心地よい沈黙が流れていたが、そのうちにジャスミンがそわそわし始めた。僕の視界の端で、視点が定まらずに赤い光をきょときょと動かし、体もいつもより小刻みに上下させている。

「どうした？」たまりかねて、そう尋ねた。

「何でもありません」明らかに何かがある時に人がする答え方だ。

「よかったら話してごらん」

「話すことなどありません。いえ……ひとつだけあります。あるかもしれません。自分でもよくわかりません。やっぱり何もないかもしれません」

僕は柵にもたれるのをやめて、ジャスミンに向き直った。

「ジャスミン、本当は何か言いたいことがあるんだろう？　それを話さないうちは落ち着かないと思うよ。だから吐き出してごらん。ちなみに訊かれる前に言っておくけど、今のはただの表現で、実際に吐けってことじゃないからな」

「前に愛について教えてくれたことを覚えていますか？　愛していると、どうやってわかるのかや、相手にどのように伝えたらいいかについても話してくれました」

「覚えているよ」

「実は……私、好きな人がいるんです。愛していると、はっきりわかりました」

「すてきなことじゃないか。彼には伝えたの？」

ジャスミンが赤い光をぱっと僕に向け、すぐにまた床に落とした。

「まだです」ジャスミンはそう答えると、続けた。「待ってください……誰にですか？」

「タングに決まってるじゃないか。あいつに伝えてないの？」

「伝えるって、何をですか？」

「愛してるってことだよ！」

「タングを？」

「そう。今の話はそういうことだろう？」

「タングを愛しているわけではありません。いえ、愛しているとは思いますけど、今話しているのはタングのことではありません」

「そうなのか。いや、待って……どういうことだ？　相手がタングじゃないなら、ジャスミンが愛しているのはいったい誰なんだ？」

「あなたです、ベン。私が愛しているのはあなたです」

「僕？」

「そうです。はじめは確信を持てませんでした。でも、あの時、事故のあとに意識が戻ってあなたがそばにいるのを見た時……わかったんです。気持ちを伝えずにはいられなくなった時が好きだと伝える時だと、前に教えてくれたでしょう。だから、伝えます。ベンのことが好きです」

　突然やって来た誰かにビルから突き落とされたような気分だった。誰も突き落としにこないなら、いっそ自ら飛び降りたい。〝ジャスミンはただのロボットじゃないか。

ロボット相手にどうしたらこんな状況になるんだ？〞と思う人もいるだろう。それでも、告白をしているのが誰であろうと何であろうと、片思いは片思い、恋をしてしまったものはどうしようもない。

永遠のような数秒の間に、複雑なロック機構が解錠されていくような感覚を覚えた。心の掛け金が外れ、脳の歯車が回って開いた扉の向こうにあったものは、果てしない苦悩だった。ジャスミンの告白という衝撃の中、僕はこの状況から救い出してくれる何か、ジャスミンに今の言葉を撤回させる何かを求めて周囲を見回した。室内に戻る掃き出し窓の敷居のところに、タングが立っていた。

「タング」僕のせいではないのに、つい後ろめたい口調になった。「そんなところで何をしてるんだ？」

僕の間抜けな質問には答えず、タングはまっすぐにジャスミンを見て尋ねた。

「ジャスミン、今、ベンに何て言ったの？」

どうか嘘をついてくれと、僕は祈った。別にたいしたことは言っていない、タングが何を聞いたにせよ、それは聞き間違いだと言ってくれ。しかし、そうはならないのがジャスミンだ。彼女は人間に恋をしたロボットのジャスミンから、どこまでも論理的で任務を果たすために作られたロボットのジャスミンに戻り、今しがた繰り広げられた会話をそのままタングに伝えてしまった。

「ベンに愛の告白をしていたところです。だいぶ前から愛していたけれど、今まではその気持ちを伝えていませんでした。でも、ベンが誰かを愛したら気持ちを伝えた方がいいと教えてくれたので、告白しました」

おいおい、ジャスミン、そこで僕まで巻き込むか。タングが僕を見た。

「ベンもジャスミンを愛してるの？」

タングの言葉に、僕とジャスミンは同時に彼に近づこうとした。僕は「違うに決まってるじゃないか」と言いながら、ジャスミンは、ベンは私と同じ気持ちではないというようなことを言いながら。だが、僕たちが一度に話し、近寄ろうとしたせいで、タングは驚いて混乱し、後ずさりをした。

「何でベンを愛してるの？　ベンは違うのに……ベンは……僕はそうなのに……でも……僕……」

タングは自分の気持ちを的確に表す言葉を懸命に探していたが、見つからないようだった。タングは昔から愛を理解していた。彼にとっては当たり前の感情だった。ただ、タングの知る愛は温かく幸せな類いの愛だった。人をそれまでのひどい人生から救い出し、新たな人生を与えてくれる愛、家族や友達を結びつける愛だった。恋人同士の愛ではなかった。僕がタングと出会った頃に感じていた、エイミーを愛するがゆえの心の痛みをタングは味わったことがない。彼の知る愛と恋愛感情との違いを、まだ知らない。知るはずもない。タングはボニーと同じでまだ子どもだ。気づいた時にはもう恋に落ちていたというような経験をする日が近い将来やって来るだろうが、今はまだボニーもタングも恋の痛みなど知る由もない。

今、タングにわかるのは、ジャスミンが抱えている感情によって、タングを取り巻く家族の状況が永遠に変わってしまったということだ。そして、ジャスミンの思いが向けられている相手は自分でもなければ、同じ年頃の自分の同級生でもないということだ。もっとも、同級生の中にタングやジャスミンと同類の存在はいないことを思うと、彼らの誰かに恋をするというのはタングには考えにくかっただろう。しかし、ジャスミンはその事実も、誰かを好きになるのに理屈など関係がないこともわかっていた。タングとジャスミンは傍目(はため)には理にかなった組み合わせで、タングとすれば理由はそれだけで十分だったが、ジャスミンにとっては……論理的に考えることしか知らなかった彼女の方が理屈に合わない恋に落ち、もはやその気持ちを止められなくなっていた。

僕たちは知らずと声が大きくなっていて、それに気づいたエイミーが様子を見に出てきた。タングはきびすを返し、怒った足取りでエイミーと入れ違いに室内に戻っていった。ジャスミンは赤い光をこちらに向けて僕の目を見たが、その視線を地面に落とし、タングを追いかけた。僕はエイミーとふたりきりになった。

エイミーはすぐに事情を察し、僕を責めた。

「ひどいじゃない。タングの気持ちをあんなふうに傷つけるなんてあんまりよ」

「待てよ、僕は何もしてないよ！　バルコニーに出てきて、いきなり好きだと告白してきたのはジャスミンの方だ。僕にどうしろって言うんだよ？」

「こうなることはわかってたじゃない！」

「へえ、そうか。悪いのは僕か。ロボットの心を読めず、少しでも優しくしようものなら、いらぬ誤解を招く恐れがあると気づけなかった僕が悪いのか？」

「そうよ、そのとおりよ！」エイミーが腕組みをした。

「君はわかってたって言うのか？」

「わかってたに決まってるじゃない、ばかじゃないのよ！」

僕はかぶりを振った。思わず苦い笑いが漏れた。

「だったら、どうして忠告してくれなかったのさ？」

「したわよ！　何度も忠告しようとしたわ」

「何度も？　たとえばいつだ？」

「ロンドンでの読書会の集まりにつき添うべきではなかったと言ったじゃない……」

「言ってないよ！　君はあの時、ロンドンまでついていってあげるなんてずいぶん優しいのねって言ったんだ！　それのどこが忠告なんだ？」

「はっきり言わなくても察してくれると思ったのよ」

「無茶言うなよ、エイミー。そんなの無理に決まってるじゃないか。僕があのひと言で、ジャスミンの気持ちや、それがはらむ危険を推し量れるわけがないだろう?」

「私なら気づいたわ!」

「だとしても、僕には無理なことくらい、わかりきったことじゃないか! これが人間の女性だったなら、僕だってもう少し気をつけたかもしれないけど……」

僕ははっとして口をつぐんだ。エイミーが愕然(がくぜん)と口を開く。

「最後まで言いなさいよ」

エイミーはそう言ったが、僕は続けられなかった。自分が言おうとしていたことを自覚すると同時に、言葉が舌の上で干上がった。僕はかぶりを振った。エイミーもかぶりを振り、歯を食いしばった。

「だったら私がかわりに言う。あなたは、ジャスミンはただのロボットだというようなことを言おうとしたんでしょう? ロボットと人間とが本物の恋に落ちるなんて、考えたこともないって。これまで家族みんなでたくさんのことを乗り越えてきた。あなた自身もロボットのよき理解者のつもりでいた。味方のつもりでいた。それなのに、ジャスミンの体の内側にあるものがあなたには見えていなかった。彼女の意識や心をちゃんと見てはいなかった。ジャスミンをちゃんと見てはいなかった。彼女のこと、一度でも……ロボットを育てるプロジェクトとして以外に見たことがあるの？」

周囲の景色がぐらりと揺れた。吐き気がした。エイミーの言葉を笑い飛ばしたかった。ばかなことを言うなよと否定したかった。だが、できなかった。僕は傍らにあったベランダ用の椅子につかまり、座ると、両手で顔を覆った。エイミーが泣き出した。

「タングのことは？」一分ほどして、エイミーが尋ねた。

「タングが何だ？」僕は顔を上げずに、くぐもった声で訊き返した。

「タングのことも同じように見ているの？　あなたは心のどこかで、タングに対する気持ちはボニーに対するものとは違うと感じているの？」

僕はとっさに怒鳴り返したくなった。一瞬でもそんなことを考えた彼女を罵りたかった。だが、僕に怒る資格などなかった。エイミーがなぜそのような質問をしたかは理解できたし、真実を伝えるには己の心の奥底をのぞいてみなければならなかった。時間はかからなかった。一瞬ののち、僕はエイミーを見上げて言った。

「ボニーを愛するようにタングを愛してる。それが本心だ」

エイミーは僕の目を見つめると、隣に来て椅子の肘置きに腰かけ、僕を抱き寄せた。彼女の心臓の鼓動が聞こえた。

三十七　ジャスミンの選択

　翌朝、カトウがエイミーとトモを迎えに来た時、僕たち家族は鬱々(うつうつ)として黙りこくっていた。昨夜は皆、あまり眠れなかった。ボニーとトモ以外はそもそも寝たのが遅かったこともあるが、その結果がこの有様だ。僕は疲れてむっつりとしたまま、エイミーが出かける支度をする間に子どもたちを起こし、ほとんど無言で朝食を準備した。

　昨夜はカトウとリジーが帰ったことにも、エイミーが僕のところに来たのと入れ替わりにタングとジャスミンが室内に戻るのを、カトウとリジーが見ていたことにも気づかなかった。エイミーが僕に話をする間、カトウとリジーがタングやジャスミンとしばらく話をしていたことも知らなかった。僕は自分の殻(から)に閉じこもって世界が崩れていくのをただ見つめるばかりだった。ここから何百キロ、何千キロと離れた自宅にいるのであればいいのに、すべてが落ち着いていた頃に戻れたらいいのにと、そればかり思っていた。だが、本当は何ひとつ落ち着いてなどいなかった。だからこそ家族で東京に来た。エイミーは仕事の現状に満足できずにいら立っていたし、タングはネコを亡くしたうえに、気を紛らしてくれる学校も休みに入って退屈していた。ジャスミンは自分を理解してくれそうだと期待した人たちから拒絶され、ボニーは……ボニーはとにかくずっと元気がなかった。

そのすべてを忘れるために日本に来て、実際忘れて過ごしていたのに、僕がジャスミンの好きな相手はタングだと思い込んで用心しなかったばかりに、ジャスミンは僕への思いを募らせ、こんなことになってしまった。ジャスミンに愛について説明しなければよかった。読書会の集まりにもつき添わなければよかった。エイミーの車のトランクで動けなくなっているジャスミンを見つけた時、自分で何とかしようとせずに機械工を呼べばよかった。後悔ばかりが募った。ボニーのトーストにバターを塗っていた僕は、ナイフを置き、両手で髪をかき上げてそのまま押さえると、両肘をくっつけるようにして顔を覆い、思考を遮断しようとした。だが、閉め出すことなどできなかった。

玄関の呼び鈴が鳴り、僕は大股で玄関に向かうと、すぐにカトウを部屋に通した。

「今朝のみんなの様子は聞くまでもないな」カトウはそう言って、トモの髪をくしゃくしゃと撫(な)でた。「この沈黙がすべてを物語っている」

「詳しい話は会社に向かう間にエイミーに聞いてくれ」と、僕は言った。「まあ、カトウが昨夜目にしたこと以外につけ足す情報なんて、ほとんどないけどな。タングは、ジャスミンが僕を好きになったのは僕のせいだと言っている。エイミーもだ。ジャスミンは僕が彼女の気持ちに応えられないことを嘆いているけど、僕にはどうしようもない。ボニーは何が起きているのかはわかってないが、僕が原因であることは見抜いていて、東京に来てからは家にいた頃よりみんな幸せだったのに、そうじゃなくなっちゃったのはパパのせいだと思っている。僕たちはこの先どうなってしまうんだろう?」

カトウは理解を示すようにうなずいたが、何も言わなかった。

エイミーがカトウの声を聞きつけ、一分で支度すると言うと、五分後に会議のための身支度を整えて部屋から出てきた。それからほどなくして、エイミーは僕にタングとボニーを任せ、カトウとともにマンションをあとにした。出かけ際、エイミーはロボットたちの部屋のドアをノックし、呼びかけた。

「ジャスミン、一緒に出かけるわよ」

エイミーがドアを開くと、ジャスミンが出てきた。彼女は赤い光をエイミーと僕に交互に向けたが、僕は目をそらした。ジャスミンとこれ以上目を合わせる勇気はなかった。目を合わせたがために、ジャスミンが何か勘違いをしたらと思うと怖かった。

「ここに残りたいです。ベンと」

ジャスミンの言葉にエイミーと僕が鋭く睨むと、ジャスミンは口ごもりながら続けた。

「……それからタングと」

ジャスミンはそれなりに自分を客観視できるので、僕たちの視線の意味も察してくれたが、残念ながら最後のひと言に説得力を持たせることはできなかった。

「だめよ、ジャスミン」

エイミーがそう言うと、分別のあるジャスミンはそれ以上反論しなかった。カトウが道を空けると、ジャスミンは彼の横を通り過ぎ、玄関に向かった。かたくなに床に光を落としているのが、こんな状況を招いた己を恥じているためなのか、それとも告白の結末を悲しんでいるためなのかは、僕にはわからなかった。ジャスミンに続いてカトウとトモとエイミーも玄関を出ていき、マンションには僕と、押し入れに引きこもったタング、そしてタングはなぜ出てこないのだろうと首を傾げているボニーの三人だけになった。

タングは押し入れから出ることも僕と話すことも拒否し、ボニーとしか口をきかなかった。それさえ、僕に〝あっち へ行け〟と伝えてもらうためだけだ。ジャスミンがエイミーと出かけてくれてよかった。もしジャスミンもマンションに留まっていたら、ボニーは彼女と口をきかなかっただろう。ボニーはジャスミンよりタングとの共通点の方がはるかに多く、それゆえにジャスミンよりタングを思う気持ちの方が強い。それに、ここに残っていたならジャスミンは僕と話をしようとしたかもしれず、今はそれだけは避けたかった。ジャスミンが何を言ったところで起きてしまったことは取り返しがつかないし、考え直して私を好きになってほしいと請われるのは僕には耐えられない。

その日、エイミーやジャスミンとともにマンションに戻ってきたカトウは、エイミーが着替えをしにいくと、僕を部屋の隅へ連れていった。タングは相変わらず押し入れに立てこもったままだったが、タングを待ちくたびれたボニーは畳の上で寝てしまっていたので、僕は掛け布団をかけておいてやった。ジャスミンは誰とも話したくないのか、まっすぐバルコニーに向かった。僕は少しほっとした。

「彼女、どんな様子だった？」僕はジャスミンの方を示しながら、カトウに尋ねた。

「いろいろな理由で傷ついているけれど、どの理由が一番つらいのかはわからないみたいだね」

「それはそうだよな」

「僕やエイミーがクライアントと会っている間、ジャスミンには会社で少し仕事をしてもらった。以前彼女に話していた調査や分析の手伝いをしてもらったよ」

「そうか。彼女の仕事ぶりはどうだった？」

「すばらしかったよ。他のことに集中している間は気も紛れたみたいだ。僕としてもとても助かった。ジャスミンは立派な戦力になっていたよ」

「そうだろうね、想像がつくよ。帰国したら、何かジャスミンが取り組めるものを探してやらないとな。この嵐が収まってくれればの話だけど」

「そうだね。実はそのことで君に相談があるんだ。もしジャスミンが、そしてもちろん君たち家族が、ジャスミンは皆と一緒に帰国しない方がいいのではないかと思うなら、ジャスミンには我が家に来てもらい、リジーやトモや僕と一緒に暮らしてもらいたいと考えている。そして、よければ引き続き僕の会社で働いてもらいたい」

「気持ちはとてもありがたいよ。でも、そんなことになったらタングがどう思うか。ジャスミンも僕たち家族の一員だ。それなのに、もう一緒には暮らせないと彼女に言ったなら、傷つくのはジャスミンひとりじゃない」

カトウはうなずいた。

「そうだね。でも、もし気が変わるようなら、僕はそういう心づもりでいるから」

「ジャスミンはこのことは知ってるのかな?」

「知ってる」

「本人は何と言ってるの?」

カトウはため息をつくと両手を腰に当てた。

「君と離れたくないって」

僕は両手で顔を拭ったが、ジャスミンの言葉に驚きはしなかった。

「どうすればいいのかわからないよ、カトウ」

「普通の暮らしを続けることだ。できる限りね」

「普通の暮らし？　カトウ、機械学習の機能と本物の意識を持つ、唯一無二の宙に浮くロボットが僕に思いを打ち明け、家族のバランスをめちゃくちゃに壊して、こんな状況を招いたんだぞ――」僕は辺りを示すように腕を振ったが、具体的に何を示したいのかは自分でもわからなかった。「そんなことがあったあとで、僕たちはこの先何を〝普通〟としたらいいんだ？　そもそもが普通とは言えない家族なのに」

カトウが帰り、タングもようやく説得に応じて押し入れから出てくると、ジャスミンが皆に話があると言った。何を言うつもりだろうと、僕は緊張した。他の家族も同じ気持ちだったに違いない。それでも聞きたくないとは言えなかった。ジャスミンには、せめて壊してしまった家族関係を修復するチャンスを与えてやるべきだ。それに公平を期すなら、ジャスミンは僕がこうしたらと提案したとおりに行動しただけだ。彼女が不憫に思えてきた。自分の行動がこんな事態を招くとは夢にも思っていなかっただろう。

「ミスター・カトウから、東京に残って一緒に働かないかと誘っていただきました」

ジャスミンは僕たちの前で上下に揺れながらそう言った。

「そうみたいだね」余計な口を挟まなければよかったと、言ってから後悔した。

「ミスター・カトウから聞いたのですか？」ジャスミンが尋ねた。

「うん、聞いた。君が僕と離れたくな……君は断ったと聞いた」

「はい」

ふと気づいたらジャスミンと僕の間だけで話が進んでいて、僕はエイミーをちらりと見た。もういつタングが会話に割って入り、異論を唱えてもおかしくない。

「私もカトウから聞いたわ」

そう言ってくれたエイミーに、僕は目顔でありがとうと伝えた。

「ミスター・カトウの提案について、もう一度よく考えてみました」

ジャスミンの言葉に、エイミーと僕は顔を見合わせた。

「そして、お受けすることにしました。お許しをいただけるなら、このまま日本に残ろうと思います。ミスター・カトウの家族の一員となって、彼のロボットの仕事を手伝おうと思います」

「やだーーー！」タングが叫んだ。「ジャスミンも一緒に帰らないとだめ。残るお許しなんてあげない。そんなの僕は許さない！」

タングの反応がつらくて、ジャスミンは家族の顔を見比べるように赤い光を落ち着きなく左右に動かした。

「ごめんなさい、タング。でも、ベンが私と同じ気持ちになってくれそうにない以上、他に方法はないと思うんです」

僕は思わず天を仰ぎたくなった。ジャスミンには恋愛感情を知るだけでなく、デリカシーも身につけておいてほしかった。だが、ジャスミンはあくまでジャスミンだった。僕は視界の端にこちらを見つめるタングの姿をとらえた。次の瞬間、タングがわめき出した。

「ベンはネコを死なせて、そのあと自分でジャスミンを生き返らせた！　それなのに、もうジャスミンはいらないからって日本に置いてって、僕と離ればなれにするの！」

「タング、その言い草はないだろう！」さすがに頭にきて言い返した。「ジャスミンはカトウから一緒に暮らさないかと提案され、それを受け入れたいと、僕たちの許しを求めている。僕はジャスミンが僕を好きになるように仕向けたつもりも、こんな決断をするように促したつもりもないし、これでいいとも思ってない。ジャスミンが今どんな気持ちでいるか、少しは考えろ」

タングは僕を睨みつけ、床にガシャンと座ると、両手で胸のガムテープをいじりながら抗議の座り込みに入った。

「ジャスミンも一緒に帰るの！」

「もういい。ジャスミン、あっちで話をしよう」

僕はジャスミンにバルコニーに出るよう促し、僕もあとに続くと、掃き出し窓を閉めた。一緒に帰るようにジャスミンを説得できれば、ジャスミンとタングは今ある絆を見つめ直せるかもしれず、最終的にはすべてが丸く収まるかもしれない。僕はジャスミンの前でバルコニーを行ったり来たりしながら、言うべきことを考えた。その間、ジャスミンは辛抱強く待っていた。

しばらくして足を止めると、僕は両手の指先を尖塔のように合わせ、ジャスミンの方に向けた。

「なあ、ジャスミン。一緒に家に帰ろう。君も僕たち家族の一員なんだ」

「でも、あなたは私を愛してはいません。それを知りながらベンのそばにいるのはつらいです」

「ジャスミン、誰かを愛する気持ちはひとりだけに限定されるものではないよ。たとえば、僕もエイミーもボニーを愛するのと同じようにタングを愛しているし……」

「でも、私を愛してはいません」

「そうは言ってない」

「同じことです。タングやボニーと同じだけ愛してくれているとしても、私への愛はエイミーへの愛ほど大きくはないでしょう」

「大きさの問題じゃないよ……」

「そうですよね。ごめんなさい。ただ、エイミーへの愛と私への愛は違います」

「そうだな、エイミーへの愛とは違う」

つかの間、痛いほどの沈黙が流れた。僕は前向きに考えようとした。

「でも、ジャスミンの僕への気持ちも、君が思っているような恋心とは違うかもしれないよ。それに、それが恋心だとしても、タングのことも愛せるかもしれない」

「タングのことは愛しています。でも、今話しているのは恋愛感情としての愛でしょう？　ベンは、私があなたを愛するようにタングのことも愛せるはずだと言うのですか？　ジェーン・エアがロチェスター氏を愛したように……あなたとタングのふたりを愛せると言うのですか？」

返事に窮（きゅう）した。そこまで深く考えていなかった。それでも僕はこう答えた。

「それは……うん、そうだな。それだって考えられるんじゃないか？」

ジャスミンが赤い光を僕に向けた。目が合った瞬間、彼女が次に言おうとしていることがわかったが、遅かった。

「私がタングのことも愛せるかもしれないと言うのなら……ベンだって私を愛せるかもしれませんよね？　理屈としては」

僕は選択を迫られた。ここで、いや、君をそんなふうには愛せないと答えたら、ジャスミンはタングを愛する可能性を完全に排除してしまうだろう。だからと言って、可能性はゼロだと知りながら愛せるかもしれないと答えたなら、偽りの希望を与えることになる。僕はこれまで自分がロボットに恋をする可能性について考えたことはない。ましてやロボットに恋をされるなど、思いも寄らないことだった。それでも心の中では、この先もジャスミンに対して彼女と同じ思いを抱くことはないとわかっていた。

「ごめん。エイミー以外の誰かを愛するなど、僕には考えられない。離れていた間も気持ちは変わらなかったし、今も変わらず愛している。たしかに人は同時にふたり以上を愛することもあるだろう。生きていく中で関わる人が増えれば増えるほど、愛が芽生える可能性も増えるのかもしれない。それでも、ジャスミンの僕に対する気持ちに、同じように応えることはできない」

ジャスミンは僕から離れて掃き出し窓の方へと後ずさりした。

「それならば、私のタングに対する気持ちがけっして変わらないこともわかってください。そして、そうである以上、やはり私が東京に残るのが最善の道だと思います」

僕はうなずいた。ジャスミンを説得して考えを改めさせるなど、どだい僕には無理だった。それどころか最後には彼女の決断を容認してしまった。タングは一生僕を許してくれないかもしれない。

「ベン、もし気が変わることがあったら……」

僕は微笑した。

「連絡するよ。約束する」

ジャスミンはその場で体を上下させると、室内に戻っていった。

タングはジャスミンが空港まで見送りにくることを拒み、結局はそれを知ったカトウの申し出により、僕たちが荷物をまとめて空港に向かうのに合わせてカトウにジャスミンを迎えにきてもらい、自宅まで連れ帰ってもらうことになった。誰もさようならを言う気分ではなく、僕はその場のあらゆる痛みと緊張の中心軸となってしまった気がした。そうなることを自ら引き受けたわけでも望んだわけでもないのに。僕はただ自分の人生を生きたいだけだった。

カトウがマンションに着いた時、タングは自分の部屋をのろのろと歩きながら、そう多くはない、こまごまとした持ち物をバックパックに詰めていた。ジャスミンも一緒で、自分の気持ちをタングに説明しようとしていた。カトウを家に上げると、僕たちはロボットたちを呼びにいったが、部屋のそばまで行ってみたら、タングとジャスミンの話はまだ終わっていなかった。

「わかってください、タング」と、ジャスミンが訴えかける。「あなたを傷つけるつもりはなかったのです……」

タングは床を睨み、胸元のガムテープをいじった。

「……あなたを傷つけることになるとは、本当に思っていなかったんです。悲しい思いをさせてごめんなさい。私……どうかベンを責めないで。彼にはどうすることもできないことだったのです」

「できたよ」と、タングはつぶやいた。「ベンがジャスミンと話さなければよかったんだ」

エイミーが僕をかばおうとタングの元に行きかけたが、僕は彼女の腕に触れて引きとめた。

「そんなふうに考えるのはおかしいですよ、タング」ジャスミンが諭す。「ベンは私をあなたたち家族の中に迎え入れてくれました。エイミーもです。私にもともと与えられていた任務は、あなたたち家族を傷つけるものだったのに、ふたりは本当の私を見てくれました。私を救ってくれました。私とまったく話をしないままでは、そんなことは不可能でした。タングは、事故のあと、ベンが私をエイミーの車のトランクに放置して、そのまま捨ててしまった方がよかったと言うのですか?」

タングは目だけを動かしてジャスミンの赤い光を見上げ、そのまま数秒間見つめ続けた。そして、言った。

「ジャスミンが僕を傷つけたのはほんとだもん」

ジャスミンが光を床に落とし、再び沈黙が流れた。しばらくして、タングが言葉を続けた。

「でも、ベンは絶対にジャスミンを車に放ったらかしになんかしない。死なせたりしない。僕のことも死なせなかった。ベンはロボットを救うのが上手なんだ。動物を救うのはあんまり上手じゃないけど、ロボットは救ってくれる。前よりもっとよくしてくれる」

「そうですね」と言って、ジャスミンは光を上げてもう一度タングの目を見た。「ベンはそういう人ですね。私たちを、作られた目的以上の存在にしてくれます。タング、あなたのことは一生忘れません。あなたは私が初めて出会った私と同じタイプのロボット、仲間です。これからもずっと大好きです」

「同じタイプ?」タングは訊き返した。「僕のこと、ジャスミンと同じタイプって思ってくれてるの? でも、ジャスミンはとっても……ぴかぴかですてきなのに。それに賢いよ。ものすごくたくさんのことを知ってる」

ジャスミンはタングの方に身を乗り出し、彼の頬に当たる場所にハンガーで触れた。

「もちろん同じタイプですよ、タング。あなたと私は同じです。同じ人の手で、同じ場所で生み出されました。お互いに、人間と同じように何かを感じることの意味を知っています。人間と同じように愛することを知っています。だから、私たちは同じです。回路がちょっと違うだけです」

タングはすり足でジャスミンに近づくと、額をジャスミンの頭にくっつけた。そして、両手を精一杯ジャスミンの体に回した。ジャスミンはハンガーでタングの頰に触れたままだ。ふたりはそのまましばらくそうしていた。エイミーと僕は顔を見合わせ、タングとジャスミンがゆっくりお別れできるように部屋を離れた。

三十八　金継ぎ

帰国の途についた僕たちは、飛行機に乗っている間も、家に向かうワゴンタクシーの中でもほとんど無言だった。それぞれがジャスミンとの別れの悲しみを抱えていたうえに、ジャスミンと離ればなれとなったタングの深い悲しみが、雲みたいに家族の頭上や周りを覆っていた。長時間のフライトの間は、皆が眠るか、さもなければ機内食を食欲もなくつついていた。

タングはAI専用区画の床に座って帰ることを嫌がった。ジャスミンを思い出してしまうからというのがタングの言い分だった。僕は、それは理由の一部でしかない気がしたが、今はタングが僕にあれこれ要求してくるのも仕方がないと、空港に着くと席をプレミアムクラスにアップグレードした。エイミーは片方の眉をぴくりとさせたが、何も言わなかった。

機内ではボニーがタングを元気づけようと、おかしな顔をしたり、タングが喜びそうなことをしたりしていたが、そのうちに諦めて寝てしまった。ただし、寝る前に自分のプレミアムクラスの機内食はもちろん、タングの分の機内食もちゃっかり平らげることは忘れなかった。タングは自分の席でその体が許す範囲で目一杯うなだれ、ガムテープをいじっていた。だが、その仕草さえもぞんざいな感じだった。

飛行機が着陸し、スマートフォンが英国の通信回線に接続すると、上空にいた間に送られていたメッセージが一気に入ってきた。姪のアナベルは途中までは我が家でしっかり留守番をしてくれていたようだが、大学が始まるまでの残りの休みをパリで過ごさないかと友人に誘われ、行ってしまったらしい。まあ、仕方がない。姪は恐縮していたが、責める気にはならなかった。アナベルからの連絡の合間にはブライオニーからのメッセージもちょこちょこ入っており、娘が約束を最後まで守れずに申し訳ないということと、猫が死んだり泥棒に入られたりしないよう、自分が責任を持って対処するからということが書かれていた。さらに、アナベルのパリ行きを許可したのは夫のデイブだから、猫の世話はデイブにさせるというメッセージも入っていた。

続いてデイブからも二通のメッセージが届いていた。猫は元気だという一通目に続き、二通目には誰かが我が家の車庫の前にごみの山を投棄していっているが、まだ動かせていないと書いてあった。

エイミーにそれらのメッセージを見せたら、彼女は顔をしかめた。

「まあ、しようがないわね」と言って、エイミーは欠伸(あくび)をした。「留守の間、その程度のことしか起きなくてよかったわ。腹立たしいけど、片づけるのは明日にしましょ」

だが、そんな悠長さはタクシーが家の前にとまった瞬間に吹き飛んだ。

「何、これ」と、エイミーは言った。

デイブに聞いていたとおり、誰かが金属くず、プラスチック、そしてカーペットらしきものを我が家の車庫の前にこんもりと積み上げて放置していた。不要品を盛大に処分しようと決めた誰かが、不法投棄場所に我が家の私道を選んだらしい。

僕たちは山のような荷物をタクシーから降ろした。僕が運転手に運賃を払う間に、エイミーとボニーがごみの山を調べにいった。タングは僕のそばに留まり、僕のズボンの脚をぎゅっと摑んでいた。その仕草に僕はただただ安堵した。この一年の間に起きたことについて、タングは僕を責めはしたが、それでも何かあれば変わらず僕を頼ってくれる。いろいろあったが、いつかはタングが僕を許してくれる日が来るかもしれない。

「タング、どうした？」

僕は声をかけたが、タングはどう答えていいかわからないようだった。僕がエイミーとボニーの元に向かうとタングもこわごわついてきたが、その間もずっと僕の後ろに隠れていた。

「置き手紙がある」

そう言って、エイミーが僕宛ての手紙をこちらに差し出した。だが、僕が手紙を開くより先にごみの山が動いた。人間三人はぎょっとして飛びのいたが、タングだけは驚かなかった。僕は手紙を読み上げた。

ベン・チェンバーズ様
このロボットの面倒を見てやってください。この子を機能させるために頑張ってみましたが、あまりにいろんなものでできていて、どうにも使いこなせなくなってしまいました。そうかと言って捨てるのも忍びないのです。あなたはこの手のものが好きで、扱いも得意だと聞きました。

差出人の署名はなかった。エイミーに手紙を渡すと、彼女は顔をしかめた。

「〝このロボットの面倒を見てやってください〟? 『くまのパディントン』じゃあるまいし」

「野良ロボットを保護してるなんて評判が立つのは困るんだけどな……いや、野良ロボットってのは別に悪い意味じゃないんだよ、タング」

僕はそう釈明したが、タングに思いきり睨まれた。タングはその塊――どうやらロボットらしい――に近づき、軽く突いた。

「僕はタング。君の名前は？」

塊の正面にあった、スヌーカーのボールでできた一対の目が開いた。塊は目をぱちぱちさせると、体勢を変えた。使われている材料はまったく違うが、体型はタングに通じるものもあった。

「フランキー」と、彼女は答えた。高くて小さな声は、ボニーより少し年長くらいの幼い声だった。

二体のロボットは長い間見つめ合っていたが、やがてタングがフランキーの手を取り――ちなみにフランキーの手は汚れたゴム手袋に覆われていた――言った。

「おいで、フランキー。僕たちのお家を見せてあげる」

かつての僕は、愛とは目に見えないバリアのようなものだと思っていた。愛する者同士の絆が壊されないよう、守ってくれる覆いだ。しかし、永遠に壊れないものなどないのだと、僕もだんだんとわかってきた。災難に見舞われることもある。亀裂が生じることもある。それでも人は、大切なものは何度でも繰り返し直す。その人にとってかけがえのないものだからだ。

愛も同じだ。愛を与え、与えられる時、そこには必ずリスクが伴う。僕たちの人生にふいに現れたフランキーが、僕たちやタングにとってどんな存在になるのかはわからない。それでも、タングの人生にぽっかりと空いた穴をフランキーがきっと埋めてくれるはずだ。そして、いつかタングにもわかる日が来るだろう。傷ついた心を癒やした先に、今まで以上に美しい未来が待っていることもあるのだと。

訳者あとがき

松原 葉子

タングがベンと暮らし始めて五年。前作では一歳だった、ベンとエイミーの娘のボニーも四歳になり、義務教育が始まる一年前から通える、小学校の就学準備学級に入学します。そうなるとタングが黙っているはずもなく、「僕も行きたい!」とベンに迫ります。そして、校長との面接に臨むと、愛らしい自己紹介で見事に校長の心を掴み、晴れて憧れの小学校生活をスタートさせます。そんなタングとベン一家の新たな物語は本編でお楽しみいただくとして、ここでは英国(イングランド)の教育制度について簡単にご説明したいと思います。

英国の教育法には、「義務教育年齢の子どもの保護者は、就学またはその他の方法により、その子どもの年齢、能力、適性、特別な教育的ニーズに応じた、効果的なフルタイムの教育を子どもに受けさせる義務を負う」と定められています。英国の義務教育は五歳から十六歳までの十一年間で、五歳から十一歳までが初等教育、十一歳から十六歳までが中等教育です。さらに十六歳から十八歳の二年間は教育または職業訓練等への従事が義務づけられています。作中でタングとボニーが通うレセプションクラスとは、小学校に付設された就学準備学級のことで、九月の時点で四歳の子どもが対象です。なお、英国の学年度は九月に始まり、七月に終わります。多くの学校は秋学期、春学期、夏学期の三学期制で、学期間にあるクリスマス休暇、イースター休暇、夏季休暇以外に、各学期の半ば頃に一週間程度の中間休みが設けられています。

ところで、前述の教育法に「就学またはその他の方法」とあるとおり、英国では子どもへの教育義務はありますが、学校に通わせる就学義務はありません。そして、「その他の方法」として認められているのが作中にも出てくるホームエデュケーションです。これは家庭を拠点に子どもを教育する方法のことで、公立学校の場合とは異なり全国共通のカリキュラムに従う必要はなく、学習する場所や内容は各家庭で決められます。ホームエデュケーション家庭への支援や情報提供を行う団体や、家庭同士が協力しながら教育を行うグループも存在します。イングランドの地方当局で子どもや若者の福祉を担当する責任者の全国組織ADCSが実施した調査によると、イングランドでホームエデュケーションを受けている子どもは二〇一八年十月時点で推定約五万八千人、過去五年で毎年約二十%ずつ増えています。義務教育年齢人口に占める割合は、地方当局が把握している範囲では同年三月時点で推定〇・七%です(英国議会下院資料より)。

さて、家庭という守られた環境から学校という社会に出たタングですが、持ち前の素直でチャーミングな性格で瞬く間にクラスの人気者になり、充実した学校生活を送ります。とは言え楽しいことばかりではなく、時には傷つき落ち込むこともあります。学校以外でも、心を大きく揺さぶられる出来事に直面し、深い悲しみや怒り、今までのようにすんなりとは人を許せない苦しみも味わいます。それでも、困っている人がいたら手を差し伸べずにはいられない、ちょっぴりお節介なまでの優しさや、人を許し信じる強さを失わず、愛情深くひたむきに生きるタングの姿を見ていると、親戚のおばさんのように応援したくなると同時に、ふと励まされるような気持ちにもなります。そんなタングと、ベン、エイミー、ボニー、そしてジャスミンが、安心で居心地のよい環境からそれぞれに一歩踏み出し奮闘する、チェンバーズ家の笑いあり涙ありの一年を最後までお楽しみいただけましたら幸いです。

最後に、本書を訳すにあたりお力添えをいただいた皆様に心より御礼申し上げます。

二〇一九年九月

―――本書のプロフィール―――

本書は二〇一九年にイギリスで執筆された小説『A ROBOT IN THE SCHOOL』を本邦初訳したものです。

小学館文庫

ロボット・イン・ザ・スクール

著者　デボラ・インストール
訳者　松原葉子（まつばらようこ）

二〇一九年十一月十一日　初版第一刷発行

発行人　飯田昌宏
発行所　株式会社　小学館
〒一〇一-八〇〇一
東京都千代田区一ッ橋二-三-一
電話　編集〇三-三二三〇-五七二〇
　　　販売〇三-五二八一-三五五五
印刷所――凸版印刷株式会社

この文庫の詳しい内容はインターネットで24時間ご覧になれます。
小学館公式ホームページ　http://www.shogakukan.co.jp

ISBN978-4-09-406715-6